将軍狩り

風魔小太郎血風録

安芸宗一郎
Aki Soichiro

文芸社文庫

目次

第一章　直命

1

月明かりもない、漆黒の闇に包まれた真夜中の江戸湊——。

夜陰に乗じて江戸湊に姿を現した巨大船が、浦賀沖を通過したのは享保五年（一七二〇）八月朔日のことであった。

船体も帆も黒色に染められた怪しげな船は、上方から江戸に物資を輸送する菱垣廻船でもなければ、要人を江戸に運ぶ幕府の軍船でもない。

竜骨がなく、船体の前後に立てられた二本の帆柱には、富士山のような三角の帆が上げられている。和船でもなければ西洋の船でもない怪しげな船の正体は、間違いなく清国製の大型ジャンクだった。

一刻後——。

刻々と深みを増す漆黒の闇に同化したジャンクが、誰に発見されることもなく浜松町にある紀州藩浜屋敷の沖合いで停泊すると、船室と船倉から黒装束の船員たちが次々と飛び出した。

船員は一糸乱れぬ行動で、あっという間に漆黒の帆と碇を下ろした。

すると弁髪を首に巻いた、船長と思しき男が右手を挙げた。

ほぼ同時に、漆黒の空に一本の火矢が打ち上げられた。

その火矢の合図に呼応したように、二町ほど先にある浜屋敷前の桟橋で小さな明かりが灯った。

「あの明かりは上陸準備完了の合図ね。村垣様、真壁様、私の役目はここまで。また、一緒に上海に帰るの、楽しみにしているね」

弁髪を首に巻いた清国商人の船長郭至高は、そういって右手を差し出した。

赤銅色の節くれだった右手の人差し指には、手の甲から伸びた刺青の蛇の赤い舌が絡みついている。

将軍徳川吉宗の密命を受け上海から帰国した御書院番格村垣慶介は、力強く郭至高の右手を握った。その脇で家来の真壁桔梗之介は両手を腰に当て、十五年ぶりの江戸の空気を胸一杯に吸い込んだ。

「ありがとよ。郭さん、あんたも達者でな」

村垣慶介はもう一度、郭至高の右手を握る手に力を込めた。

ほどなくして紀州藩の迎えのハシケが到着した。

ハシケに乗り換えた慶介と桔梗之介は、十五年前に出国した時と同様に、誰にも気づかれることなく紀州藩浜屋敷前の桟橋に降り立った。

慶介の脳裏に、江戸を発ったときのことが昨日のことのように甦った。

「桔梗之介、この桟橋は十五年前と何も変わらねえな」

「そうですね。十五年前、紀州藩主だった吉宗様が八代将軍になられて五年も経つというのに、ここはなにも変わっておりませぬ。私には、それがいいこととは思えませぬが……」

「なんだ、ここはお前さんが、あんなに帰りたがっていた江戸だぜ。やけに冷てえ物いいじゃねえか」

慶介は笑いながら、上海から運んできた荷物の陸揚げ作業を手伝った。

十五年前、紀州藩主徳川吉宗より慶介に下された密命とは、上海を拠点に東アジア各地の実情調査とアジア進出を謀る西欧列強の動きを探り、年に四回、報告書を清国商人の郭至高に託して江戸に届けることだった。

当たり前に考えれば、海禁の令がしかれオランダ人としか交流を持てない日本人が、上海を拠点にしてアジア諸国、西欧列強の調査をするなど不可能だ。

だが慶介は紀州藩の誰もが認める秀才で、清国、オランダ、イギリスの三ヶ国語を巧みに操る語学の天才とくれば、慶介に白羽の矢が立ったのは当然といえた。

しかも年に千両もの活動資金が与えられ、四回の報告書を送れば行動は自由。

慶介が興味を惹かれていたイギリスやプロシアの医療技術、軍学、法学、経済学などの先端知識を自由に学べ、最新の道具や資料も買い放題とくれば、密偵というよりは優雅な遊学生活なのだから、慶介が断る理由はなかった。

問題があるとすれば、徳川御三家の一角である紀州徳川家の藩主が幕府の目を欺き、子飼いの密偵を外国に送るなど裏切り以外の何ものでもない。

だが慶介がそんなことを心配したところで、あり得ないことをやってしまうのが徳川吉宗という男なのだ。

慶介はそんな心配を飲み込み、意気揚々と上海へと向かった。

だが慶介の警護役として同行を命ぜられた村垣家用人の桔梗之介は、慶介のように簡単に割り切ることができなかった。

武術には自信があるが、外国になど興味もない。

しかも外国語など、まるでわからない。

だが藩命とあっては桔梗之介も断るわけにもいかず、渋々同行してみたもののひと月たらずで里心がついた。

それから半年間、桔梗之介は躁と欝を繰り返し、終いにはひと言も喋らぬ無言の日々を繰り返すようになっていた。

もっとも桔梗之介は藩命で上海に来た以上、どれほど精神的にまいって憔悴したところで、帰国を許されるわけでもない。

そんな絶望的ともいえる諦めが、桔梗之介に正気を取り戻させたのは、上海に到着して十ヶ月後のことで、以来、桔梗之介は一切「帰りたい」というひと言を口にすることもなくなった。

そんなふたりに十日前、十五年ぶりに吉宗から届いた手紙には、

「即刻帰国せよ。帰国後は江戸下谷に用意した屋敷で、蘭方治療院を開設せよ」

とだけ書かれていた。

「慶介様は、吉宗様が将軍となられたことを信じられますか」

「俺たちの調査報告を江戸に届けた郭至高の帰り船を紀州に立ち寄らせ、干しアワビや干しナマコを満載して上海に戻らせちまう人だからな」

「そうですな、まさか密貿易を始められるとは……」

桔梗之介は自嘲気味にいった。

「しかもその吉宗様がいつの間にか将軍になり、俺もいまでは旗本様だ。だがその旗本様に、下谷で町医者になれってのはどういう意味だ」

この十五年の上海暮らしで、慶介はそれが日本の封建制にそぐわないことくらい百も承知だが、西欧や大陸の合理的な考え方が身についてしまった。

その慶介にしてみれば遥か昔の遣唐使のように、自分につぎ込まれた一万五千両もの資金に見合う調査活動もしたし、知識も身につけてきたつもりだった。

「確かに、ヨーロッパの最新医療技術を伝授する、医学校を作れとくらい、いってくれてもいいですよね」

「それが、よりによって町医者だぜ。俺も安く見られたってことかな」

「ま、我ら武士。それもこれも、考えたところで是非もなしです」

そういって桔梗之介が最後の荷物を陸揚げしたとき、桟橋に迎えに出た紀州藩薬込役頭時任義三郎がいった。

「村垣殿、ご苦労であった。準備はよろしいか」

「はい」

「そうか、では、ついてきてくだされ」

時任義三郎は無表情でそういうと、くるりと踵を返して藩邸内に向かった。

時任は十五年前、慶介が紀州藩薬込役を拝命したときの意地悪な上司だ。

もともと頬のこけた貧相な顔だったが、この男の人相は十五年を経たことでさらに悪化し、性格の悪さを滲ませるようになっていた。

「時任さ……いや時任殿、突然の帰国命令でしたので、このような格好のまま帰国してしまいました。できれば着衣を改めとう存じますが」

本来なら裃を着用してくるべき所なのだろうが、慶介は当たり前のように革靴を履き、着慣れた唐人服を着たままでハシケに乗船してしまったのだ。

「そのままでかまいませぬ」

時任は振り返ろうともせず、藩邸内へと急いだ。

無言で回廊を進んだ時任は、米蔵の脇にある離れの入り口で片膝をついた。

「水野様、村垣慶介殿、真壁桔梗之介殿、上海よりただいま到着されました」

「うむ、入れ」

十五年前に聞いた懐かしい声。

時任が襖を引くと、案の定、部屋には紀州藩附家老水野土佐守がいた。

「ご家老様、お懐かしゅうございます」

「そうか、おぬしは知らんのだったな」

水野の言葉の意味がわからず、慶介は小首を傾げた。

「じつは今年の二月、儂は隠居しての、家督と家老の職は倅に譲ったのじゃ。儂はたまに上様の囲碁のお相手をする、茶飲み友達のジジイじゃ」

「将軍の茶飲み友達ですか」

「そうじゃ。さて今回の命じゃが、上様がその方らを清国に送ったことで、紀州藩は財政難から完全に立ち直ったことはわかっておるな」

水野は意味深な顔で慶介を睨んだ。

「水野様、まさか我らがお役御免になったのは、それが理由などとは……」

「わかりがいいのう。それでは取り急ぎ上様からの命を伝えるぞ」

「ははっ」

「幕府御書院番格村垣慶介。下谷広小路に用意した屋敷にて、蘭方診療所を開設せよ。なおその方が蘭方診療所を開設する際には、風祭虎庵という名を名乗れ」

「かざまつり、こあん……ですか?」

「風の祭りで風祭、虎の庵と書いて虎庵、よい名前じゃろう。今から貴公は風祭虎庵じゃ。以上、手はずはすべて時任が整えておる。よいな」

水野はそういうなり、腰を上げようとした。

隠密が命によって各地を移動するのは当たり前だが、その際に使う名前まで指定されるというのは珍しかった。

「お、お待ちくださいい」

「もうよいっ！　その方はいかなる命なら、納得がいくというのじゃ」

一度は立ち上がった水野が、あらためて腰をすえた。

「水野様、ならばいわせていただきましょう。上様は五年前に将軍継嗣が決まるや、国許にいた紀州藩薬込役のうち、三十余名をすぐさま江戸に送り込んだと聞きおよんでおりますが、間違いありませぬな」

「うむ、そのとおりじゃ」

「ならば端的に申しましょう。私が上海の商人を通じて得た情報によれば、その者たちは皆、紀州藩の密貿易に携わっていた者たちです。その者たちを江戸に送られたということは、紀州藩の密貿易の証拠の隠滅であり、新紀州藩主宗直様に密貿易をさせぬための、予防策ではないのですか」

「中々鋭いことを申すのう。だが言葉を慎むのじゃ。確かに密貿易に関わった薬込役の面々は、文字通り大奥の庭を管轄する閑職の『御庭番』にすえられた。だがそれは、それまでの伊賀組や甲賀組ではなく、上様が気心の知れた薬込役を隠密として城内にいれただけのこと。余計なことは考えるな」

　水野は威圧感のある声で説明した。

「上海に集まる外国商人の話によれば、このところ日本沿岸諸藩が行っている密貿易は、頻度も取引金額も増しています。上様が密貿易の専門家である薬込役を隠密に据え、それがしを急に呼び戻されたということは、上様は諸藩の密貿易を取り締まるおつもりではないのですか。抜け荷商売の美味しさは、上様が一番ご存じのはずですからな」

吉宗は紀州藩主になるや質素倹約につとめ、みずから緊縮財政の範を示したことで、わずか一年あまりで逼迫する藩財政を立て直したことになっている。

だがその実態は幕府を裏切り、密貿易で得た莫大な利益こそが、藩財政立て直しの原資となったのだ。

「慶介、言葉を慎めと申したであろう。それ以上は申すな、もうよい。その方の考えはよくわかった。今回の特命の理由と目的は近いうち明かされよう。それまでは、黙って上様の命に従うのだ」

水野は慶介の鋭い指摘に、額ににじみ出た油汗を袖で拭った。

「水野様、桔梗之介の名は、いかがいたしましょう……」

慶介の皮肉混じりの質問を制するように、水野は無言で立ち上がり、

「桔梗之介の名などどうでもよいが、身分は元紀州藩士の浪人。町医者の用心棒ということにでもしておけ。では風祭虎庵、くれぐれも、あとは頼んだぞ」

不機嫌そうに眉根を寄せた水野は、扇子をパチリと閉じ、足早に部屋を出た。

要領を得ぬ水野の説明に、慶介は奥歯を噛みしめた。

2

翌朝、虎庵はいつになく、すっきりとした朝を迎えた。

縁側で空をみあげると、雲ひとつなく抜けるように秋晴れの空が広がっている。

――この空を見ていると、あれこれ思い悩むのが馬鹿馬鹿しくなるな。

虎庵がふとそんなことを考えたとき、桔梗之介が拳で何度も頭を叩きながら縁側に現れた。時任の酒に付き合った桔梗之介は、例によって二日酔いのようだ。

「慶介様」

「俺は風祭虎庵だ」

「失礼しました。こ、虎庵様、これでいいですか」

「おう」

「えー、ここから下谷までは結構あります。この屋敷の舟で、神田川の筋違御門あたりまで送ってもらってはいかがでしょう」

起き抜けのせいか、桔梗之介はまだ眠そうな目を擦った。

「急ぐ旅でもあるまいし、歩きでいいじゃねえか。久しぶりの江戸だしな」

「それもそうですな。それでは十五年ぶりの江戸見物と洒落込みますか。慶介、いや虎庵様、今日は暑くなりそうですぞ」

桔梗之介はわざとらしくそういうと、両手を突き上げて大きな伸びをした。

朝餉を食べ終えたふたりは、時任から下谷に用意された屋敷までの地図を受け取り、紀州藩浜屋敷を出た。

朝っぱらといっても、すでに六つ半（午前七時頃）。

――お江戸日本橋、七つ発ち～。

と歌われるように、江戸から東海道を上る旅は、夜が明けきらぬ七つ（午前四時）に宿を発つのが普通だ。

すでに東海道には旅人の姿はなく、ザルに野菜や魚を載せた棒手振りと、大きな音を立てて疾走する大八車が往来している。

ふたりは何を見るでもなく、半刻ほどぶらつくと汐留橋に差しかかった。

橋の上には数十人の町民が黒山の人だかりとなり、人々は一様に欄干から下を覗いている。

川縁には黒山の野次馬が、これもまた一様に川面を覗いていた。

「なんだ、何かあったようだな」

虎庵がいうが早いか、桔梗之介は橋に向かって走りだしていた。

あっという間に走りついた桔梗之介は、川面を覗き込む人混みをかき分けた。そして振り返ると、大げさに手を振って虎庵を呼んだ。

この手の騒ぎは虎庵も嫌いではない。虎庵もおっとり刀で走った。

「虎庵様、あれです」

桔梗之介が川面を指差した。

五間ほど先の川面には、二艘の猪牙《ちょき》舟が浮かんでいる。

その上で腕を組んだ捕り方が首をかしげ、川面に浮かぶ坊主頭の尼僧と思しき全裸死体を見つめている。

橋の上からでは細かな状況はわからないが、死体は肌が透き通るように白く、その腹が真一文字に裂かれ、わずかに赤い肉をのぞかせている。

「殺し……ですな」

「江戸に戻るなり、素っ裸の尼僧の死体がお出迎えとは、冗談がきついぜ。君子危うきに近寄らずだ」

虎庵は桔梗之介の腕を掴み、さっさとその場を離れた。

それから四半刻（三十分）ほど歩くと、ふたりは日本橋に差しかかった。

通りは魚河岸の客でごった返している。

「虎庵様、凄い人ですよ」

「ああ、上海の人の多さも凄まじかったが、こうして賑わいを目の当たりにすると、江戸には遠く及ばねえな」

虎庵がそう答えたとき、目前に十手を持った岡っ引きが立ちはだかった。

「おう、どこからきやがった」

小柄で小太りの岡っ引きは、偉そうにいって自前の十手をちらつかせた。

虎庵も桔梗之介も六尺あまりの長身で、ただでさえ目立っている。

風に総髪をなびかせ、顔には黒い無精ひげをはやし、テラテラと光沢のある黒い唐人服をまとい、足もとは牛皮製の半長靴を履いている。

見るからに怪しげなふたり組だった。

もっとも江戸では、千代田の城を訪れる紅毛碧眼のオランダ商人や、珍妙な格好をした朝鮮通信使一行が、ことあるごとに来府していた。

噂好きで物見高い江戸っ子だけに、一時、その話題で持ちきりとなるが、熱しやすく冷めやすいのも江戸っ子だ。

十日もすると、異国人の話題を口にする者はいなくなる。

この江戸で異人や唐人服姿を珍しがるのは、田舎者か子供だけだった。

それでも岡っ引きは唐人服のふたり組に騒動の匂いを嗅ぎつけたのか、品川からつかず離れず様子を伺っていたのだ。

「おうおう、見たところ唐人のようだが、手めえら何者だっ！」

「お前は馬鹿か？　唐人には唐言葉で話さなきゃ、わからねえだろうが」

下駄のように四角い顔の桔梗之介がいった。

「唐人じゃねえのか。じゃあ、何だってそんな怪しげな格好をしてるんでいっ」

岡っ引きはつま先立ちで桔梗之介の下駄顔を見上げ、いきり立った。

「こちらはな、公儀御書院番格村垣慶介様だ。そして俺は家人の真壁桔梗之介だが、俺たちが天下の往来で、どのような格好で歩こうが勝手だろうが」

桔梗之介が岡っ引きの胸ぐらを掴んだ。

「御書院番？　これはとんだ失礼をいたしやした。なにせ、あすこにいる北町奉行所の旦那がうるせえもんで、あいすいやせんでした」

御書院番が将軍直属の隠密ということは、町奉行所の役人たちには常識だ。

胸ぐらを掴む手をほどいた岡っ引きは、頭をかきながら同心に走り寄った。

同心は十手で首筋をぽんぽんと叩きながら、逃げるように人混みに紛れた。

「虎庵様、やはりこの身形《みなり》は失敗でしたな」

「桔梗之介、身形ではなく、お前の馬鹿でかい体と丸太みてえな太い腕、その四角い下駄顔と団子鼻が怪しいんだよ」。

虎庵の言葉に、桔梗之介は一文字の太い眉を八の字に下げ、筆で引いたような眼がさらに細くなった。

そういう虎庵にしても、身の丈六尺一寸の偉丈夫だ。

彫りの深い面長の顔に鼻筋が通り、大きめの二重の眼は涼しげで、きりりと締まった口元から覗く白い八重歯が、いかにも女心を疼かせる。ようするに目立つなというほうが無理な話で、ふたりは互いの姿を見つめて苦笑いした。

ほどなくして虎庵と桔梗之介は御成門街道を抜け、下谷広小路入り口の上野新黒門町の角に立った。

「虎庵様、なんですか、これは」

桔梗之介は素っ頓狂な声を上げた。

角を曲がった途端、目の前に広がった大通りは、御成門街道の三倍はあろうかというだだっ広さだ。

下谷広小路と呼ばれるこの道は、将軍吉宗が上野寛永寺参詣の際、行列の従者を休憩させるために拡幅したのだが、道というより広大な広場のようだった。

道の両側には様々な屋台や店が並び、昼間だというのに一見して遊女とわかる艶やかな女が客を引いている。

客引きに出ていた前垂れ姿の女が、桔梗之介の袖を引いた。

下谷広小路の一本東側の路地にある『提灯店《ちょうちんだな》』の女だった。

「あーら、珍しい格好をした旦那だねえ。ちょっと寄っておいきよ」

提灯店は江戸庶民が昼日中から遊べる岡場所として人気があり、その昔、桔梗之介も何度か遊びにきたことがある。

遊女たちは『蹴《け》ころ』と呼ばれ、吉原に比べるといささかトウは立っているが、造りは素人風、眉毛を剃っていないし白塗りでもない。

目の前にいる客引き女も豊かな黒髪を島田に結い、妙に赤い唇が三つは若返らせていた。

女は虎庵と桔梗之介の頭のてっぺんから、靴の先まで舐めるように見た。

ふたりの奇妙ないでたちに、女は顔を歪ませて笑いをこらえた。

「ほう、なかなかの上玉ではないか」

桔梗之介の細い眼が妖しく輝いた。

丸みを帯びた肩から背中、ふくよかな腰回り、脂の乗り切った年増女ならではの艶っぽさに、桔梗之介は鼻の下をだらしなく伸ばした。

江戸に限らず日本の女は、下膨れの平べったいお多福顔がやたらに目立つ。

しかも人妻は眉毛を剃り、口には気味の悪い鉄漿《かね》をほどこしている。

それがいけないとは思わないが、ふたりが外国で見慣れた、彫りの深い白人美女とは比べようもない。

お多福顔の人妻が黒い歯を剝き出し、ニヤリと笑った顔は、美醜を語る以前に奇怪としか思えなかった。

幸いなことに目前の女は、大きな瞳に鼻筋が通ったなかなかの美女だ。

しかし子を宿しているのか、帯の下がわずかにせり出している。

「ひとつ尋ねるが、この辺りに徳大寺という寺がないだろうか」

客引き女に夢中の桔梗之介に代わり、虎庵が訊ねた。

「ああ、摩利支天様ね。この先を右に曲がって最初の辻を右、しばらく行った横丁を左に曲がった奥さね」

「なるほど、かたじけない」

慶介は軽く頭を下げると、女の指示どおりに歩き出し、桔梗之介も右腕に爪を食い込ませる女の左手を振り払い、後ろ髪を引かれる思いで慶介の後を追った。

3

徳大寺は客引き女に案内されたとおり、下谷広小路の東側に平行する横丁に面した小さな寺だった。

「虎庵様、水野様の話では、屋敷の門と玄関は大工が仕上げをしているとかで、この寺の境内と屋敷の境界にある土塀の木戸から入れということでした」

「普請中だからって、家主が正門から入って何が悪いんでえ」

「ま、命令ですから」

桔梗之介も気にはなったが、命令は理不尽なものと相場は決まっている。

ふたりは欅と銀杏の巨木が生い茂る寺の境内に入った。

うるさいほどの蝉時雨だが、屋敷の土塀と境内の巨木が作る木陰は、嘘のような涼しさだった。

閂《かんぬき》がかかっていない木戸を潜ると、目前に十間四方ほどの中庭が広がった。

躑躅や沈丁花、百日紅といった木々が、整然と植えられ、左手には三坪ほどの池があった。

貰い火避けの銅葺き屋根は、新築だというのに見事な緑青をふき、古刹の風情を見せていた。

「ほう、たいした屋敷じゃねえか」

庭の南の隅にある桜の巨木の木陰から吹いた涼風が、慶介の頬を撫でた。

桔梗之介は足早に勝手口に回った。

すると室内でドタドタと走り回る音が続き、突然、雨戸が開いた。

「虎庵様、ご覧ください」

虎庵が振り返ると、そこは天井の高い洋館を思わせる、十二畳ほどの板の間だった。

三方を囲む漆喰の壁には、それぞれ奥の部屋へと通じる西洋風の木製の扉がしつらえてある。
室内中央には虎庵が上海で使っていたのと同じ、西洋式の二脚の長椅子が置かれ、
床には三畳ほどの長方形のペルシャ絨毯が敷き詰められている。
奥の一角には、食事用の卓と背の高い革張りの椅子が四脚置かれている。
虎庵は昨夜、久しぶりに正座をし、不覚にも足に痺れをきらせた。
江戸にいた頃には考えられぬことだが、十五年間、椅子暮らしをしてきた虎庵には、
西洋風に設えられたこの部屋がありがたかった。
奥の壁には棚がしつらえてあり、虎庵がアジア各国で手に入れた数々の書物が、整
然と収められている。
東側の壁の扉を開けると、その先には襖で仕切られた和室の八畳間が、二部屋続い
ていた。
「天井も高いし、調度品は私たちが上海から送った物ばかりですぞ。治療用の器具や
道具も、玄関脇の治療部屋にすべて整っております。凄い屋敷です」
桔梗之介は室内をうろつきながら、いささか興奮気味にいった。
そんな桔梗之介をよそに、虎庵が縁側に寝転がると、軒下を吹きぬける心地よい風
が頬をやさしくなでた。

急に襲われた猛烈な眠気に、虎庵は抗うことができなかった。

波に揺られ続けた五日間は異常な緊張をしいられた。

その疲れを昨夜のわずかな睡眠で癒すのは無理だった。

つい、うとうとした虎庵の脳裏に十五年前の出来事が甦った。


十五年前の宝永二年（一七〇五）は、奇妙な年だった。

紀州藩三代藩主の徳川綱教《つなのり》が、江戸からの帰国中に風邪で亡くなった。

江戸から紀州までたかだか一ヶ月、しかも陽気のいい五月に大病知らずで壮年期を迎えた偉丈夫の綱教が、命を落とすほど風邪をこじらせるわけがない。

四十一歳の藩主の妙な急逝は様々な憶測を呼び、藩内に動揺をもたらした。

そして八月八日、先代藩主光貞《みつさだ》が八十歳で亡くなった。

もっとも光貞の享年を思えば大往生であって、悲しむことなど何もない。

問題はその一ヶ月後の九月八日に起こった。

兄綱教に代わって四代藩主になったばかりの頼職《よりもと》が、二十六歳という若さで急逝したのだ。

わずか四ヶ月で三人の歴代藩主を失った紀州徳川家は、家督を継嗣できる男子が、お湯殿係りが産んだ四男の吉宗のみになってしまった。

幸いにして頼職の訃報《ふほう》を聞いた五代将軍綱吉が、翌十月六日には吉宗を五代藩主として認めてくれたために、紀州藩内は落ち着きを取り戻した。

だが紀州徳川家の継嗣問題は、それほど簡単なことではなかった。

なぜなら徳川御三家は、徳川宗家の血筋に万一のことがあった場合、宗家に代わって将軍職を継ぐために用意された家系であり、現将軍の綱吉に世継がいない以上、吉宗が将軍継嗣する可能性がないわけではないのだ。

もし吉宗が将軍継嗣ということになれば、紀州藩にとってこれほどの慶事はないのだが、今度は紀州藩を継ぐ者がいなくなってしまう。

つまり吉宗の将軍継嗣は、紀州徳川家存亡の危機でもあるのだ。

それでも藩内が、なんとか落ち着きを取り戻した師走の十七日早朝。

赤坂の紀州藩上屋敷からの遣いが、浜松町の浜屋敷に住む虎庵の父・村垣吉兵衛の役宅を訪ね、早急に帰国せよという藩命を伝えた。

一家はすぐに身の回りの品の整理を始めたのだが、翌朝、再び上屋敷からの遣いがやってきた。

「村垣慶介、附家老水野土佐守様の命で迎えに参った。ご同道願いたい」

使者を迎えに出た父の指示を受け、慶介は自室で父から譲り受けた備前長船を腰に差し、迎えの待つ玄関に向かった。

赤坂の上屋敷についた慶介は、案内された奥座敷の前の廊下に正座し、襖に向かって平伏した。

「村垣慶介にございます」

「おお、慶介か。入れ」

慶介は室内に入ると、附家老水野土佐守の前で再び額を畳に擦りつけた。

「先月、急死したその方の祖父村垣又兵衛に代わりに、その方を紀州藩薬込役として召し抱えることとなった」

奥の間で待ち受けていた附家老の水野土佐守は、少し咳込みながらいった。

通常、お役の拝命は親子二代までと決まっているため、祖父の死は必然的に孫の慶介のお役拝命を意味する。

すでに十七歳となっていた慶介は、心の準備は万端でお役を拝命した。

「はは、ありがたきしあわせ。身命を賭して勤めまする」

慶介が顔を上げると眉間に深いしわを刻み、せわしなく扇であおぐ水野土佐守が間髪いれずに口を開いた。

「ついては殿より直々の密命が下った。その方は清国の上海へ行け」

「い、いきなり清国ですか。で、私は上海で何を……」

紀州藩薬込役が、藩主直属の諜報組織であることくらい理解していたが、いきなり申しわたされた密出国の密命には、さすがの慶介も動揺した。

「まあ、そう緊張するでない。間諜として清国王府を探れというわけではなし、西欧諸国の商人と密貿易をしろというのでもない」

水野は緊張するなというが、その口が発する間諜、清国王府、密貿易という言葉が、ますます慶介の緊張の度合いを深めた。

「上様はその方が紀州一の秀才であり、並々ならぬ語学と武芸の才の持ち主ゆえ、若いうちに外つ国を見せたいと仰せなのじゃ。藩薬込役の一藩士にしては、異例の取り計らい、心してかかるがよい。詳細は村垣家家人真壁桔梗之介に説明しておいたので安心して出国せい」

十七歳とはいえ少年の面影が残る慶介は、密名と緊張に顔をこわばらせていたが、真壁桔梗之介の名を聞いてホッとしたように小さなため息をついた。

「出立はいつにござりまする」

「今夜じゃ。すでに支度は桔梗之介が済ませておるし、船の用意もできておる」

「ご家老様、今夜って、まだ父にも……」

「心配するな、お前の父はすでに了承済みじゃ。では気をつけて行って参れ」

「父が了承……？」

慶介は今朝方の父の態度の意味が、ようやく理解できた。

立ち上がった水野土佐守が襖を引くと、廊下で桔梗之介が平伏していた。

「真壁、頼んだぞ」

水野土佐守はそれだけいうと、その場を立ち去った。

「桔梗之介、なぜ、俺に黙っていた」

「私も昨夜、突然ご家老に呼び出され、命を受けました」

「そうか。じゃあ、しかたねえや。じつは俺も退屈でつまらぬ江戸の暮らしに、飽き飽きしていたところだ。喜んで上海とやらに行こうじゃねえか」

慶介と桔梗之介は勇躍、浜松町の紀州藩浜屋敷に戻った。

浜屋敷で夜になるのを待ち、深夜、紀州藩薬込役頭時任の指示で桟橋にでると、すでにハシケが用意されていた。

沖合いに停泊していた清国の商人郭至高の操船する藩船若宮丸は、ふたりが乗船するとすぐさま碇を揚げ、漆黒の闇の中を上海の宝山港へと向かった――。

縁側でつい寝入ってしまった虎庵は、船酔いの悪夢で目醒めた。
――しかし、なぜ町医者なんだ。
虎庵の本心は、今回の特命の理不尽さに承伏しかねていた、
吉宗は紀州藩主時代から漢方に造詣が深く、ことに薬学にかけてはそこらの漢方医

も顔負けの知識を持っていた。

そして吉宗は人口百万人を超える江戸の、疫病に対する脆弱性《ぜいじゃくせい》をことあるごとに口にし、医師不足、診療所不足を憂いていた。

だからというわけではないが、虎庵は上海にいた十五年間、オランダ、イギリス、プロシア、イスパニアの医師から西洋の医学を学び続けた。

――俺ひとりが診療所を開いても、百万都市の江戸では焼け石に水ではないか。

虎庵が抱いた吉宗への不満は疑心となり、考えれば考えるほど暗鬼を呼んだ。

「虎庵様、さっきから何を考え込んでいるのですか」

「いや、ちょっと疲れただけだ」

虎庵はそういって立ち上がると、両手を突き上げ、力一杯の伸びをした。

湿気をたっぷりと含んだ空気が、虎庵の全身に絡みついた。

五日前まで上海にいたことが、嘘のように思える江戸の夕暮れだった。

4

翌日の夕刻、診療室の整理を終えた虎庵は、縁側で桔梗之介が用意したそば切りを手繰《たぐ》っていた。

診療所の開所準備といっても、目が回るほどの忙しさというわけではないし、虎庵はお気楽そのものだった。

久しぶりに口にした江戸のそば切りは、香りといい喉越しといい、なんとも懐かしい食事だったが、この十五年、食べ慣れた上海料理の濃厚な滋味に比べると、その貧乏臭さは否めない。

苦笑した虎庵がふと空を見上げると、千代田の方角で稲妻が走った。

中庭で木刀を振っていた桔梗之介も、切り返しを止めて空を見上げた。

「なんだかやたらと空気が埃くせえ。こいつぁ野分《のわき》かも知れねえな」

縁側のひさしに隠れていた黒雲が、あっという間に下谷の空を覆った。

すぐに幾筋もの稲妻が走り、天地がひっくり返るような轟音が鳴り響く。

ふたりが同時に轟音の方角を見ると、突如、庭先から異様な殺気が放たれた。

虎庵の全身を覆った粟《あわ》立ちは、殺気の主がただならぬ兵法者であることを物語っていた。

庭先に編み笠をかぶり、濃紺の絽の一重を着流した侍が姿を現した。

侍の左手の親指は、すでに腰に差した黒鞘の長刀の鍔にかけられている。

「どちら様ですかね」

「それがしは大和柳生藩主柳生俊方《やぎゅうとしかた》。蘭方医風祭虎庵殿、今日はやんごとなきお方の依頼で参った。同道願おう」

背を向けて縁側に腰かけた柳生俊方の声は野太く、有無をいわさぬ迫力がある。

「柳生俊方？」

大和柳生藩の柳生家といえば、代々将軍の剣術指南として定府し、かつては大目付として幕政に大きな影響を及ぼした大名家だ。

裏柳生と呼ばれる全国に張り巡らせた諜報網を操り、次々と外様大名家を取り潰したことで、譜代大名にまで恐れられた幕府の闇の総帥だった。

柳生俊方は、小脇に抱えていた細長い黒光りする緞子の袋を縁側に置いた。

袋の長さは二尺、中央には金糸で織り込まれた三つ葉葵が燦然と輝いている。

「いきなり他人の庭先に現れ、大和柳生家のお殿様を騙る馬鹿もおりますまい。しかも荷物にはこれ見よがしの三つ葉葵。あなた様が柳生俊方様ということは信じましょう。だがついてこいといわれ、はいそうですかというほど私も馬鹿じゃない。やんごとなきお方とやらに、どうぞお伝えください。用があるなら、手めえがここまで来やがれってね」

語気を荒らげる虎庵に、柳生俊方は背を向けたまま首だけ振り返った。

「その方のいうこと、もっともだ。だが儂も子供の使いではない」

虎庵が銀無垢の煙管を咥えようとした瞬間、柳生俊方は全身から猛烈な殺気を放ち、目にもとまらぬ早業で抜いた脇差が、虎庵の喉元に突き立てられた。

「よいか、二度は申さぬ。おとなしく同道せい」

虎庵の喉に食い込んだ切っ先を伝わって鮮血がしたたり落ち、一滴、二滴と床を濡らした。

「刀を捨てませいっ！」

柳生俊方の背後に音もなく忍び寄り、その首筋に切っ先を突き立てたのは桔梗之介だった。しかし驚いたのは、桔梗之介の背後からさらなる声がしたのだ。

「もうよかろう。皆、刀を納めよ」

そういった着流しの男の背後には、黒い忍装束の六人が短筒を構えている。

「越前殿」

柳生俊方がそう呼んだ男は、南町奉行大岡越前守忠相だった。

「風祭虎庵殿といったな、失礼つかまつった」

左手で角ばった顎をなで、そり残した髭を捜すしぐさは、大岡が困ったときの癖だった。

突然、桔梗之介が口を開いた。

「この部屋では無用心でございますので、部屋を改めとうございます」

桔梗之介は部屋に上がると、部屋の床の間の壁の右端を押した。

壁は音もなく回転し、地下へと続く階段が姿を現した。

「こ、これは……」

虎庵はまったくあずかり知らぬ、屋敷のからくりに舌を巻いた。

明かりを持った桔梗之介を先頭に、大岡、柳生俊方、虎庵の順に階段を降りた。

十段ほどの階段を降り、五間ほどの廊下を歩くと再び壁が現れた。

桔梗之介は、今度は壁の左側を押した。

回転した壁の向こうには二十畳ほどの板の間があり、桔梗之介が周囲のランプに次々と火を点すと、中央には黒檀の大卓が置かれているのがわかった。

大岡と柳生俊方が座り、その真向かいに虎庵と桔梗之介が座った。

「南町奉行大岡越前守忠相だ。今日は上様の直命にてまいった」

「上様の御用とあればご足労願わなくても、登城いたしましたものを」

「うむ、だがその方はすでに御書院番格のお役を解かれており、登城させるわけにもいかぬのだ」

「お役を解かれた？」

将軍直属で多くの機密を知る隠密の罷免は死を意味する。

虎庵はすぐに事情を察して身構えた。

「お役御免は確かに承りました。しかし、大和柳生家のお殿様と町奉行が刺客というのは、腑に落ちませぬ」

「何を勘違いしておるのだ、我らは刺客ではない。上様からの使いと申したではないか。ともかく本題に入るが、その方は風魔一族を知っておるか」

大岡越前は唐突に、しかも意外な質問を虎庵に浴びせた。

「風魔一族……『北条五代記』によれば百年以上前、北条家に仕えた忍び軍団。首領の風魔小太郎は江戸で野盗に身を落とし、大権現様に処刑されました」

「さすがは紀州藩随一の秀才よのう。確かに表向きはその方のいうとおりだが、事実は違うのだ……」

大岡越前は組んでいた腕をほどくと天井を見つめ、ゆっくりと語り始めた。

「時代は遡ること百年、豊臣秀吉に江戸転封を命ぜられた大権現家康様は、北条家の忍軍風魔一族を欲した。なぜなら風魔は諜報や謀略に長けているだけではなく、武士をも凌ぐ戦闘集団なのだ。大権現様は小田原の戦いで、見事なまでに統制された軍事行動と軍略で敵を殲滅し、みずからも恐怖のどん底に陥れられた経験から、その風魔を江戸幕府の闇の目付に据えようとしたのだ」

「闇目付？」

「まあ、話を聞け……」

虎庵を制した大岡は話を続けた。

一計を案じた家康は、配下の武田忍軍首領高坂甚内を通じ、風魔一族との折衝を試み、慶長八年（一六〇三）某日、高坂甚内より家康の意を受けた風魔の六代目統領風魔小太郎は、浅草寺本堂を会談場所として指定した。

そして約束通り、服部半蔵を供として浅草寺本堂で待つ家康の前に、風魔小太郎は姿を現した。

小太郎は家康が噂に聞いていたような、身の丈七尺を超える獣の如き風貌の男ではなく、身の丈六尺を超えているが、西洋人のように色白で鼻筋の通った彫りの深い端整な顔立ちをしていた。

「盗賊風魔小太郎よ、徳川に仕えよ。さすれば一族の存続も認めようぞ」

高飛車な家康の態度に、六代目風魔小太郎は脚を崩して胡座をかいた。

「笑止、忠臣二君に仕えず」

あっさりと家康の要請を拒否した小太郎も、慎重居士といわれる家康の強引な話しぶりに、家康のタヌキぶりを見抜いていた。

「ほう、その方のいう忠臣とは、主家と運命をともにはせぬのか」

「ふふふ、栄枯盛衰は世のならい。主家の再興もまた忠臣の任」

「この家康の前で北条の再興を語るか。食えぬ奴よのう」

家康は腕組みをし、大声で嗤った。

「このような駄話が天下人の目的ではあるまい。本題を話されてはいかがか」

「まあ、慌てるな小太郎。すべてのものには表と裏がある、それがわからぬお前ではなかろう。信長様は天下布武による統一国家を夢見たが、国が平和で豊かになり、国力を増せば増したで、今度は武による治世が難しくなる」

「武士なぞ時代の仇花、時代を変えるための道具に過ぎぬ。太平が続けば、破壊と奪うことのみの武士は、みずから腐り始める」

「ほう、その方は武士の行く末を見通しておったか。お前がいうように、金がものをいう世になれば、確かに武士はみずから滅びてゆく。じゃが、百姓は強い。戦国の世には戦場に駆り出され、田畑を滅茶苦茶に荒らされたにもかかわらず、何事もなかったかのように、今も作物を作っておる。商人もまた強い。戦国大名は多くの家臣を失ったが、商人は戦のたびに肥え太る。法度を作れば抜け穴を探し、抜け穴が見つからねば金の力で法度を曲げる」

　家康もまた、天下太平がもたらす武士の末路を見抜いた。

「所詮、武士は武士。百姓や町人の世界などわからぬし、わかろうともせぬ。して天下人は、我らに何を望まれる」

「小太郎、農民や商人が罪を犯せば武士が裁く。武士の間違いは幕府が裁く。では将軍が間違いを犯したら誰が裁く」

「筋でいえば、帝にあられまする」

「なれば、帝の間違いは誰が裁く」

「天にござりまする」

「よくぞ申した。小太郎、徳川に仕えぬというなら、風魔は天に仕えよ。そして、天に変わって世の悪に、義なき者どもに天誅を下せ。法度など作った者の方便にすぎぬ。いつの世にも変わらぬ道理をもって、正義の鉄槌を悪に下すのじゃ」

小太郎は答えに窮した。間違いを犯せば、それが将軍、帝であっても正義の天誅を下すことなど、本当にできるのか。

「小太郎よ、主君のために一命を賭すことが武士の生き方ならば、武士とはつまらぬものよ。戦国の世に、この国は多くの才を失った。自国の民同士が殺し合う世など、二度とあってはならんのだ。国とは本来民のもの。帝のものでもなければ、公卿や武士のものでもない。この国に生まれ、生きる民ひとりひとりのものじゃ。じゃがのう、小さな諸国が争っているようでは、この国が民のものとなるのは、夢のまた夢」

「家康殿はそのために、天下太平を力ずくでも作らねばならぬと申されるか?」

「いかにも。よいか、儂が秀吉の愚を繰り返すとみたら、風魔の秘術で討て」

「そのようなことをすれば、再び戦国の世になりもうす」

「儂が亡き後、徳川に牙を剝く輩は誰じゃ」

「奥州の伊達政宗かと」

家康は豊臣家の石田三成ではなく、この時、三十六歳の伊達政宗に注目する小太郎の慧眼《けいがん》に感服した。

「ならばその時は政宗を討て。いかなる理由があろうと戦に有るのは破壊のみ。戦に義など存在しないのだ」

小太郎もまた、家康の人間観、思い描く国家像に心を打たれた。

「わかりもうした。お引き受けいたしましょう」

六代目風魔小太郎は平伏した。

「徳川の作る諸法度は、柳生但馬によって守られよう。柳生が表の目付なら、風魔は闇の目付と心得よ。この家康とその方との約定を書面としては遺さぬが、日本橋葺屋町に天下御免の遊郭を作り、未来永劫、風魔による支配を許す」

「日本橋葺屋町に遊郭を作れと申されたか」

風魔小太郎は息を吞んだ。

遊郭は現金商売であり、国が豊かになって利益が増えれば、さらなる利益を生むための原資として、いずれ江戸の町に流れだし、諸国へと流れていく。それを許すという家康に、小太郎は家康の太平の世作りの覚悟のほどを悟った。

「小太郎、山の民を知っているか。奴らは百年も前に先祖が植えた檜や杉で生き、自らは百年先の子孫のために杉を植えるのだ。武士はいずれ正義を忘れ、権力は金によって商人に売り渡される。そして武士の代わりに商人が正義を語る時代がくる。儂はそんな世を絶対に見たくはないがのう。では半蔵」

家康の背後で影のように控えていた服部半蔵が桐箱を差し出した。

「小太郎、これを受け取れい。これがその方と徳川との約定の証じゃ」

家康は箱から取り出した二本の黒塗りの筆架叉《ひっかさ》を差し出した。先端が鋭利に研がれ、鋼鉄の身には金色に光る天下御免の四文字と三つ葉葵が象眼されていた。

「家康殿、これをご覧になられよ」

小太郎は家康に向かって一枚の金貨を投げた。直系一寸ほどの円形の金貨には、「風」の文字が刻印され、裏面は竜虎が刻印されていた。

「これは？」

「不審な死体があれば口の中を改められよ。その死体の口中にこの金貨があれば、我ら風魔の天誅の証しと心得られよ。それでは」

小太郎はそういって筆架叉を受け取ると、その場を去った。

その後、幕府は大盗賊六代目風魔小太郎の捕縛と処刑を発表し、以来、風魔一族は歴史の表舞台から姿を消した。

5

大岡越前が語る家康と風魔小太郎のやりとりは生々しく、説得力があった。

——だが、それが俺と何の関係があるというのか。

押し黙る虎庵を横目に、大岡が口を開いた。

「その後、四代将軍家綱様の時代となり、江戸では二度の大火、西日本の大地震、洪水、津波に飢饉と、まさに国難が続き、国家的な規模で復興に対処せねばならぬ一大事を迎えた。だが将軍補佐役の会津藩主保科正之と大老酒井忠清は、こともあろうに大目付の柳生家を失脚させてしまった。おかげで重石の取れた幕閣と大名は、本性を剝き出しで復興利権をむさぼり、復興はいっこうに進まず、幕府の財政は悪化の一途を辿ったのだ。そして家綱様は……」

「継嗣を残さずに四十歳という若さで病死されました」

「表向きはな」

「表向き？」

「ああ、病死というのは表向きの話。実際には毒による暗殺だった」

「暗殺って……まさか」

「そのまさかよ。家綱様の口中から、風魔の金貨が発見されたのだ。そして二日後、大老酒井忠清のもとに、九代目となっていた風魔小太郎より『徳川家のお手並み拝見』とだけ書かれた書状が届けられた」

あまりの衝撃的な話に、虎庵は息を飲んだ。

「酒井は結局、徳川宗家を無視して有栖川宮幸仁親王を宮将軍に擁立しようと企てたのだ。だが徳川宗家はもとより、御三家までも無視したこのような暴挙が許されるわけもなく、水戸光圀様の強硬な反対によって綱吉公が五代将軍となった。そして大老の職を解かれた酒井には、一年後、風魔の天誅が下された」

虎庵が柳生俊方を見ると、俊方は大きく二度うなずいた。

「その後、将軍綱吉様が堀田正俊様を大老に取り立て、逼迫していた財政は好転しはじめた」

「しかし堀田様も暗殺される……まさかそれも風魔の仕業と申されますか」

虎庵は口を開かずにいられなかった。

「あれは堀田様の権勢を良しとしない柳沢吉保の仕業だ。堀田様が殺されたのを機に、綱吉公は奥御殿に籠もるようになり、将軍と老中の取り次ぎ役となった側用人柳沢吉保が権勢を持つこととなった。だが、問題はここからだ」

「まだ問題があるのですか」

虎庵は半ば呆れて訊いた。

「乱世の元凶を柳沢吉保と見定めた九代目風魔小太郎は、翌年、柳沢への天誅を試みたが、柳沢と通じていた裏切り者の密告により天誅は失敗に終わる」

大岡は苦虫を噛み潰したような顔で口にした徳川幕府の裏面史は、虎庵にとって衝撃の連続だった。

「大岡様、この百年間の幕府の深層は十分に理解し申した。しかし、それがそれがしと、いかなる関わりがあると申されるか」

虎庵は大岡越前に対して、最大の疑問を単刀直入にぶつけた。

「九代目風魔小太郎の襲撃を事前に察知した柳沢吉保は、手下の忍に命じて生まれたばかりの風魔の嫡男を拐《かどわ》かした。そして九代目風魔小太郎と取引した。『子を返して欲しくば、家康様より与えられた筆架叉をよこせ。そして吉原の経営に専念せよ』とな」

「姑息な……」

「武士とはそんなものよ。いずれにせよ風魔は一子相伝。ほかに子がなかった九代目は、それが罠とわかりながら、柳沢との取引に応じたが、案の定、柳沢は九代目から筆架叉を奪い、子は返さなかった」

「柳沢吉保、武士の風上にもおけぬ輩ではありませぬか」

「そうよのう。そして十年後、九代目風魔小太郎は失意のうちにこの世を去り、筆架叉と嫡男を奪われた風魔は、いまも吉原で息を潜め続けておる」

腕を組み、中空の一点を睨んだ大岡越前の眉間《みけん》に、深い皺が刻まれた。

「風魔の嫡男は、どうなりました」

「ん？　まだわからぬか」

大岡越前の鋭い視線が虎庵を射抜いた。

「風魔の嫡男は、俺の目の前にいる」

「目の前って、それがしがですか？　なにを馬鹿なことを申される」

「馬鹿なことではない、その方が十代目風魔小太郎だ」

大岡越前は、目を伏せて肩を振るわせる虎庵を凝視した。

「よいか虎庵。筆架叉と交換でその方を風魔に返せば、風魔は必ずや復讐に転じることくらい柳沢もわかっていた。ゆえに柳沢は自分への復讐を避けるために、その方を人質としたのだ」

「それはわかりますが……」

「柳沢は一計を案じ、御三家の紀州徳川家に筆架叉とその方を託した。柳沢は綱吉公の御息女鶴姫様を娶ったことで、将軍継嗣の噂まで立っていた紀州徳川家にすり寄り、上様の父光貞様はその甘言に乗り、柳沢の頼みを引き受けた」

「柳沢の頼み？」

「左様、風魔のことなど何も知らぬ光貞様は、その方を預かり、附家老に命じて薬込役頭村垣吉兵衛の養子にしたのだ。そして宝永二年五月十八日、綱教様が亡くなったおりに、上様は光貞様に呼ばれてすべてを教えられた。光貞様は、知らぬ事とはいえ、柳沢の陰謀に手を貸したことを深く恥じていたそうだ」

「光貞様が……」

「綱教様が亡くなった三月後の八月に光貞様、そして翌九月には四代目藩主となったばかりの頼職様までが相次いで亡くなるや、上様はとりあえずその方を清国に送った。そうだったのう、真壁殿」

桔梗之介は黙って頷いた。

「え、桔梗之介は知っていたのか」

「桔梗之介は紀州藩附家老水野家の六男で、村垣家家人として送られた警護役」

「そ、そんな、馬鹿な……」

「その方がどう考えようが、それが真実。風祭虎庵、今日よりその方は十代目風魔小太郎に戻り、大権現様との約定を果たせ。話はそれだけだ」

大岡越前は腕を組み、虎庵の視線を避けるように天井を仰いだ。

「この話、それがしがお断り申し上げたら、いかがなりましょうか」

「なるほど、断るか……。だがそうなれば、幕府は大権現様と風魔の約定が反故にされたと判断し、吉原を焼き払って風魔を皆殺しにせねばならぬ。この江戸に三千ともいわれる配下がいる風魔一族だ。女もいれば子もいよう。それらの命を奪うことになる判断をその方がするとは思えぬがな。さて、話はそれだけだが、この屋敷はその方に下げ渡すというのが上様の命だ。その方の運命を弄んだ徳川家のひとりとして、せめてもの償いだそうだ」

大岡越前はそれだけいうと席を立った。

「もう一度うかがいまする……」

「くどいっ！　その方が風魔の統領となれば、何をなすべきかはおのずとわかろう。天がいまこそ風魔の復活を望んだ。大権現様も、上様も、そして儂もな」

唇を噛み、押し黙った虎庵の握り締めていたこぶしと腕が、わなわなと震えた。

「それから虎庵よ、真壁殿の処遇は、その方に任せるそうだ」

大岡越前と柳生俊方は、出口に向かった桔梗之介のあとに続いた。

あまりに衝撃的な話に、虎庵は茫然自失のまま、しばし立ち上がれずにいた。

しばらくすると、大岡たちを見送った桔梗之介が秘密の部屋に戻ってきた。

「虎庵様、大岡様の話はすべて真実。私は我が父からの密命を受け、この三十二年間、虎庵様の警護を務めてまいりました」

「桔梗之介、その話はもうやめてくれねえか」

虎庵は、桔梗之介の言葉を遮るようにいった。

「はい、それでは大岡様からの御伝言です。これは診療所に役立ててくれと、上様から拝領いたしたそうです」

桔梗之介はそういって、大岡が座っていた席の後ろにある隠し扉を開いた。

中には千両箱が十個、無造作に積み重ねられていたが、虎庵にはそんな金などどうでもよかった。

「俺は怒ってもいねえし、恨みつらみをいう気もねえ。ただ、いきなりお前は風魔だといわれても、なにをどうしたらいいのか見当もつかねえんだ。それに桔梗之介、上様は俺にお前さんの処遇を任せるといったが、俺を護るためにお前さんの人生をあたら棒に振らせちまったとはな、このとおりだ」

虎庵は椅子をたち、桔梗之介の足下で平伏した。

「虎庵様、やめて下さい。すべては藩命で行ったことで是も非もありませぬ。ただ、私も今年で三十九歳、今日を機会に今後の身の振りようをじっくりと考えてみようかと思います」

「何か考えはあるのか」

「そうですね。虎庵様との上海暮らしを経験したことで、私は武士という生き方にいささか疑問を感じております。だからといって、頭の悪い私にできることといえば兵法くらい。今さらとも思いますが嫁でも娶り、子供相手の町道場でも開ければと思っております」

「それはいい考えだな。だが嫁も道場も、今日の明日のでは決まるまい。どうだろう、いましばらくの間、ここに住んで俺を助けちゃくれねえか」

桔梗之介は無言のまま、項垂れた虎庵を見つめた。

虎庵の涙を見たのは初めてだった。

「まずはこの箱の中身を改めたほうが、よいのではありませぬか」

桔梗之介はそういうと、漆塗りの細長い箱を虎庵の目の前に差し出した。

箱の蓋にも金色の三つ葉葵が輝いている。

虎庵は黙ってうなずいた。

桔梗之介がふたを開けると、箱の内側には繻子がほどこされ、その中央に二本の黒い十手のようなものが互い違いに鎮座していた。

形は十手のようだが手元の鈎が対になり、棒の先端は鋭くとがり、根元には金の三つ葉葵と「天下御免」の四文字が象嵌され、柄には金糸が巻かれている。

「筆架叉、別名サイと呼ばれる唐の武器でございます」

「上海の南派少林寺で似たような武器を見たが、これが天下御免の筆架叉か。もはや大岡たちの話を疑う余地はねえようだな」

虎庵はそういうと、何の気なしに、持っていた筆架叉を振り下ろした。

筆架叉の先端が空気を切り裂き、乾いた風切り音がだけが部屋に響いた。

6

翌日の夕刻、二日酔いの頭痛でようやく目が覚めた虎庵は、例によって縁側に座り、虚ろな目で庭先を眺めていた。

昨夜、桔梗之介はとりあえず、風魔の巣窟である吉原に行くべきだといった。

ものの順番でいえば、虎庵もその意見に異論はない。

だが道理や順番はわかっていても、虎庵の本能がそれを拒否させている。

虎庵が煙管を咥えた時、背後で桔梗之介の声がした。

「虎庵様、薬種問屋の富山屋主人で、忠兵衛という者が訪ねてまいりましたが」

「時任の話では、今度の診療所に出入りすることになっている薬種問屋が、たしか富山屋とかいったはずだ。しかし、俺は診療所なんかやっていいのかね」

「虎庵様にとって、いまや上様は主君ではありませぬ。ゆえに、その命を聞く必要もありませぬ。ですが虎庵様も江戸に戻ってまだ三日で、江戸は異国も同然ではないですか。ここは蘭方診療所を開いてみて、様子を見るのも手でしょう」

桔梗之介はそういって虎庵の背中をどんと叩いた。

「そ、そうか。お前さんがそういうんじゃ仕方がねえな。じゃあ、富山屋とやらを玄関奥の座敷に通しておいてくれ」

着替えを終えた虎庵は、玄関奥の座敷の引き戸を引いた。

部屋には身なりのいい初老の男と、奇妙ないでたちをした青年が待っていた。

時任の話によれば、目の前にいる初老の男の名は忠兵衛、紀州藩御用達の薬種問屋で五十代半ば、丁寧な物腰と柔和な表情がいかにも商人といった風情だ。

気になったのは、忠兵衛の隣に座っている青年だった。

小柄な体に生地は高級そうだが、やけにだぶついた羽織と着物を着ている。福助のような小太りの顔には、細いたれ目にだんごっ鼻。白粉を塗りたくったような白い肌に、紫色のおちょぼ口が異様だった。

しかも本多髷と呼ばれる奇妙な髷は、ねずみの尻尾のように異様に細長く、元結はこよりを使わずに太めの黒い木綿糸。月代《さかやき》には短い毛が苔のようにびっしりと生え、細い本多髷の先端が釣竿のようにちょこんと乗っていた。

虎庵は十五年に及ぶ上海暮らしで、珍妙奇怪、奇妙奇天烈、奇怪無比、様々な格好をした異国人を見てきた。

　文化や歴史の違い、衣類や化粧の違い、人種、民族の違いによる白い肌に黄色い肌、茶色や青黒い肌もいた。日本人では当たり前の黒い瞳も青に緑に灰色、髪も黒に茶色に金、銀、赤と多様だった。

　しかし面妖という意味でいえば、目の前に座る青年もひけはとらない。

　虎庵が席に着くと、忠兵衛が口を開いた。

「風祭虎庵先生、富山屋忠兵衛にございます。本日は……」

「忠兵衛さん、堅苦しい挨拶は抜きにしやしょう。なにしろ時間がねえんだ。明日には診療所を開かねばならなくてね」

　虎庵は平伏したままの忠兵衛にいった。

「それではお言葉に甘えさせていただき、まず、ここにいる者は私の妾の連れ子で、次男の愛一郎と申します」

　ぺこりと頭を下げた愛一郎の、だぶだぶの羽織と着物は高級品の絽で、甘やかされて育った大店の次男坊は、いっぱしの傾奇者《かぶき》気取りだった。

「ほう、愛一郎さんですか。なかなかの傾き振りじゃございませんか。だが心の臓に病を抱えてらっしゃるようですね」

「一目でこの子の病を見抜かれるとは、さすがは名医と名高い虎庵先生」

「富山屋さん、診療所を開く前から名医はねえでしょう」

「何を仰しゃいます。紀州藩の水野様のお話では、五ヶ国語を操り、漢方に蘭方、最新のプロシアの医学も修得されてらっしゃるそうではないですか」

「水野様がそんなことを……」

「じつは先生を見込んでの、お願いがあってうかがった次第でございます」

「初対面でお願いですか」

「あつかましいとは思いますが、とりあえず話だけでも聞いた下され。じつはこの子の母親は三年前に、心の臓の病で亡くなりました。三十九歳という若さでした。見た目は少し痩せているくらいで、明るくて元気な女だったのですが、二十五歳を過ぎたあたりから床に伏せがちになりましてね。江戸の名医といわれる方には八方手を尽くしたのですが、薬種問屋の私にもわからぬ薬を処方されるばかりで、一向に良くなりませんでした。この子はもう二十歳、母親と同じ心の臓の病気持ちならば、あと何年も生きられないこともわかっているんです」

忠兵衛は一気にまくし立てた。

「あと何年もって、そこまで極端とは思いやせんが……」

虎庵は忠兵衛に試されているような気がした。

「とぼけた格好をしておりますが、これで幼いころから医術に憧れておりましてね。

母親が亡くなるまでは、部屋にこもって薬草の本やら漢方の本を一日中読みふける毎日でした。そして、毎晩、母親の枕元に座っては手を握り、『おっかさん、あたしが大人になったら、きっと病気を治してあげるからね』と励ますのが日課でした。自分のことより、母親のことが気がかりだったのです」

　忠兵衛は腕を組み天井の隅の一点を見つめた。

　昔を思い出しながら、とつとつと話す忠兵衛の頬に、ひと筋の涙が流れた。

　何やら芝居気たっぷりだが、虎庵は黙って頷いた。

「私はこの子が不憫で、高価な漢方の医学書を買い与え、神田の漢方医に弟子入りをお願いにも行きましたが、首を縦に振ってはいただけませんでした」

「漢方で心の臓は血脈の要。その漢方医にも愛一郎さんが抱えている病は、一目瞭然だったのでしょう」

「はい。あの子はそれ以来、漢方に見向きもせず、蘭学の医術書を読み漁りだしたのです。そしてある日、母親の容体が急変しました。隣で寝ていた私が異変に気づくこともないままに、明け方、床の中で眠ったように亡くなっていました。安らかな死に顔というのは、ああいうのをいうんでしょうね。口元に微笑を浮かべ、まさに菩薩のような死に顔でした」

　そういうと忠兵衛はあたりに憚ることなく、おいおいと声をあげて泣いた。

「忠兵衛さん。人は生きてきたように死ぬといいますが、愛一郎さんのおっ母さんの人生は、あなたのおかげで穏やかな一生だったのでしょう」

「先生、この子はあの日以来、私とほとんど話すこともなくなり、つい最近までこのような格好で、色街に入り浸りだったのです。それが先日、なにを思ったか、なにがなんでも、蘭方の先生を紹介してくれといってきかんのです」

「いまの私には、愛一郎さんの心の臓の病を治すことはできませんぜ」

「違うんです。この子は蘭方医になれるなら傾いた暮らしを改め、人のために働きたいというのです。お役に立てないことを承知の上でお願いします。愛一郎を先生の弟子にしてはいただけませんでしょうか」

忠兵衛の脇で正座したまま微動だにせぬ愛一郎を見れば、その想いと言葉に嘘偽りがないことはわかる。

「愛一郎さん、あんた傾奇者のようだが、上様のことをどう思うかね」

虎庵の問いに愛一郎が面を上げた。

「将軍様は時代を経てゆるんだ武家諸法度を天和の頃の諸法度に戻されるほど、武芸を尊ばれる硬骨の方とお聞き及びしております。傾奇者とはいい女を抱き、いい酒を飲み、旨い物を食らい、刹那に生き、刹那に死ぬ。上様とはすべからく相容れぬかと……」

「うむ。俺も同感だ。一度きりの人生、自分が納得できる生き方をしてえわな」

愛一郎はぺこりと頭を下げた。くりくりとした目が、きらきらと輝いている。

「だけど女も酒も親の脛齧《すねかじ》っていては、戦国の世の傾奇者が泣きますぜ」

「わかっております。ですから医学を学びたいのです。私は武士や町民、百姓に拘らず、人の命は大切だということを教えてくれた綱吉様が好きです」

「綱吉様ねえ。だが犬や虫けらまで殺すなってのは、行き過ぎじゃないかね」

「お言葉ですが虎庵先生。おつむの悪いお武家に、命の大切さは皆同じということを教えていただけたのがあの令です。百姓や町人だって、口減らしや手めえの都合で赤子を捨てたり、病の旅人を往来に捨てるようなことをしたらどうなるか。武士も町民も百姓も、先生のように賢い者ばかりではありません。大半は命がけで教わらなければわからぬ馬鹿者たちなのです」

「で、お前さん。医者になってどうするつもりだい」

「わかりませぬ。わかりませぬが、病気や怪我で苦しむ人々を楽にしてあげたい。私のような者でも精進すれば、いずれは見えるものがあると思います」

「あんたの気持ちも覚悟もようくわかった。だが修業は決して楽じゃあねえ。毎朝、鶏が鳴いたら診療所にくること、そこからはじめやしょう」

虎庵の言葉に、忠兵衛と愛一郎ははじかれたように座を直した。

敏捷な愛一郎の身のこなしに、虎庵は心臓病と見立てた自分の目を疑ったが、額を畳に擦りつけるふたりに小首を傾げながら、手元の冷えた茶を飲み干した。

第二章　襲名

1

虎庵と桔梗之介が居間に戻ると、外はとっぷりと日が暮れていた。

深まりを見せる秋の空気は、冷たく爽やかだった。

「虎庵様、それにしても珍妙な若者でしたな」

終始、口を開くことのなかった桔梗之介は、大きく伸びをしながらいった。

「そうだな、あれが今時の傾奇者なんだろうが、医者になりたいとい気持ちに嘘偽りはなさそうだ。よろしく面倒を見てやってくれや」

「虎庵様、どうです、今宵、吉原に行ってみませんか」

「よ、吉原だと。いきなり何をいう」

「いきなりもなにも、虎庵様が風魔の十代目であるのなら、風魔の巣窟・吉原に行けばなにかわかるはずでしょう」

「それはそうだが、診療所の開所を控えた前の晩だぞ。それに大岡の話しぶりからすると、この一件はすでに上様と風魔の話はついているはずだ」

柳沢吉保に拉致され、紀州徳川家が三十二年間隠し通してきた十代目統領を返そうというのだ、風魔の方から何らかの動きを見せて当然のはずだ。

「虎庵様はなんだかんだと理屈をこねますが、ようするに真実を知ることが怖いだけなのではないですか。いいから、行きましょう」

「い、行かぬといっているではないか」

「あれ？　昨夜、泣きながら私に助けを求めたのは、どなた様でしたかねえ」

桔梗之介の口元には、不敵な笑みが意地悪そうに浮かんでいる。

「わ、わかった。お前さんは上海でも、二日とあけずに遊女屋通いしていたくらいの女好きだからな。もてない男の女好きにはかなわぬわ……」

「さすがは虎庵様……って、もてない男とはどういう意味ですか」

「どうもこうもねえよ。そうと決まったら急ぐぜ。すべてお前さんに任せるが、明日は開所日だ。泊まりというわけにはいかねえからな」

一応、桔梗之介に釘を刺した虎庵だが、心なしか足取りが軽かった。

それから四半刻後、ふたりが浅草寺裏にさしかかったところで事件は起きた。

月明かりだけの暗がりの中、前方の太い欅の陰から五人の侍が飛び出してきたのだ。編み笠で顔を隠した五人は浪人者のようで、薄汚れた袴を穿いているが羽織は着ていない。

尋常ならざる殺気を放ちながら、じりじりとにじり寄る、浪人の持つ抜き身がギラついていた。

「風祭虎庵だな」

先頭の男が、押し殺した声でいった。

「確かに風祭虎庵だが、私はただの町医者。段びら振りかざしたお侍に襲われる覚えはありませんが」

虎庵の言葉に、浪人たちは無言だった。

浪人たちが一斉に脱ぎ捨てた編笠が、月明かりに舞った。

先頭の男を中心に四人の男が左右に広がり、男たちは鶴翼の陣形をとった。

声を発した浪人以外は、すでに白刃を八双に構え臨戦態勢が整っている。

先頭の浪人の背後にある欅の樹上には、もうひとり姿を隠した何者かが息を潜めている。

「ここは、それがしが」

桔梗之介が飛び出そうとしたが、相手は鶴翼の陣形を取っている。

下手に飛び出せば瞬時に背後をとられ、四方を囲まれることになる。

虎庵が桔梗之介の袖を掴んだとき、左から二番目にいた団子鼻の浪人が、八双の構えからゆっくりと右肩に刀身を担ぐようにし、右肘を高く掲げた。

「蜻蛉の構え……薩摩示現流か。小野派一刀流、真壁桔梗之介。お相手申す」

「お命頂戴つかまつる！」

桔梗之介が身構える前に、団子鼻の示現流一の太刀が繰り出された。

示現流にとって先制攻撃の第一撃命がすべて。

鋭い斬撃は、さすがの桔梗之介もかわすのが精いっぱいだった。

二の太刀、三の太刀。

示現流の白刃が、乾いた音を立てて空気を切り裂く。

しかし、繰り出されるごとに鋭さを失う示現流の斬撃だけに、かろうじてとはいえ、見事に一の太刀をかわした桔梗之介は、太刀筋をことごとく見切った。

白刃を楽々とかわした桔梗之介が、愛刀関孫六の大刀の柄に手をかけた。

次の瞬間、目にも留まらぬ速さで振り出された桔梗之介の白刃が、糸を引きながら団子鼻の右腕を切り落とした。

「うぐぐっ」

団子鼻は二の腕から鮮血を振りまきながら、ゆっくりと回転する。

桔梗之介の二の太刀が、兜割りに打ち下ろされた。

団子鼻が反射的に頸を傾げたために、頸筋に食い込んだ大刀は団子鼻の上体を切り裂きながら、臍のあたりで止まった。

すでに心臓を切り裂いているためか、ほとんど出血もない。

「フムッ!」

桔梗之介が気合とともに刀を引くと、切っ先はゆっくりと股ぐらを抜けた。

凄まじい桔梗之介の太刀筋に、団子鼻の右隣にいる猿顔の浪人の目には、明らかに恐怖の色が見えている。

猿顔もまたゆっくりと刀を右肩に担いだが、明らかに腰が引けている。

桔梗之介の大刀の切っ先から血の雫が流れ落ち、小さなほこりを舞い上げた。

「チェストー!」

猿顔は聞きなれぬ気合とともに、猛烈な勢いで低く飛び出した。

しかし、桔梗之介がほとんど同時に払い上げた大刀は、激しい火花とともに振り下ろされた浪人の刀を粉砕し、猿顔の頸筋に食い込んだ。

あと三人。

「示現流ということは薩摩藩の手の者か。なぜ、我らの命を狙う」

虎庵の問いにも、浪人たちは反応しない。

中央の浪人に向き直り、正眼に構えた桔梗之介の切っ先は微動だにしない。

両脇にいた浪人は目配せをすると、突然、左右に散った。

ふたりの狙いは、桔梗之介の背後にいた虎庵だ。

真ん中の男と対峙している桔梗之介の反応が遅れ、ふたりの浪人はまんまと虎庵の前に進み出た。

「しかたがねえな。お前さんたちに恨みはねえが、死んで貰うぜ」

右手には細身、左手には小太り。

虎庵はゆっくりとその場で片膝をつき、両手を背後にまわした。

帯の結び目の両脇には、五寸ほどの三綾針《さんりょうしん》が二本ずつ仕込まれている。

三綾針は漢方でおできを切除するときに使う治療器具で、先端が鋭く尖った鋼の三角錐だ。

三つの辺の綾は、触れただけで皮膚が切れるほどに鋭利に研がれている。

上弦の月が雲間に隠れ、あたりは一瞬の闇に包まれた。

虎庵の左右の指が三綾針を挟み、目にも止まらぬ早業で両手が振り抜かれた。

暗闇にもかかわらず、振り出された四本の三綾針はふたりを正確に射抜いた。

両目を射抜かれた右の細身の浪人は、悲鳴を上げながら両手で顔を覆い、その場にくずれた。

隣で両膝を突いた小太りの浪人の喉には、三綾針が深々と突き刺さっている。

「キエーッ」

甲高い気合いとともに、鋭く振り出された虎庵の右足が、小太りの首筋に食い込んだ瞬間、直角に曲げられた膝が伸びきった。

全体重を乗せた蹴りの一撃は、一瞬にして浪人の頸椎を粉砕した。

後ろ跳び回し蹴り。

虎庵が上海で憶えた少林拳の旋風脚だった。

浪人は口から大量の紅い泡を吹き出しながら、四肢を激しく痙攣させた。

残るはひとり。

桔梗之介の眼前に残った狐目の浪人もまた示現流。

その構えと冷たい殺気は、他の四人と一線を画している。

「桔梗之介、そいつはかなりの手練だが、聞きたいことがある」

一間ほどの間合いで対峙し、じりじりと左回りに回転を始めた桔梗之介は返事をしない。

桔梗之介が上弦の月と大木を背にした瞬間、樹上で殺気が放たれた。

同時に振り下ろされた狐目の切っ先は、樹上の殺気に気を取られた桔梗之介を完璧に射程圏内に捕らえていたが、その切っ先には、わずかな迷いがあった。

「オリャーッ」

瞬時に片膝をつき、真一文字に振りぬかれた桔梗之介の斬撃が、浪人の太股を切り裂いた。

切り口から血飛沫を上げながら浪人は、その場でもんどりうった。

浪人から事情を聞きだすために、完璧に相手の動きを封じつつ、致命傷は与えない桔梗之介の斬撃だった。

桔梗之介がその場にへたり込んだ浪人に近寄ろうとした時、背後からこれまでにない邪悪な殺気が放たれた。

「桔梗之介！　後ろだっ！」

月明かりの中で投げ放たれ、糸を引きながら迫り来る小柄を桔梗之介は見事にかわした。

だが、桔梗之介のかわした小柄はそのまま闇を切り裂き、へたり込んだ狐目の浪人の眉間に突き刺さった。

樹上で気配を消していた者が放った、口止めの一撃だった。

ふたりが振り返ったとき、樹上にあった謎の気配は完全に消えていた。

「虎庵様、大丈夫ですか」

桔梗之介は、浪人の眉間に食い込んだ小柄を抜いた。

「おう、なんとかな。欅から小柄を投げた野郎、ただ者じゃねえぜ」

「気配といい、小柄の投擲技といい、奴は間違いなく忍です」

「風魔ということか。十代目の統領に対して、とんだ歓迎振りじゃねえか」

「しかし、浪人どもはことごとく示現流でした。示現流が門外不出ということを考えると、奴らは薩摩藩の者」

「今度は薩摩藩だと。なんで江戸に戻ったばかりの俺が、薩摩藩に命を狙われなければならねえんだ。今日は吉原どころじゃねえな、ともかく屋敷に戻るぜ」

虎庵は顔面蒼白のくせに、なぜか口元に薄ら笑いを浮かべていた。


屋敷に戻った虎庵は、縁側に腰かけてぼんやりと月を眺めている桔梗之介に、徳利を突き出した。

「とんだ一日になっちまったな。怪我はなかったか」

「なあに、まともな示現流の手練れは最後の一人だけでした」

「俺から見たって奴らの腕では、お前さんにかなうわけがねえのに、奴らは歯向かってきやがった。桔梗之介、兵法家ってやつは、死ぬとわかっているのに、ああやって立ち向かってくるものなのかねえ」

「真剣勝負は殺るか殺られるか。かなわぬと思ったら、私は逃げます」

「ならば奴らはただの馬鹿となるが、薩摩藩門外不出の示現流遣いということは、奴らものっぴきならねえ命令を受けていたんじゃねえのかな」

「確かに……しかし、樹上から留めの小柄を投げた者は間違いなく忍び。風魔の手の者とも考えられます」

「それはねえだろう。三十二年ぶりに返ってきた統領だぜ。樹上から止めの小柄を投げた者は、風魔ではなくて薩摩の山潜りと呼ばれる忍びだろう」

「だといいのですが、奴らは風祭虎庵と知った上で襲ってきました。しかし、あなたが風祭虎庵になったのは、ほんの三日前の夜のことです。しかもそれを知っているのはごくわずかです」

「ということは上様直々の命令が、筒抜けになっているということだ。上様が風魔に天誅を下させたい相手が薩摩藩となれば……」

「し、島津が上様の敵なのですか」

「別にそうと決まったわけではないが、島津家は徳川家より遥か以前から、貿易を通じて諸外国と関わりがある。江戸からもっとも離れた地だけに、その昔、惣目付柳生但馬守は、百名を超える隠密を送り込んだそうだ。あれから百年、その隠密どもは幕府の草として、未だに薩摩の地に根付いているときく。それだけに薩摩藩に不穏な動きがあれば、すぐに幕府の知ることになる」

虎庵は煙管を咥えると、勢いよく吹いた。

「虎庵様、こいつはうかうかしていられませぬぞ」

「それは上様の都合だろう。上様が城内で寝ている間に、実際に命を狙われたのは俺たちなんだ。なにも焦ることはねえやな。奴らが暗殺に失敗した以上、嫌でも次の手を打たぬわけにはいくまい。ま、誰が相手だとしても、ここはお手並み拝見といこうじゃねえか」

虎庵は茶碗の酒を飲み干すと、妖しげに光る上弦の月を見上げた。

2

翌朝、いよいよ診療所は無事開所の時を迎えた。

桔梗之介が開所予告の張り紙を門前と土塀に張り出したせいか、朝五つ（午前八時頃）だというのに、門前には黒山の野次馬が屋敷の様子をうかがっている。

「どんなお医者かねえ。これだけ立派なお屋敷じゃ、やっぱり乗り物医者かね」

腰の曲がった老婆がつぶやいた。

この時代、医者は駕籠に乗って往診に出かける乗り物医者と、徒歩で出かける徒歩医者にわかれた。

乗り物医者も薬礼という診察料さえ払えば誰でも診てもらえるが、その額最低四両で、助手にまで金を払わねばならない。

一方、徒歩医者といっても、薬礼は一分から二分が常識で、いずれにしても貧乏町民には、医者などまるで縁のない無用の長物なのた。

「婆さん、医者ってえのはよ、何人助けたかじゃなくて、何人殺したかで腕が上がるのさ。この豪勢な屋敷構えじゃ千人、いや二千人はあの世に送ってるぜ」

道具箱を担いだ大工が答えた時、突然、音もなく門扉が開いた。

そして門の奥から伽羅の芳香が流れだし、長身の男が姿をあらわした。

年の頃は三十歳くらい、身の丈は六尺を超え、総髪に縞の着物を着た立ち姿は、ため息が出るほどの凛々しさだ。

鼻筋は通り、目元も涼し気、医者というより役者を思わせる虎庵の端整な面立ちに、黒山の野次馬の中の女だけが一斉に熱いため息をついた。

厚さ一寸、長さ六尺の木製の看板を軽々と小脇に抱えた虎庵は、野次馬たちに、

「よっ、俺は風祭虎庵だ、よろしくな」

と挨拶すると、門の脇に看板を掲げた。

美しい正目の檜の一枚板の看板には、墨痕鮮やかに見事な楷書で「風祭蘭方診療所良仁堂」と筆書きされていた。

「あの先生が診てくれるんなら、あたしゃ、殺されたってかまやしないよ」

さっきまで腰の曲がっていた婆さんが、虎庵見たさで腰と背筋を伸ばし、瞳をうるませている。

「いいか、体の具合の悪い者は、毎朝五つにここに並んでくれ。診療は来た者順、診察料は心づけで結構」

桔梗之介が大声で説明した。

「桔梗之介、そういえば愛一郎は、まだ顔を見せてねえか」

「愛一郎ですか。知りませぬが」

桔梗之介は小首を傾げた。

――浅草寺裏の襲撃と、あの日の面会は係わりがあるのか？　まさかな……。

虎庵の脳裏に小さな疑惑がよぎった。

しかし愛一郎の筋金入りの傾きぶりを思うと、虎庵もそれ以上はあえて考えなかった。

気にならないといえば嘘になるが、厄介払いができたというのが本音だった。

とその時、背後から蚊の鳴くような、今にも消え入りそうな声がした。

「虎庵先生、遅くなりました。よろしくお願いします」

愛一郎の声だった。虎庵が振り返ると、小坊主が直立不動でいた。

ねずみの尻尾のように細く、珍妙だった本多髷は剃り落とされ、つるつるの真っ青な頭皮が汗で光っている。

傾いた服装も地味な作務衣に改まっている。

身なりが変わると、すっとぼけた福助のように思えたその面立ちに、凛とした緊張感が漂い始めている。

愛一郎の変貌振りには、覚悟のほどが見てとれた。

「おう、待ってたぜ。さっさと診療室で準備をしてくれ」

「はい。かしこまりました」

愛一郎はぺこりと頭を下げると足早に門を潜った。

「どうした、そこの姉さん。顔色が悪いなあ、どれ、診てやるから中に入んな」

虎庵はそういって手で招いた。

どこかで見たことのある女だと思っていたら、下谷広小路で道を訊いた提灯店の客引き女だった。

「あたしゃどこも悪かないよ。あたしより、このおばあさんを診ておやりよ」

「お前さんがどう思おうとかまわねえ。いいから来なってんだ」

虎庵は女の手を掴んで診療室に向かった。

診療室に戻った虎庵は、女を上海で手に入れた丸椅子に座らせた。

「お前さん、名前は」

「お絹です」

「お絹さんか。あんた身籠っているだろ。しかも女陰からの出血が止まらねえ」

血の気の引いたお絹の顔色に、虎庵は子宮の異常を疑っていた。

下半身の出血を見抜かれたお絹は、黙って頷いた。

「それじゃあ、裾をまくって、その診察台に横になってくれ」

お絹は黙って虎庵に従った。

一通り診察を終えた虎庵は、桶の水で手を洗いながらいった。

「出血が止まらねえのは、子宮の内側に傷があるんだ。このままじゃ、子は流れちまうかもしれねえな」

「先生、水に流れてくれるなら、あたしもその方がありがたいんだけどねえ」

お絹は身づくろいをしながらいった。

遊女が子を望まぬのは当然だが、虎庵に応えるつもりはない。

「お前さんの気持ちはわかるが、正直なところ蘭学でもどうにもならねえ。ともかく体を冷やさねえことだ。今、堕胎をすることも可能だが、仮に流れたとしても、お前さんも命がけだぜ。それだけは忘れねえでくれ」

「わかったよ。先生のいう通りにするよ。先生、お薬礼だけど……」

「礼なら玄関に瓶が置いてある。気持ちでいいから投げ込んでくれ。大事にな」

愛一郎が診療室の扉を開けると、控えの間でさっきの婆さんが待っていた。


昼過ぎ、午前中の診療も終わり、愛一郎が良仁堂の門前を掃いていると、数人の男たちが戸板に人を乗せて走ってきた。

「薬種問屋富山屋でございます。虎庵先生はいらっしゃいますか、大旦那が大変なんです」

「富山屋って……」

愛一郎は戸板の上の義父の顔を見ると、すぐさま虎庵のもとへ走った。

虎庵は診療室の床に厚布を敷き、猪牙舟を横から見たような形の小刀を何本も並べ、熱心に砥石の上を滑らせていた。

「なんだ、慌ててどうしたい」

「先生、親父が倒れたんです」

虎庵は診療室に走った。

「こいつぁまずいな。愛一郎、鍼の用意をしてくれ」

虎庵は戸板に横たわる忠兵衛の身体を軽々と抱き上げて診療台に乗せた。

ほんの数日前、ピンピンしていた忠兵衛の意識はすでにない。

意識がなく、軽い鼾をかいているところを見ると卒中に間違いなかった。

だが卒中に治療法などなく、そのまま事切れるか、意識が戻っても後遺症の残る身体が衰弱して死ぬのを待つだけの病だ。

闘病が長引けば、家族は効きもしない薬のために莫大な金を使うことになる。

卒中は一家崩壊を招く疫病神なのだ。

それだけに容態によっては、医師の判断で患者の鼻と口を濡れ布巾で覆い、安楽死させるのも情けだった。

それが卒中を患った者の運命であり、江戸庶民の暗黙の了解だった。

「愛一郎、みんなを部屋から出してくれ」

虎庵の声に使用人たちは、何事かを察したようにそそくさと部屋を出た。

「愛一郎、忠兵衛さんの頭を押さえてくれ」

愛一郎は虎庵の指示通り、両手で義父の頭を押さえた。

「よしっ！」

虎庵は自分に気合を入れると、忠兵衛の額に折り畳んだ手拭いを置き、左手で押さえた。

そしてその左手の甲を右手の拳で二度、三度と殴りつけた。

この乱暴な治療法で、虎庵にも卒中が治るという確信があるわけではない。

だが上海での医学修行中、この治療法で目を覚ます卒中患者を何度となく見た。あくまで偶然であり奇跡だが、その奇跡が忠兵衛の身にも起こることを信じるしかなかった。

鬼気迫る虎庵の気迫に、愛一郎は失神寸前だった。

だが頭に十回目の打撃を与え、虎庵が諦めかけたとき奇跡は起こった。

「……もう……大丈夫ですよ……」

忠兵衛はゆっくり目を開き、かすかに声を発し、確かに頷いた。

なんとも乱暴で正気とは思えぬ虎庵の行為だったが、虎庵が持つ生来の運の良さが奇跡を起こし、忠兵衛を救ったともいえた。

3

月が変わって九月の初め、江戸南町奉行所与力の木村左内は、月代から滝のような汗を流しながら疾走していた。

そのあとを一台の荷車が軋みをあげながら追走する。

目指すは下谷の蘭方診療所の良仁堂。

本来なら騎馬も使えぬこんな仕事は、配下の同心に任せるところだが、左内にはそれができない事情があった。

一行が数寄屋橋の御番所を出たのは今朝方五つ（午前八時頃）、以来、一度の休憩をしただけで疾走を続けていた。

神田川の新橋を越えて向柳原を抜け、ようやく三味線堀にさしかかったところで左内は立ち止まった。

近道を考えれば下谷御成街道を行くべきなのだろうが、大八車に積んでいる荷物を思うと、左内は自然と人通りの少ない御徒町通りを選んでいた。

「ちょ、ちょっと木村様、ここまでくれば、良仁堂はもう目と鼻の先ですぜ。ここらで一息入れやせんか」

荷車の右側を押していた岡っ引きの御仁吉が声を嗄らせた。

「おう、俺もさすがにのどが渇いた。予定の巳の刻（十時頃）まではまだ間がある。よし、そこの茶屋で一休みしよう」

左内は流れる汗を袖でぬぐい、茶屋の縁台に腰かけた。

袖にはぬぐっては乾いた汗が、数本の白い筋となっている。

「御仁吉、かまうこたあねえから、荷車はそこにおいておけ」

「木村様、そこにおいておけったって、そうはいきやせんぜ」

荷物はかぶせた筵から、青白い二本の脚を覗かせている。

男女の判別はできないが、誰がどう見たって死体だ。

荷車を引いていた下っ引きが、筵をのばして仏の脚を隠した。

「そんなことといったたって仕方あるめえ。今時、捕り方が荷車で運んでる荷物といえば、ろくなもんじゃねえことくらい、みーんなお見通しよ」

左内はそういうと、店主に向かって無言で右手の指を三本突き立てた。

「そんなもんですかねえ」

左内の横顔を見つめた御仁吉は、良くいえば与力とは思えぬ図太い神経にあきれた。

「ところで御仁吉、下谷大門町の良仁堂が開所してひと月あまりになるが、風祭虎庵について、なにかわかったかい」

木村左内は、江戸に姿を現すなり大繁盛を続ける蘭方診療所良仁堂と医師風祭虎庵の身辺を調査させていた。

「それが旦那、腕は確かで馬鹿っ高い薬礼も取らない。しかも、役者張りの色男とくりゃあ近所の評判は上々でして、悪口をいう奴なんざひとりもいやせん」

首を傾げた御仁吉は、下谷広小路で十全屋という口入屋と岡っ引きの、二足の草鞋を履く地元の顔役で、五十人を超える子分を従える博徒の親分だ。

「今時の医者ときたら、効きもしねえ薬を売りつけ、銭の計算ばかりが速い藪医者ばかりだ。それに比べりゃ風祭虎庵は、神さまみたいなもんか。だがよ、世の中、表があれば必ず裏がある。人だってそうじゃねえか。いいことずくめの奴がいりゃ、疑ってかかるのが町方ってえもんだろが」

　御仁吉はバツが悪そうに頭をかいた。

「ところで木村様、この事件は寺社方の扱いになったはずでしょ。それなのに、なんでまた下谷くんだりまで、あの仏を運ばにゃないけねえんですか。どこかの寺の無縁塚に運ぶってんなら合点もいくんですがね」

「大岡様直々のいいつけだ。昼までに下谷の良仁堂に運べってな、それ以上のことは俺もわからねえ。ぐだぐだいってねえで、てめえも一生懸命団子を食え」

　左内は運ばれてきた串団子が山盛りの皿を御仁吉の顔前につきだした。


　昼前、午前の診療を終えて、誰もいなくなった良仁堂の門前の掃き掃除を始めた愛一郎が、ふと顔を上げると、汗まみれの侍を先頭にした荷車が、ガラガラと大きな音を立てながら近寄ってきた。

　このひと月あまり、良仁堂の門前は常に患者でごった返していたが、このような珍客は初めてのことだった。

「風祭虎庵殿はご在宅かな。それがしは南町奉行所与力木村左内と申す」

　身の丈五尺七寸、短い髷に幅広な継裃の男は荒い息でいった。

目鼻立ちの整った優男だが、鋭い視線に元傾奇者の愛一郎は縮み上がった。

「はい、先生はいらっしゃいますが、どなたかご病気ですか」

「ばーか、病人に筵はかけぬわ。今日は南町奉行大岡越前守様直々の命で、名医と名高い風祭虎庵先生に、見てもらいたいものがあって運んでまいった」

愛一郎は左内たちを招じ入れると「虎庵先生、虎庵先生」と大声を上げた。

御仁吉が荷車を玄関先に寄せると、虎庵が姿を現した。

「あんたが虎庵先生かい。それがしは南町奉行所与力、木村左内と申す」

目の前にいる虎庵は見上げるほどの大男だが、身のこなしにまったく隙がない。

大胆に開いた胸元、盛り上がった鎖骨、太い首筋、腕組みした両袖から覗く腕には、幾筋も筋肉が盛り上がっている。

浅黒く焼けてはいるが、目元涼しく鼻筋も通り、引き締まった唇、まさに凛々しい男の色気を漂わせている。

町人どもがお役者先生と噂するのも無理はないと思った。

だが虎庵がただの町医者ではないことは、左内の武士の本能が嗅ぎ分けていた。

「わたしが、風祭虎庵ですが」

虎庵がいった時、庭で素振りをしていたはずの桔梗之介も玄関先に現れた。

「先生、いかがされました」

「なに、こちらは南町奉行所与力の木村左内様だ」

まじまじと左内を見た桔梗之介は、怪しげな荷車に視線を移した。

「で、奉行所のお役人が診療所に何用ですか」

「なーに、ちょいと先生に、直々に見てもらいたいものがあって運んできた」

「ここじゃあなんですから、荷物を診療室に運んでもらえますか。こちらです」

左内は御仁吉に顎で合図を送った。

御仁吉は虎庵と視線を合わせることなく、ふたりの手下に荷車の荷物を運ぶように命じ、荷物は戸板に乗せられたまま診察台に置かれた。

虎庵は荷物にかけられた筵を一気にはぎ取った。

髪を剃り上げた全裸の尼僧の骸は、息があるのではと思うほどみずみずしい。

「酷えことをしやがる」

虎庵は右手の人差し指で、痒くなった耳の穴をほじった。

「ひっ」

虎庵の向かいにいた桔梗之介が、小さな悲鳴を上げた。

筵をめくった拍子に、女の首が桔梗之介側に傾き、光を失った瞳が恨めしげに桔梗之介を睨みつけたのだ。

女の骸を見たくらいで動じるはずのない桔梗之介が、その場にへたり込み、わなわなと全身を震わせている。

「お、お絹……」

「お絹だと?」

左内の右目がキラリと光った。

桔梗之介の言葉に、虎庵は慌てて女の顔を見た。

つるつるに頭は剃り上げられてはいるが、骸は確かに提灯店のお絹に間違いなかった。

「この女はお絹と申すか。尼僧じゃねえのか」

「ああ、うちの患者だ」

「そいつは気の毒だったたな。今朝方、両国橋の橋げたにひっかかっていたのを船番屋の同心が発見した。左の乳房のすぐ下に、一寸ほどの刺し疵、ちょうど臍を横切るように真一文字に切り裂かれている以外に疵はない」

「そんなこたあ、見りゃわかりますよ」

虎庵は左内の説明を遮るようにいい、お絹の全身を舐めるように確かめたが、左内のいった二ヶ所の切り傷以外、外傷らしいものは見当たらなかった。

「お前さんも噂じゃ聞いているだろうが、この仏で五人目だぜ。大川端に腹を裂かれた尼僧の骸が流れついたのは……」

「五人ですって？」

「ああ、そうだ。揃いも揃って頭を青々と剃り上げた尼僧でな、五人が五人とも腹を真一文字にかっさばかれ、心の臓を一突きよ」

「なんでまた木村様は、私のところへこの仏を運んでこられたのですか」

「なんでって、南町奉行大岡様の命令よ」

左内は右手で持っていた扇子の先で首筋をかいた。

「お奉行様の命令ねえ。ま、それはともかく、この骸がお絹である以上、他の四人も殺されたあと、頭を剃られて大川に投げ込まれただけで、尼じゃねえかもしれませんね」

虎庵は半開きになったお絹の瞼をとじ、両手を合わせた。

「そこまでは俺も考えていた。仏はどう見たって尼だからこそ、逆に尼じゃねえんじゃねえかってな。問題は切腹じゃあるめえし、女が腹を裂かれた理由よ」

口をへの字にしていう左内をよそに、虎庵は皆が見ている前でお絹の腹の傷に腕をつっこんだ。

「ひっ、て、てめえ、仏になにしやがるんでい！」

「お絹はあと四ヶ月もすれば、産み月だったんだ。赤子が入っている子袋を探しているんだよ」

眉間に深い皺を刻み、怒りに震える虎庵の唇から一筋の血が流れた。

「てめえ、いい加減にしねえか！」

「黙って聞きやがれ。お絹は年末には子を産むはずだったが、腹のどこにも子袋は見あたらねえ。何者かに腹を裂かれて子袋を奪われ、頭を剃られて大川に捨てられた。いったい誰が何のために、こんなに酷えことをしたってんだ」

虎庵は念仏を唱えながら、血まみれの両手を合わせた。

「お絹の前にあがった四人の遺体は、すべて日本橋の蘭方医が検屍を行なった。だが医師の報告には、妊婦であったことなど一言もなかったぜ。虎庵先生、医者はそれくらいのこと、わからねえのか」

「異常に張った二つの乳、腹回りのだぶついた肉を見りゃ一目瞭然だ」

虎庵は吐き捨てるようにいった。

「仏はとっくに埋葬されておるので、いまさら確認することはできねえが、確かに先生のいう通り、どの遺体も乳が張り、だぶついた腹をしていた」

「まともな医者なら、気づくはずだがな」

虎庵は呆れたようにいった。

「ちょっと失礼しますぜ」

虎庵がそういって診療室を出ると、門の脇の楠にいたカラスが一羽、空気を切り裂くような甲高い声で鳴いた。

4

裏庭の井戸で水をくみ上げた虎庵は、お絹の血にまみれた右手を流した。水は冷んやりとしていたが、お絹の腹に右手を突っ込んだときに、指先から伝わったおぞましい冷気をぬぐい去ってくれるほどではなかった。

だがそのおぞましさが、虎庵の脳裏に上海時代のある記憶を甦らせた。

漢方の教えを受けた師の李翔に紹介された清国の高官の女たちは、日本人の女に比べ、誰も歳のわりに艶やかな肌をしていた。

食べ物の違いといえばそれまでだが、虎庵が李翔にその疑問をぶつけたところ、意外な答えが返ってきた。

「清国には子供を出産したあとに、排出された胎盤をコーリャン酒に漬けて抽出した成分から作る、若返りの仙薬『青美油《チンメイユ》』がある。この仙薬を肌に塗ると、皺が伸び、たるんだ肌が艶と張りを取り戻す。高価な仙薬だけに一般人が手に入れることはできないが、高官の妻や宮廷の女官のほとんどが使用しているのだ」

しかも李翔の説明によれば、仙薬の「青美油」には罪を犯した妊婦の腹を裂いて得た新鮮な胎盤から抽出するものもあり、こちらは若返り効果も高く、わずか一匁で黄金一貫の価値があり、宮廷のみに献上されるという話だった。

「まさか……」

虎庵は息を飲んだ。

仮に目的が胎盤にあったとしても、仏の髪を剃り上げて川に捨てた理由がわからない。

胎盤が目的の殺しなら、死体が発見されて事件が発覚せぬように、埋めるなり焼くのが鉄則だ。

――下手人は事件が発覚するように女たちの頭を剃り、わざわざ仏を大川に流したというのか。

遺体が発見された時に仏が尼僧となれば、事件は町方から寺社方の扱いとなるが、尼僧姿が偽装であれば、寺社方は仏の身元の特定すらできないはずだ。

診療室に戻った虎庵は、漢方の書で学んだ話として、左内に「青美油」の存在を説明しながら、自分の考えを話した。

「清国にはそんな仙薬があるのか。しかし、子を産むはずの女が、別の女と腹の子を犠牲にして若返るたあ、おぞましい話だぜ」

左内は吐き捨てるようにいった。

「名奉行の誉れ高い大岡様のことだ、女たちが頭を剃られた理由がわかっていて、あえて騙されている振りをしているのかも知れませんね」

「下手人が町方では手を出せねえ武家の大物であれば、御奉行が見て見ぬ振りというのも珍しい話じゃねえ。それが宮仕えの知恵ってえものよ」

左内は虎庵と目を合わさず、床を見つめたまま吐き捨てるようにいった。

「見て見ぬ振りが知恵？　なるほどねえ。町方のあんたらがそれじゃあ、無残に殺された罪もねえ妊婦と腹の子は浮かばれねえなあ」

長年の天下太平で、出世に目がくらんだ武士は失態をおそれて事なかれに陥り、国を治めるべき武家の独善、利己主義、拝金主義という末期症状が、小役人にまで伝播している。それがこの国の現実だった。

そう考えると、おぼろげではあるが、虎庵には見えてくるものがあった。

清国で目にした効果を考えると、「青美油」は衰えを見せ始めた大奥の局や公卿、大々名の正室、側室たちが喉から手が出るほど欲しがっても不思議はない。

清国の商人が権力への接近を目的に、宮廷女官の邪心を狙ったように、幕府と大商いを狙う商人、幕府での出世を望む輩から見れば、十匁千両でも最上級の効果を上げる妙薬となる。

しかし問題は、誰が、どのようにして「青美油」を製造しているのかだ。

それに高額な仙薬を売り捌くには、大々名や公卿と通じる人脈と立場が必要だ。

大岡が良仁堂にお絹の遺体を持ち込ませたのは、このひと月あまり、日々の診療の忙しさにかまけ、一切吉原に近付こうとしない虎庵に大岡は痺れをきらし、虎庵を動かすために謀った強硬手段に間違いない。

だがそうなれば、この一件と吉宗が風魔の封印を解き、野に放った理由も関係しているということだ。

――ならばここはひとつ、大岡忠相の謀にのってみるか。

虎庵は不敵な笑みを浮かべた。

お絹のように橋桁に引っかかることもなく、誰に気付かれることもなく、江戸湊の藻屑となった女たちはどれだけいるのか。

生まれてくる赤子との暮らしに夢をはせ、十月十日のあいだ命がけで腹の子を守り抜く、それが母であり女というものだ。

無惨に殺され、腹を裂かれた罪もない女たちの恐怖と無念を思うと、虎庵の両腕が、抑え切れぬ怒りにわなわなと震えた。

「桔梗之介、事情は聞いての通りだ。とりあえずお絹の骸は俺たちが預かり、弔ってやろうじゃねえか」

虎庵と左内のやり取りを聞いた桔梗之介は、すでに正気を取りもどしていた。

だがお絹の骸の前に無言で立ちつくす桔梗之介の顔は、怒りのあまり血の気と表情を失っている。

凍りつくように冷たく鋭い妖気を全身から奔出させ、その瞳には暗い影が射している。

桔梗之介は虎庵に一礼することもなく、幽霊のように診療室を出た。


夕刻、虎庵は桔梗之介に誘われ、池之端の居酒屋にいた。

虎庵と桔梗之介は、互いに自分の茶碗に酒を注いだ。

ふたりで飲むときは手酌、それが虎庵と桔梗之介の決めごとだった。

「江戸に戻ってひと月も経ってのに、あいかわらず俺たちゃ浦島太郎だぜ」

「私はそうでも、虎庵様は浦島太郎ではなく、風魔小太郎です」

桔梗之介が珍しく軽口をいった。

「面白くねえよ」

「私も十五年の隙間を埋めるので手一杯ですが、虎庵様は江戸に戻ったことで、心に埋めようのない穴が開いてしまいましたな」

「ああ、俺たちは上海にいたほうが、良かったのかも知れねえな」

虎庵は茶碗に注いだ酒を一気に呷った。

「虎庵様、私がいうのも何ですが、愛一郎はなかなか見所のある助手です」

「いきなりどうしたい」

虎庵が酒を飲みながら上目遣いに桔梗之介の顔をうかがうと、酒を飲んでもいないのに顔が紅潮している。

「じつは、そろそろお役御免にしていただけませぬかと思いまして」

「あれからまだひと月あまり、町道場はともかく、お前さんが望んでいた嫁がみつかったわけでもないだろう。それに桔梗之介、俺はもう武士じゃねえんだから、お前さんにお役御免もねえだろう」

「我が儘をいってすみません」

「お前さんを引き留めたのは俺の方だ。好きなようにしてくれていいんだぜ」

桔梗之介の何やら裏のありそうな態度に、虎庵は少しだけ苛立った。

「じつは……私も所帯を持とうかと思いまして」

「はあ？　お前が所帯って、なにいってんだ」

首を伸ばして入り口の方を窺い、入り口に立っている影に左手で手まねきする桔梗之介の不審な動きに、虎庵は怪訝そうな顔で見上げた。

「こっち、こっちだ」

突然立ち上がった桔梗之介の脇に、どこかで見たことのある女が現れた。

「桔梗之介、お前、所帯を持つって、提灯店のお絹じゃねえか……え？　お絹はたしか殺されたはず……」

虎庵は桔梗之介と、隣に座った女を何度か交互に見て眼をこすった。

「お絹ではありませぬ。妹のお志摩です」

「お志摩あ？」

どう見てもお絹としか思えぬ目前の女に、虎庵は我が目を疑った。

「お志摩とお絹は双子なのです。お絹は一年前、提灯店で遊女屋を営む富蔵と夫婦になりました。ところが富蔵は三月前に心の臓の病で亡くなり、それで店を継いだお絹は、仕方なく客引きをしていた。お絹は蹴ころではないのです」

「じゃあ、腹の子はその富蔵の子か」

「はい」

「お絹のことはわかったが、そのお志摩さんとは……」

「愛一郎がきた翌日のことです。私は浅草の刀研ぎに行った帰り、偶然に入った蔵前の『かねまん』という小間物屋で、このお志摩を見初めました」

嬉しそうにお志摩を見つめる桔梗之介に、虎庵は茶碗を咥えたまま呆然とした。

「偶然て、そりゃあ話ができすぎだぜ。俺は信じねえよ、絶対に信じねえ」

「先生、桔梗之介様のお話は、本当のことなんですよ。初めてお店におみえになって以来、一日も欠かさずおみえになって……」

いきなり口を開いたお志摩が、恥ずかしげに俯いた。

「そ、それで、お前、お志摩さんをもう……」

「それは、あの……」

上海では夜毎、娼館通いを欠かさず、女に関しては野獣の如き欲望をみせる桔梗之介が、妙に歯切れが悪くなった。

はにかむお志摩の美しい顔をみた、虎庵の胸中に忌々しさがこみ上げてきた。

一方、桔梗之介は本当のことを正直に話したいのに、本題には関係のない枝葉末節に話をそらして神経を逆なでする虎庵に苛立っていた。

桔梗之介は膨れっ面で答えた。

「はい。お志摩の腹には私の子がおります……」

「け、結構な話じゃねえか。だがよ、お前とお志摩さんでは身分違いもいいところだ。それはどうするんだ」

ふたりが江戸について一ヶ月、身籠ったかどうかなぞわかるわけがない。

そんなわかりやすい嘘をつく桔梗之介に、虎庵はますます苛立った。

「虎庵様、私も父や兄、お家のことは散々考えました。その結果といってはなんですが、私は武士を捨てて出家しようかと思っています。その後、お志摩の婿になり、町道場を始めるつもりです」

桔梗之介が理路整然と話すとき、その話には必ず裏がある。

「なるほどな」

桔梗之介の顔つきはにこやかなのに、その目は決して笑っていない。

おそらく本心は殺されたお志摩の姉、お絹の仇でも討つつもりなのだろう。

だが嫁の姉の仇討ちなど、許可されるはずがない。

それどころか本懐を遂げたとしても、水野の家に迷惑をかけることとなる。

そのために出家して僧籍に身を置くことで、父や兄へ影響が及ばぬように関係を断とうというのだ。

桔梗之介とはそういう男だった。

「なるほどな、そういう手もあるか。お前さんがそこまで覚悟しているなら、俺がとやかくいわねえ。よし、祝いに上様が置いてった、例の千両箱をひとつやるから持ってけ。金なんてのは、いくらあっても困らねえだろうからな。今日はお前たちのめでたい日だ。面倒くせえ話は止めにして飲もうじゃねえか。ささ、お志摩さんも一緒に」

虎庵はそういって振り返り、調理場に向かって叫んだ。

「女将、茶碗と酒だ。急いでくれ」

この時虎庵は、翌日から桔梗之介が姿を消そうとは、思いもよらなかった。

5

翌日の夕刻、虎庵は愛一郎を伴い、駿河台にいる患者の往診に出かけた。

そして治療を終えた後、ふたりは湯島天神下の小料理屋に立ち寄っていた。

「先生、よ、吉原に行きたいって滅相も御座いません。私は困ります」

向かいに座った愛一郎は、顔の前で手を振りながら大げさにうろたえた。

「何をいってやがる。俺は十七で上海へ行って以来、十五年江戸を離れていたんだ。吉原については無知も当然、お前には一番弟子として、師が吉原で恥をかかずに遊べるよう、吉原遊びのいろはを教授する義務がある。違うか？」

「遊びのいろは？　今夜、吉原に遊びに行こうってわけじゃないんですね」

愛一郎は安心したのか、茶碗の酒を一気に呷った。

「そうよ。聞くところによると、吉原には何かとうるせえしきたりがあるそうじゃねえか。師匠、まずはいろはのいの字から頼むぜ」

虎庵は愛一郎の茶碗になみなみと酒を注いだ。

浅草寺裏で襲撃を受けてからひと月が経過していたが、その後、虎庵の身に何が起きるというわけでもなかった。

　それに自分が風魔の十代目であることを吉宗に告げられた以上、いつまでも風魔を無視し、診療所にかまけているわけにもいかない。

　赤子の虎庵を誘拐し、その人生を弄んだ武士どもの思惑に巻き込まれることは腹立たしいが、もとより本人の知らないところで起きた話だ。

　虎庵の怒りが続くわけもなく、それより生来の好奇心の強さが自分の出自への興味を沸々と沸かせていた。

「いろはのいの字ですか。そうですね、それじゃあ道順から行きますか」

「道順だと、てめえ師匠を馬鹿にするのもいい加減にしろいっ！」

「先生、まあ落ち着いて。道順といいましてもね、私ら傾奇者は吉原に行くのに駕籠や歩きなんて、野暮な真似はいたしませんということですよ」

「歩きや駕籠じゃ、野暮なのか」

「野暮です。あたしら傾奇者は、御上に禁止されている猪牙を使います」

　愛一郎は意味ありげにニヤリと笑い、声を潜めた。

「猪牙舟禁止って、嘘じゃねえだろうな？」

「先生、田舎者じゃあるめえし、猪牙舟じゃなくて猪牙。グーでもパーでもなくチョキです、わかりますか？」

「わ、わかった」

「いいですか先生、お上にびびってちゃ、傾奇者の名が廃るってもんです。傾奇者は両国橋あたりで、あえて禁止されている猪牙に乗りましたら大川をのぼり、まずは御蔵前の首尾の松をちょいと拝みます」

「首尾の松？」

「はい、その晩の吉原での首尾が上々になりますようにって拝むんですよ。で、普通の遊び人は今戸あたりの船茶屋で下船しまして、日本堤をテクテク歩いて吉原を目指します。しかーし、我ら傾奇者は今戸などでは下船せず、あたりに細心の注意を払いながら山谷堀を遡上するんです」

「ほう、それが傾奇者かい」

「はい。夜陰に乗じて吉原大門の真向かいあたりにある桟橋で猪牙を降りたら脱兎の如く、一目散に日本堤の土手を駆け上りますってえと、大門に向かって三つに折れ曲がった五十間道が見えてきます」

「五十間道ねえ」

「吉原大門までの距離が五十間とか、左右に茶屋が二十五軒ずつ、足して五十軒あるからとかいいますが、そんなことはどうでもよござんす。で、この吉原大門ですが、大門ったって大したもんじゃありやせん。黒塗りで板葺のしけた冠木門でして、夜明けに開き、引け四つ（午後十時頃）に閉まります。ですから夜中に出入りするときは、左右の袖門を使います」

　愛一郎は酒が回ってきたのか、饒舌に話し続けた。

　身振り手振りを加えながら、時折、喉を潤すように茶碗の酒をぐびぐびと、まるで水でも飲むように呷った。

「大門を潜りますてえと、左側には面番所があります。ここが厄介な場所でしてね、隠密廻りの同心が目を光らせていやがるんです。私ら傾奇者はここで声をかけられぬように、同心の隙を見て盗人のように駆け抜けます」

「何が厄介なんでえ。別に傾奇者は凶状持ちってわけでもねえだろう」

「何って、相手は隠密同心ですよ？　私らの正体が隠密同心にばれたら、何かにつけて親が倅の吉原通いをネタにたかられるんですよ」

「そういうことか、ま、いいや。旦那、一気に飲ってくんねえ」

「おっとととと、有難うございます。で、面番所の向かいの四郎兵衛会所の隣から七軒茶屋と呼ばれる最高級の茶屋が並んでます」

　愛一郎は吉原の案内、遊びのしきたりや歴史を、立て板に水で喋り続けた。

「でもね、先生。私は先生に、吉原なんぞで遊んで欲しくはありません」

　大分酔いが回ってきたのか、愛一郎の目が据わりだし、説教が始まった。

「急にどうしたい。傾奇者らしからぬことをいうじゃねえか」

「吉原遊びは、仁義礼智忠信孝悌の八徳を忘れなきゃいけません。あすこで働く連中が忘八者といわれるのはそのためです。先生にそんな人間にはなって欲しくないんです」

「忘八者か、なるほどなあ。だがよ、客も客を迎える側も、忘八者となって一夜の夢に生きる場所、それが吉原じゃねえのかい。大店の息子で、いっぱしの傾奇者だった愛一郎の旦那にしちゃ、いまの科白はらしくねえんじゃねえかい」

　虎庵は涙ぐむ愛一郎の坊主頭を撫で回した。

　愛一郎は泣き上戸だった。

「それはそうと、吉原で最高の見世ってのはどこなんだい」

「今の吉原で一番の見世といえば、惣籬《そうまがき》の小田原屋に決まってます」

　吉原の見世は、それぞれ籬と呼ばれる細い格子が組まれている。

　この籬の規模によって惣籬、半籬などと呼ばれ、店の全面が格子になっている最上級の見世が惣籬だった。

「で、この小田原屋には嵯峨太夫という花魁がおりましてね、これがまた震えがくるようないい女なんです。なんでも、未だかつて嵯峨太夫と情を交わした客はいねえんだとか」

「なら、なんで太夫なんかしてやがんだ」

「ね、先生もそう思うでしょ。でも嵯峨太夫は会津出身なんですかねえ、『やらぬものはやらぬ』なんですよ」

「旦那、それは『ならぬものはならぬ』の間違いじゃありませんかね。で、愛一郎の旦那は、その嵯峨太夫とは……」

「何を馬鹿な。あたしごときが、相手にしていただけるわけがないでしょう」

「ようするに傾奇者じゃ、手が出ぬくらい高いということか。で、その嵯峨太夫は、やっぱり一晩で百両くらいかかるのかい」

「野暮なこといわねえで下さいよ。先生はどう思うかわかりませんが、嵯峨太夫ほどになりますと、客には選ぶ権利がございません。選ぶのは向こうなんです。千両積もうが、将軍様だろうが、嵯峨太夫が気に入らなければそれでお終い。吉原では、初めて客と遊女が会うことを初会といいまして、こん時は酒を酌み交わすだけ。二回目が裏で、三回目が馴染みです。嵯峨太夫は馴染みどころか、裏を返せた奴もいねえそうです」

「ほう、なんだか面倒臭えな、吉原って場所は」

　虎庵は東南アジア各地で顔を出した、娼館のことを思い出していた。

　どこの国の娼館も目的は快楽と金であり、吉原のようなややこしさはない。

客は金を払い、女は体を提供する。

それ以外の何物でもなかった。

「先生、それが忘八者の矜持ってやつなんですよ。吉原には武士も百姓もありません。将軍様だろうがなんだろうが、太夫が気に入らなければ裏を返すこともできない。それが吉原なんです。客は馴染みになって初めて名前で呼ばれ、専用の箸を作ってもらい、それを太夫が預かる。それが吉原の遊びってもんです」

「それじゃあ妻夫じゃねえか。女房に銭を払うってのも、妙な話だぜ」

愛一郎は不満げな虎庵に、呆れたように首を左右に振った。

「吉原には切見世遊女といいまして、時間で相手をする遊女もおります。線香が一本燃え尽きる間を一切りというんですが、その線香一本分が百文、たったの百文なんですよ。ま、なんだかんだと焦らされまして、普通はすぐに線香五、六本分はいっちゃうんですがね。ま、線香一本でことを済ませようなんて野暮は、この江戸にはいませんよ」

「愛一郎、金で買われた遊女の不自由な境遇は、俸禄で買われた武士も一緒だ」

「先生、それは聞き捨てなりません。武士と遊女が一緒のわけがないでしょう」

愛一郎は気色ばんだ。

「そうだな、遊女は年季が明ければ自由になれるが、おぎゃあと生まれたときから、武士には自由もなければ年季もねえ。おめえら町人にとっちゃ、天下泰平に越したことはねえだろうが、武士という生き物は再び戦国の世でも来ない限り、立身出世はもちろん、主君を変えたり、家臣が主君を越えるなんてこともあり得ねえんだ。太平の世は、武士にとって破滅を意味しているのかもしれねえな」

「それは確かにいえているかもしれませんね。有名な赤穂事件だって、芝居じゃ『忠臣蔵』なんていってますが、原因は色狂いの馬鹿殿が、乱心しての刃傷沙汰だったそうじゃねえですか。そんな主君のために、死ななきゃならない侍ってのは不憫ですね。仇討ちできたって結局は切腹。武士の面目は立ったのでしょうが、てめえが死んじゃあお終いです。先生もやっぱりお侍だったんでしょ？」

「俺は、馬鹿殿を主君に持ったことはないがな」

　虎庵は徳川家康がなぜ、風魔小太郎に吉原を任せたのか、おぼろげではあるが解った気がした。

　そう思うと吉原を作り出した風魔に、益々興味がわいてきた。

「なんだか湿っぽい話になってきやがったな。よし、決めた。愛一郎、明日は吉原に行くぞ。お前は、師匠に恥をかかせぬように案内せい」

「かしこまりました。傾奇者の吉原遊び、明日はとくとご覧にいれましょう」

　虎庵は上海から戻って以来、この夜、初めて楽しい酒をしたたかに飲んだ。

元とはいえ筋金入りの傾奇者との酒も、この上なく美味だった。

6

翌日、虎庵と愛一郎を乗せた猪牙舟は、大川の川面を滑るように進んだ。

虎庵は落ちついた素振りを見せてはいるが、頬を撫でる爽やかな風やあたりに漂いはじめた潮の香りに、気づく余裕はなかった。

「で、いきなり質問だが、若旦那、この舟はどのあたりに行くんだい」

「昨夜、説明した通り大門の真向かいあたりです。舟を降りまして日本堤の土手をよじ登りますと、左手に見返り柳がありまして、そこから吉原に向かう衣紋坂を五十間ほど歩くと吉原大門です。まもなく不夜城吉原の絢爛な明かりが、夜空をって……おかしいな。あのあたりが吉原なんですが、あたりは真っ暗ですよ」

愛一郎は不安定な猪牙舟の上で、爪先立ちで吉原の明かりを確かめている。

「なんでえ、今日は休みかい」

「吉原には紋日といって、祝儀をはずんだ上に料金も倍額になる日はあっても、正月以外に休みなんてありません。素人みたいなことといわないでくださいよ」

「素人だあ？　この野郎、調子に乗りやがって」

虎庵は愛一郎に掴みかかった。

「先生！　着きました。ささ、降りましょうっ」

まるで猿のように敏捷な身のこなしで、愛一郎は桟橋に飛び降りた。

「おかしいなあ。本当に真っ暗闇だ。なんかあったのかなあ」

あたりは水を打ったような静けさに包まれ、本来ならこのあたりまで地鳴りのように聞こえるはずの喧噪が、まるで聞こえてこない。

虎庵は葦とススキを掻き分け、獣のように土手をよじ登り、吉原へ向かう愛一郎の後を追った。見返り柳を越えると、坂の両側には茶屋が連なっているが、どの店も閉ざされ、漆黒の闇の中に大門が薄っすらと見えている。

「先生、何かあったんですかね」

「そうさなあ、ま、行くだけ行ってみようじゃねえか」

ふたりは大門へと急いだ。雨が近いのか上空にはどんよりと雲がたちこめ、秋の夜だというのに虫の鳴き声すら聞こえぬ異様な静寂。

虎庵が格子の向こうをのぞき込もうと提灯を掲げると、まるで人の気配がないのに、大門の門扉が軋みをあげながらゆっくりと開いた。

無音、そして漆黒の闇だが、虎庵は遥か前方で渦巻く異様な気配を察した。

「おいおいおい、愛一郎、この奥に数十人、いや数百人の何者かが息を潜めているぜ。

この先にいる者が、浅草寺裏で俺と桔梗之介を襲った奴らなら、俺も今日で一巻の終わりということか」

「浅草寺裏で俺たちを襲った奴らって……」

「ええい、ままよっ」

虎庵は意を決したように、門の内に一歩足を踏み入れた。

その瞬間、漆黒の闇のいたるところで一斉に数百匹の蛍が宙を舞った。

小さな蛍の光はみるみる明るさを増し、あたりの風景を照らし出していく。

蛍に見えたのは、妓楼に備えられた無数の提灯や行灯に火を灯す種火だった。

無数の提灯や灯籠に明かりが点り、瞬く間に昼間のような明るさを取り戻した吉原の姿に、虎庵は息を呑んだ。

金、銀、朱、群青、そして漆黒。

めりはりをつけたいくつもの色が煌き、虎庵がどこの国でも見たことのない絢爛豪華な吉原が、その正体をはっきりとあらわした。

あまりの美しさに見とれている虎庵に、十間ほど先から野太い声がかかった。

「お帰りなさいまし」

聞き覚えのある野太い男の声には、有無をいわさぬ気迫がこもっている。

虎庵が声の主に目を凝らすと、土下座した羽織姿の男を先頭に、揃いの羽織をまとった三十人ほどの男たちが土下座していた。

男たちを囲むように、襟に見世の名が入った印半纏を着た男たちが陣取り、中腰で両膝に手をついて頭を垂れている。その男たちのさらに後ろには、二十名ほどの花魁が並び、その後ろには無数の遊女たちがひしめいている。

「お頭、お帰りなさいまし」

先頭の男が再び声を発し、ひとりだけ頭を上げた。

薬種問屋富山屋の主人忠兵衛だった。

「ち、忠兵衛……」

それを合図にしたかのように、虎庵の後ろに控えていた愛一郎が、またしても猿のような素早さで忠兵衛の脇に飛び、その場で土下座した。

その瞬間、虎庵はすべてを察知した。忠兵衛も愛一郎も風魔で、今日のことは愛一郎によってすべて筒抜けになっていたのだ。

「お頭、ひと言いただかないことには、先に進めませぬ」

忠兵衛はそういうなり、見たこともない笑顔を浮かべた。

「将軍と結託し、俺を江戸に呼びもどしたのは忠兵衛、あんただったのか」

忠兵衛は吉宗に薬学を教えたといっていたが、おそらく風魔を調べつくした吉宗が、風魔に近づくために呼び寄せたに違いない。

良仁堂を開所させたのも、愛一郎を監視役として送り込み易くするために、吉宗が考えたことなのだろう。いずれにしても虎庵がまったく気付かぬうちに、ことは吉宗や忠兵衛の思惑通りに着々と進んでいたのだ。

「お頭、積もる話はあとにして、まずはひと言お願いします」

「うむ、そうだな……、では皆の者、出迎えご苦労であった！」

虎庵が声を張り上げた。当たり前のように口を突いた台詞、それを当然のように吐いた自分が不思議だった。

「ははあーっ！」

一斉に放たれた数百人の返事が地鳴りのように響き、土下座していた男たちは一斉に立ち上がって道を開けた。

背後の花魁と中腰の男たちも、一斉にそれに続き、遊女たちは嬌声を上げながら、蜘蛛の子を散らすように、それぞれの見世へと走り去った。

どこからともなく鐘や太鼓、三味線の音が流れだし、華やかな不夜城吉原が本当の姿を取り戻した。

「お頭、こちらへ」

忠兵衛はくるりと背を向け、真っ二つに割れた人垣の中を進んだ。

虎庵も花魁たちのむせかえるような脂粉の香りの中を通り抜けた。

虎庵が案内されたのは、吉原の惣籬小田原屋の地下にある、百畳はあろうかという大広間だった。

愛一郎から小田原屋は吉原一番の遊郭とは聞いていたが、和歌山で見た紀州藩和歌山城にも引けをとらぬ見事な大広間で、一段高くなった上座には、金襴緞子の座布団が敷かれ、見事な金蒔絵をほどこした漆塗りの脇息が置かれている。

「ささ、あちらへ」

忠兵衛に促された虎庵は、慣れぬ座布団に戸惑ったが、ええいままよと腰を下ろして胡坐をかいた。自信はないが、虎庵はそれが風魔の統領らしいと思った。

目前には忠兵衛が正座し、後ろに五人の老人、さらにその後ろに三十人ほどの男たちが正座している。

「お頭、お久しゅうございました。われら風魔の長老ならびに幹部たちでございます。お見知りおきのほど、よろしくお願い申し上げます。まずはわたくし……」

忠兵衛が自己紹介を始めた。虎庵はどこか上の空で話を聞いていたが、その場に集まった者どもの紹介が終わったのは、半刻ほど先のことだった。

その間、紹介された者の前には、順に直径一尺はある黒い酒杯が回され、忠兵衛に名を呼ばれた者は、親指に小柄を突きたてて血を一滴、酒中に落とす。

状況からして、虎庵は盃の酒を飲み干さねばならぬようだが、人の生き血を飲むというおぞましい行為に、虎庵は少しばかり腰が引ける思いだった。

忠兵衛に紹介された男たちは、意外にも吉原遊郭の旦那ばかりではなかった。

風魔は吉原を根城にしているが、一族の多くは一日千両といわれる吉原の営業で得た利益を元手に、札差、両替商、口入屋、呉服屋に薬種問屋など、江戸市中のいたるところで正業をもっている。

吉原の遊郭にしても、幹部は惣籬、半籬といわれるいくつかの大見世を管理しているだけで、それ以下の規模の見世の経営や勘定は、幹部になる前の若者や齢五十を超えた老人たちに任されている。

いずれにしろ、三十人を超える者どもの素性や顔をこの場で覚えられるわけもないし、風魔の全貌がわかるはずもなかった。

忠兵衛の紹介が終わったところで、虎庵は口を開いた。

「忠兵衛さん、堅苦しい挨拶はこれまでにしようや」

「忠兵衛で結構でございます」

「わかったから、とにかく脚を崩してくれ。皆の者も楽にしてくれ」

「ははあ」

返事は聞こえたものの、脚を崩すものはひとりもいない。

ひとり自分だけが胡坐をかいていることが、なんとも居心地悪かった。

「愛一郎、これへ」

愛一郎は、仰々しく抱えてきた黒い陣羽織を虎庵に差し出した。

「風魔の統領に代々伝わる陣羽織にございます」

虎庵が立ち上がると、愛一郎は背後から陣羽織を羽織らせた。

陣羽織の背に家紋はなく、漆黒の綸子の背中の中央に、同じく漆黒の絹糸で五寸ほどの髑髏と「乗正除奸」という四文字が刺繍されている。

「正義を貫き、奸を許さず、か」

虎庵はそういって陣羽織に袖を通すと、忠兵衛がさきほどの杯を差し出した。

杯には大広間にいる、すべての者の血が注がれた酒が満たされている。

虎庵は杯を受け取ると、覚悟を決め一気に飲み干した。

すると愛一郎が、今度は見覚えのある漆箱を差し出した。

箱の蓋に施された金色の三つ葉葵に、一同がどよめいた。

虎庵は両手で筆架叉を取りだし、ゆっくりと弧を描きながら、頭上で筆架叉を交差させた。そして筆架叉の先端が交差した瞬間、両腕を一気に振り下ろした。

筆架叉の先端が空気を切り裂く音が部屋中にこだまし、一同は弾かれたようにひれ伏した。風祭虎庵が、十代目風魔小太郎を継承した瞬間だった。

忠兵衛が柏手を打つと、男たちは隙のない動きで一斉に左右に分かれた。

愛一郎は虎庵から筆架叉を受け取り、漆箱に収めた。

するると音もなく襖が開き、膳を抱えた女中たちが次々と入室し、嵯峨太夫を先頭に数十人の花魁と太夫が後に続いた。

虎庵の脇に嵯峨太夫がはべったのを確認した忠兵衛が立ち上がった。

「これより十代目襲名の祝宴を始めるものとする。皆の者、心ゆくまで楽しんでくれいっ！」

一同が一斉に杯を掲げ、大広間がどよめいた。

「お頭、嵯峨に御座います。おひとつ」

嵯峨太夫が漆黒の杯を差し出した。

「うむ、しかし嵯峨太夫、例の廓言葉は使わねえのかい」

「お頭は客じゃありませぬゆえ、廓言葉は使いませぬ」

嵯峨太夫はそういって、虎庵の持つ杯に酒を注いだ。

杯の酒を飲み干した虎庵は、嵯峨太夫に杯を差し出した。

「頂戴いたします」

両手で杯を受け取った嵯峨太夫は、愛一郎から聞いた通り、息を飲むような美しさだった。大きな二重の目に高い鼻、赤くふっくらとした唇、ルソンで見た白人と清国人の混血のような整った顔立ちが、妖しげな輝きを放っている。

「お頭、嵯峨太夫は見世に出てはおりますが、未だ未通女に御座います」

傍らにいた忠兵衛がいきなり話しかけた。

「太夫が未通女？　なんだそりゃ」

「嵯峨はお頭のために我らが選び抜き、磨きをかけた太夫にございます」

「何の話だい。もう少しわかりやすく話してくれ」

「単刀直入に申しましょう。お頭には今宵から世継作りに励んでいただきます。我らが三十二年ものあいだ封じ込められていたのは、先代の世継がひとりしかいなかったことにあります。お頭には先代の轍を踏まれぬよう、なんとしても世継を作っていただかねばなりませぬ。嵯峨太夫がお気に召さぬようでしたら、奥にまだ、女が十人ほどお待ちしております」

忠兵衛の言葉に、嵯峨太夫は虎庵と目を合わせず、太股を力一杯つねった。

「さ、嵯峨太夫が気に召さぬなどとんでもねえ。け、結構ですよ、はい」

しどろもどろになった虎庵の言葉に、ようやく嵯峨太夫は指先の力を抜いた。

「それは良かった。では嵯峨太夫、よろしく頼みましたよ」

そういって忠兵衛は満面の笑みを浮かべた。

第三章　鎌鼬

1

翌朝、二日酔い気味の虎庵は、小田原屋の離れでくつろいでいた。

虎庵は吉原に顔を出すのを拒んでいるのは、自分の本能のような気がしていた。

しかし、実際に十代目風魔小太郎を襲名するにあたり、なんの違和感もなく受け入れている自分にこそ、まさに血の力を感じていた。

柔らかで心地よい日差しを浴びながら縁側に寝転ぶ虎庵に、気配を殺して背後についた忠兵衛がいきなり声をかけた。

「お頭、昨夜はご苦労様でした。で、首尾のほうはいかがでございましたかな」

「なんとか五人目までは頑張れたが、後の五人には悪いことをしたぜ……」

「なあに、心配には及びません。後の五人は、今晩お情け頂戴ということで、なんとかなだめてございます。ささ、朝餉の麦トロと蝮酒を用意してあります」

「今晩だあ？　トロロに蝮だあ？　俺を殺す気か」

思わず振り向いた虎庵は、膳の脇に座る女を見て息を呑んだ。

「お頭、昨夜は大分、頑張られたそうですね」

すっぴんの嵯峨太夫だった。

花魁の衣装を脱ぎ、紅を引いただけの嵯峨太夫は目元涼しく鼻筋が通り、化粧などなくとも十分に美しかった。

笑みを浮かべてたたずむその姿に、虎庵はえもいわれぬ安らぎをおぼえた。

「いやあ、昨夜はすまなかった。とりあえず歳の若い者順でやっつけて、最後にお前さんにお情けをと思ってたんだがな、結果は見ての通りよ」

虎庵は首筋を二度叩き、嵯峨太夫が待つ膳の前に座った。

「お頭は若い女がお好みのご様子、どうせあちきは年増でありんす」

嵯峨太夫はわざとらしく廓言葉を使い、虎庵の太股を嫌というほどつねった。

「痛ッ、そ、そんなことはねえよ。お前さんだって、大好物は最後までとっておくだろ？　そういう意味だから気にしねえでくれ」

虎庵は蝮酒とは知らずに、嵯峨太夫が差し出した茶碗の酒を一気に呷った。

生臭いというか青臭いというか、なんともいえぬ臭みのある酒が喉を焼いた。

むせ返る虎庵の背中を摩る嵯峨太夫は、忠兵衛を見て片目を瞑った。

「おう、忠兵衛、どうしたんでえ」

そそくさと縁側に出た忠兵衛は、外側からゆっくりと雪見障子を閉め、意味深な笑みを浮かべて姿を消した。

蝮酒を呷ったせいか、虎庵の全身は燃え上がるようにほてっている。

背中を摩っていた嵯峨太夫のもう一方の手が、するすると虎庵の股間に伸び、半分目を覚ましている一物を鷲掴みにした。

「お頭、許しまへんえ」

妖しげな笑みを浮かべた嵯峨太夫は、そのまま虎庵に唇を重ね、覆いかぶさった。

嵯峨太夫が見せた暁の奇襲に、虎庵は抵抗することもできず、昨夜から六度目の果たし合いに突入した。


昼過ぎ、虎庵が良仁堂に戻ると、愛一郎が何事もなかったように門前の掃き掃除をしていた。

「おう、三文役者、ごくろうさんだな」

「はい、今朝は流行り風邪の患者が十人ばかりでしたので、一応、薬を処方しておきました」

愛一郎のとぼけ振りが憎たらしく、虎庵は返事もせずにその場をあとにした。

虎庵にしてみれば、あれだけ逡巡した風魔の十代目継承だったが、終わってみれば拍子抜けするほど、自然で風魔に溶け込んでいる自分が不思議だった。

ただ昨夜、大広間に集合した幹部たちの、せり出した腹と二重顎がどうにも気になった。

完璧に統率された行動と身のこなしは、さすが風魔と思わせるものだった。

だが一部の幹部たちからは、十代目が襲名したというのに、覇気もなければ緊張感すら感じることができなかったのだ。

虎庵が縁側で煙管を咥えると、三人の若者を伴った忠兵衛が庭先に姿を現した。

「先生、首尾は？」

「首尾だと？　上々だよ、上々。これでいいか？」

忠兵衛は嬉しそうにニヤつきながら両手を揉んだ。

確かに風魔の危機は、九代目に虎庵ひとりしか、男子ができなかったことが原因だ。

もし虎庵以外に兄弟がいたなら、風魔は虎庵が殺されることを覚悟で柳沢吉保を襲撃し、虎庵奪還に動いたはずだ。

そして奪還に失敗したとしても、柳沢の息の根は確実に止めていたはずだ。

だが世襲が掟の風魔には嫡男が虎庵しかいなかったために、柳沢と対決することもできず、先代が死んでから二十二年間、冬眠したカエルのように虎庵の帰りを待っていたのだ。

虎庵はそれがわかればこそ、忠兵衛にいわれるままに次々と女たちを抱いた。

風魔が用意していた女たちは見てくれもさすがだが、なにより健康的で大柄、そして揃いも揃って豊かな尻だった
風魔は丈夫な子を産む、安産型の女の体型を経験的に知っているのだろう。

「忠兵衛、お前も相当な役者だな」

「虎庵様、何をいわれます。忠兵衛は役者ではのうて風魔にござります」

「で、その者たちは……」

「この者たちは手前より、小田原屋の番頭頭で佐助」

縞の着物に小田原屋の印半纏を身にまとった佐助は、身の丈五尺七寸あまり。

虎庵に比べると二回りほど小柄だが、身のこなしに隙はなく、涼しげな切れ長の目、きりりとしまった口元は、理知的な切れ者と見てとれた。

「佐助にございます。お頭の身の回りのお世話を仰せつかりました」

「佐助はまだ二十五歳。いずれは小田原屋を任せたいと考えております。そして次が、下谷広小路で『十全屋』という口入れ屋を営む岡っ引きで、仁王門の御仁吉でございます」

御仁吉は細面で顎がとがり、細い目がどこか狐のような冷たさを感じさせる。

「御仁吉さん、あんたとは前にここで会ったな」

「へい、先日、南町奉行所与力の木村左内様とともに、こちらにお邪魔させていただきました」

「お前さんも風魔だったとはな。で、忠兵衛、そちらの浪人さんは……」

「御仁吉の店で、用心棒をしている亀十郎でございます」

亀十郎は一番大柄で、桔梗之介に似た下駄のような四角顔。ゲジゲジの眉に小さな目が、戦国時代の武芸者を思わせる。

「亀十郎にござります」

「ほう、風魔には侍もいるのか」

「はい、おりませぬのは将軍と帝、大名と公家くらいのものでございます」

忠兵衛がとぼけた。

「亀十郎、お前さんの得物は、ずいぶんいかついねえ」

「肥後国同田貫にございます」

同田抜は肥後国菊池地方同田貫に住む、肥後刀工が鍛えた大刀のことだ。

身幅が厚く、鉄兜も一撃で叩き割る同田抜を使いこなすには、並はずれた膂力《りょりょく》が必要で、肉を斬り裂くというよりは、骨ごと叩き斬るといった刀だ。

「兵法はやっぱり薩摩示現流かい？」

「いえ、我流にございます」

「ま、そんなことはどうでもいいか。それじゃあ佐助は良仁堂の勘定役、亀十郎は用心棒でどうだ。御仁吉は十手持ちということだから、今まで通り良仁堂とは無関係という方がいいだろう。三人ともよろしく頼んだぜ」

「はい」

三人が声を揃えた。

この者たちは昨夜あった幹部たちの予備軍で若さもあるのだろうが、なにか幹部たちとは違う凛としたものを虎庵は感じた。

「それより忠兵衛、あんたには聞きたいことが山ほどある……」

庭先にいる忠兵衛たちに、虎庵は部屋に上がるように促した。

四人はまったく隙のない、見事な身のこなしで座敷に上がった。

十代目風魔小太郎を襲名した以上、虎庵は大岡忠相から聞かされた風魔と幕府の関わりを忠兵衛に確かめておきたかった。

虎庵の話を黙って聞き終えた忠兵衛は、ひと呼吸おいて口を開いた。

「大岡様の話は大方、事実にございます。半年ほど前、私と吉原の長老五人は、突然、柳生俊方様に呼び出され、その席で虎庵様が上海でご無事でいられること、そして八月に帰国され、蘭方診療所を開設されることを教えられました」

「そういうことか。忠兵衛、風魔が下してきた天誅についてはどうだ」

「四代将軍家綱、大老酒井忠清など、氷山の一角に過ぎません」

「ほう、氷山の一角とは随分大きく出たな」

「家康との密約の後、大坂の陣が終わりましたところで、まずは武器売買で大儲けした堺の商人を三人、それと豊臣方についた大名の側近を五人ばかり始末したと伺っております。それから寛永十八年の飢饉が起きましたときに、米を買い占めてぼろ儲けした、江戸の米問屋と札差を四人、それを見て見ぬ振りをした奉行所の役人にも天誅を下しましたそうです。ま、百年ですから、すべてをお話しするには一晩かかりましょう」

「将軍家綱は、どうやって殺ったんだい」

「はい。大奥にいる風魔が、三月にわたって将軍の膳に水銀を仕込みました」

「水銀って、大奥にも風魔の手の者がいるのか。だが家綱は、天誅を下さなければならないほどの悪人だったのかい」

「天誅は悪だけに下されるとは限りません。家綱様はご幼少のみぎりに高熱を患われ、子種がありませんでした。それなのに側室ふたりに子ができたのは、酒井忠清の陰謀で、ふたりとも酒井が側室に孕ませた子なのです。ところがふたりの子は死産と流産、これは酒井の陰謀を知った堀田正俊の仕業です。後嗣がなく、後継も決められぬ将軍では、酒井のごとき戯れ者、痴れ者が出てくるのも必定。家綱に悪はなくとも、武士の統領としての義もありませぬ」

「酒井忠清に送りつけた『お手並み拝見』とはどういう意味なんだ」

「後嗣のない将軍が突然死ねば、幕府内で渦巻く世継問題が表面化し、酒井や堀田ら幕閣どもの旗色は鮮明になります。それが九代目の狙いです」

将軍といえども、義がなければ風魔の標的となる。

その日のために、御三家を定めた徳川家康という男の深謀遠慮には、ただただ舌を巻くだけの虎庵だった。

「俺はひと月ほど前、浅草寺の裏で示現流を使う侍に襲われた。ありゃあ風魔の手の者じゃなかったのか」

「さあて、風魔の内部にそのような者がいるとは思えません。風魔の復活を良しとしない者がいるとなれば、旧幕閣の息のかかった伊賀者か甲賀者。しかしそれなら、薩摩藩の浪人者を使ったというのが腑に落ちませぬな」

「幕府内のドス黒い渦に、俺はもう巻き込まれちまっているということか。だが忠兵衛、そうなると一体どこのどいつが俺を狙ったんだ」

虎庵の言葉に忠兵衛は腕を組み、首を傾げた。

「将軍吉宗が極秘裏に進めていた虎庵様の帰国が、誰かの口から漏れ、虎庵様が十代目を襲名する前に標的にした、ということですな」

「俺が風魔の十代目を襲名した以上、敵も黙っちゃいねえだろう。それを待っても遅くはねえか」

「左様かと思います。そこでといってはなんですが、虎庵様にお願いがあるのですが……」

「お願い？　なんだ」

忠兵衛が佐助に目で合図すると、一歩進み出た佐助が口を開いた。

「お頭、何年か前から吉原では鳥屋が流行っております」

「鳥屋って、梅毒のことだろう」

「はい。吉原ではどの見世も、莫大な治療費と薬代を使っていますが、ちっとも善くならねえんです」

「そいつはいけねえな」

「私が知る限り、最後は毒が脳に回ってしまい、狂い死ぬを待つだけです」

「ヨーロッパでは水銀が特効薬と信じられているが、いま梅毒を治せる薬も、これといった治療法もあるわけじゃねえんだ。わかった、明日の昼、どこかに重症の女たちを集めておいてくれ」

「はい、かしこまりました」

佐助は元の位置に席を引いた。

「ところで忠兵衛、本題はなんなんでえ。もったいぶらずに話せや」

虎庵は煙管を咥えなおし、忠兵衛を見た。

「さすがにすべてお見通しのようで……」

忠兵衛の言葉に、亀十郎が廊下から外の様子をうかがい、障子を閉めた。

2

亀十郎が席に戻ったのを確認した忠兵衛は、居住まいを正して話し始めた。

さっきまでの柔和な表情は消え、眉間に深い皺が刻まれている。

「今日は虎庵様に、風魔について知っていただこうと思ってまいりました」

「それは俺も望むところだ」

「それではまず、風魔一族に生まれた者についてですが、赤子は生まれてすぐに親元を離れて風魔谷に送られます。そこで長老たちから、風魔の秘技と知識の他に読み書き算盤を教わり、十五になると江戸に戻ってまいります」

「子を育てるのは、親ではないのか」

「はい。それが風魔の掟であり、統領の嫡男とて例外とはなりませぬ」

「江戸に戻ってからは、どうなるんだ」

「それぞれの才に応じて仕事が与えられます。そして五十五を過ぎたら、長老として風魔谷に戻り、後進の指導にあたることになります。裸で生まれ、裸で死んでいく、それが風魔なのです」

「なるほどねえ。だが吉原の大店の後継者はどうなる」

「お頭が選任しますが、結果として世襲となることもあります」

「それじゃあ、苦労して稼いでも報われねえな」

「そうでしょうか。人は金を掴むと何でも自由になると思いがちですが、豊かさなぞうたかたの夢。店の主に選任されれば、取り分は店の利益の五割。能力に応じて稼いだ金は、風魔谷に戻るまで自由に使い、一度きりの人生を謳歌する。それが風魔の生き方なのです」

「なるほどな。だが中には、もっと大きな富を望む者もいるだろう」

　虎庵は疑いの目で忠兵衛を見た。

「先代の小田原屋主人は、引退間際に二十万両を溜め込んでおりました。しかしそれが発覚して解任、処刑されました」

「手めえが稼いだ金をどうしようが、勝手じゃないのかい」

「金は天下の回りもの。使って初めて価値を発揮します。稼いだ金を贅沢に使うも良し、部下や手下のために使うも良し。金は使わなければ、その有難味がわかりません。金の有難味が判らねば、金を稼ぐ意味も、稼ぎ方も判りません」

「中には金の魔力に負けて、風魔を抜けたいと思う奴もいるんじゃねえのか」

人の一生は永遠ではない。

財を得た男が野心を抱かずに日々を生きるなど、虎庵には到底信じることができなかった。

「先代の小田原屋もそのひとりでした。美味い物を食い、豪華な着物を纏ったところで、二十万両はそうそう使いきれるものではありませぬ。その金を使えもしない者が、それ以上を求めてどうなるというのです。まして金など地獄には持って行けません」

「それはそうだが……」

「百歩譲って風魔の掟を破って逃げたとしましょう。虎庵様なら二十万両もの小判を持って、どのようにして風魔の追手から逃がれましょう。千両箱にして二百個はなかなかの大荷物でございますよ」

忠兵衛は笑ったあと、右手の人差し指で小鼻をかいた。

「掟破りはどうなる」

「命で償うのみ。風魔を裏切れば、我らは地の果てまで追い詰めます」

風魔の掟を語る忠兵衛は、明らかに殺気を放っている。

「わかった。で、俺にどうしろというのだ」

「お頭、将軍家が世継で揉めるように、世継ぎが定まらねば、組織には乱れが生じます。なぜなら、お頭は我らの現世を保障し、ご世継ぎは我らの未来を保障してくれるのです。ですから今は、なにより一層の世継作りに励んでいただくのが第一の仕事かと思います」

「やはりな、結局、問題はそこか」

虎庵が苦笑したとき、四つ（午前十時頃）の鐘が鳴った。

「しまった。もう四つでございますか。じつは四つ半（午前十一時頃）に神田の蘭方医俊庵様と約束があります。この先は、またの機会ということで」

慌てて部屋を出た忠兵衛の後ろ姿はまさに大店の大旦那、とても風魔の大幹部には見えなかった。


翌日の昼、虎庵は佐助との約束を守り、鳥屋につかれた女たちを診に吉原へ行った。

佐助に案内された万安楼の大広間には、主の慶次郎と十名ほどの女がいた。

慶次郎は風魔の幹部の末席にいる男で今年三十歳になる。

見た限り馬鹿ではなさそうだが、身なりにも身のこなしにも、どこか優柔不断さが漂っていた。

鳥屋を患った女たちが発する、異臭が立ち込めた大広間の一番奥に、畳に寝転がって涎をたらし、ニヤついている女が虎庵の目に留まった。

虎庵の見立てではこの女が最重症患者で、梅毒が脳に回る末期の症状を呈していた。

「慶次郎、あの女は隣の部屋に運んでおいてくれ。あの者以外は、傷口を焼酎で良く洗い、包帯を巻いて清潔を保ってやってくれ。要領はいま教える」

虎庵は万安楼の主人慶次郎にそう命じると、他の女たちの傷の治療にかかった。

ほどなくして治療を終えた虎庵が布団部屋にいくと、よほど苦しかったのか、寝間着姿の女は布団を這い出て板の間に転がっていた。

胸ははだけて裾は捲れ上がり、透けるように白い太もも、そのつけ根にある陰りの奥まで露出している。

佐助も慶次郎も、どうしていいかわからず立ちつくしていた。

虎庵は涎を垂れ流し、虚ろな目で身悶えする女を抱き起こした。

「慶次郎、この女の名は」

「へい、おつたと申しやす。うちにきたのは十年前の春。半年後の秋に鳥屋についちまったようです」

「症状はどうだった」

「首筋におできと発疹が出ました。それが治ったかと思うとまた出てを繰り返しているうちに、去年の暮れ、ついに毒が脳に回っちまったようなんです」

「鳥屋について十年か。完全に末期症状を見せているが、よくお前さんはおつたを始末する気にならなかったな」

　虎庵はそういいながら、おつたの乱れた寝間着の裾をなおした。

　吉原の遊女たちは飢え死にする者こそいないが、鳥屋以外にも様々な伝染病や、肉体の酷使からくる病気を患う者があとを絶たない。

　おつたのような下級遊女の場合は、症状が重くなったところで吉原を追い出されたり、なかには生きたまま、大川に投げ込まれることも珍しくなかった。

　吉原で死んだ場合は、投げ込み寺の浄閑寺の山門前に、わずかな銭とともにうち捨てられるのが常だった。

「こいつが太夫なら、本所の別荘で出養生させてやりたかったんですが……。それに手代の新蔵が、無体な真似だけはしねえでくれっていうもんですから」

「手代の新蔵？」

「へい、十年前、鎌鼬の藤助という上方のやくざが、おつたと一緒に連れてきた男でして、十二歳にしては読み書き算盤も一丁前。なにより礼儀正しいところが気に入って雇いました。上方からの長旅で情が移ったのか、おつたも新蔵を弟のように可愛がっていましてね、わたしも無碍にはできなかったってわけです」

「そういうことか」

虎庵はそういっておつたの顔を確かめた。

すでに髪は半分抜け落ち、鼻の先端にも瘡蓋があるが、それ以外は元気な頃のおつたの面立ちが残っていることが、せめてもの救いだった。

涎にまみれたおつたの口から、消え入りそうな声がした。

「もっと強く抱いて……」

虎庵はおつたを抱く腕に力をこめた。

「母さま……帰りたい……」

おつたの目から一筋の涙が流れ落ちた。

脳梅毒患者は狂気と正気を行き来するというが、おつたは今まさに正気を取り戻しているのだろう。

「おつた、もうすぐ楽になれる。母さまの待っているところに帰れるからな」

虎庵は同行してきた愛一郎に目配せした。

愛一郎は黙って頷き、虎庵の道具箱から二寸ほどの鍼と短い銀製の細い筒を二組取り出し、一組を慶次郎に手渡した。

風魔谷で鍼灸の術を身につけている慶次郎と愛一郎は、それぞれにおつたの手をとり、人差し指と親指のつけ根のあたりに銀製の細い筒をあてがった。

筒の中に短い針を挿入し、鍼の頭を人差し指で軽く叩き、筒全体を軽く回すようにして筒だけを抜いた。

ふたりはおつたの合谷のツボに鍼をうち、全身麻酔を施したのだ。

しばらくすると、おつたの全身からみるみる力が抜け、力なく開いていたおつたのまぶたがゆっくりと閉じた。

虎庵は愛一郎の顔を見て、小さくうなずいた。

愛一郎は小声で「はい」とこたえると、治療具箱から銀色に輝く一尺ほどの長針を取り出し、虎庵に手渡した。

細長い三角錐の形をした銀製の長針は三稜針と呼ばれ、腫れ物を切開するときに使う鍼灸の道具だ。

「おつた、本当にご苦労だったな。いま、楽にしてやるからな」

虎庵はそういうと、おつたを背中から抱きかかえ、左腕の肘の辺りを掴んで持ち上げた。

そしてうっすらと毛の生えた腋窩に、ゆっくりと長針を突き刺した。

全身が痺れているおつたは、三稜針を刺されても眉ひとつ動かさない。

まるで豆腐にでも突き刺しているかのように、三稜針はおつたの肉体に吸い込まれていく。

やがて三稜針の先端がおつたの心臓に達し、鼓動が虎庵の指に伝わった。

虎庵は丸い針の後端にそえていた人差し指に力を込めた。

針の先端が心臓に突き刺さり、鍼を通して指に伝わっていた鼓動が消えた。

その瞬間、おつたは絶命した。

虎庵はおつたの体を布団の上に横たえて寝間着の乱れを整えると、両手を合わせて念仏を唱えた。

「おつた、済まなかったな。済まなかったな……」

慶次郎はおつたの脇に座り込み、すすり泣いた。

3

二日後、午前の診療を終えた虎庵は、吉原の万安楼に向かった。

佐助の話によると、おつたは布団部屋で息を引き取ったのち、慶次郎が万安楼の番頭、手代を集め、遊女としてではなく、身よりのない普通の女としてねんごろに弔い、浅草妙元寺に埋葬された。

「慶次郎、おつたのいい供養ができたみてえじゃねえか」

虎庵は迎えに出た慶次郎にいった。

「頭のおかげで、私も少しは人らしくなれた気がします」

慶次郎は素直に頭を下げた。

「で、話ってのはなんだい」

「へい、それが品川で船宿をやっている仲間から知らせが来まして、一昨日、おつたを連れてきた鎌鼬の藤助が、江戸に姿をみせやがったらしいんです」

「鎌鼬の藤助を探して、どうしようってんだ」

「野郎からおつたを買った相手を聞き出して、おつたが蓄えていた八両と位牌を届けてやりたいんでさあ」

慶次郎は頭を掻きながら、ペコリと頭を下げた。

「俺の腕に抱かれたとき、おつたは『母さま』っていったが、百姓娘や町娘が母さまってことはねえだろう」

「お武家の出ってことでしょうか」

自分で考えずに、他に答えを求めるのは慶次郎の悪い癖だ。

三十歳にもなるのに、半籬しか任せられない理由でもあった。

「慶次郎、事情はわかった。ともかく藤助を捜し出せ」

虎庵はそれだけいって席を立った。

この後、忠兵衛と御蔵前の船茶屋で会う約束になっていたのだ。

万安楼を出て大木戸に向かった虎庵は、ふと桔梗之介の話を思い出した。

このところ姿を見せないが、大方、蔵前の「かねまん」という小間物屋に、お志摩と一緒にいるのだろう。

忠兵衛と会う約束の七つ（午後四時頃）までは、まだ間がある。

虎庵は躊躇することなく御蔵前に向かった。

半刻後、虎庵が御蔵前に到着すると、「かねまん」はすぐにわかった。

虎庵は店の向かいの飯屋に入って酒を頼み、「かねまん」の様子を窺うと、間口一間の小さな店に客がひっきりなしに訪れ、なかなかの繁盛ぶりだ。

店先ではお志摩が打ち水をしている。

遠目とはいえ、お絹といわれてもわからぬほどよく似ている。

虎庵が盃の酒を口に含み、何の気なしに店先に視線を投げると、顔を伏せ気味にして店から出てきた桔梗之介の姿が見えた。

虎庵より七歳年上の桔梗之介は当年とって三十九歳。

考えてみれば生まれてこの方、桔梗之介には騙されっぱなしだった。

だがすべてを知った今、それを責められる虎庵でもなかった。

虎庵は徳利の酒を飲み干すと、あえて桔梗之介に声をかけることもなく、ひとり蔵前の船茶屋「志乃風」に向かった。

約束の時間に虎庵が「志乃風」を訪ねると、すでに忠兵衛が待ち受けていた。

「虎庵様、酒は手酌が一番。誰かに酌をしてもらうと、あり難いと思ってしまう心がいけません。酒ぐらいは自由気ままに飲まなきゃいけません」

忠兵衛はそういうと、愛おしそうに手酌で酒をついだ。

「忠兵衛さんよ。長老たちや幹部どもとは相変わらずだが、あんたとは大分気心が知れてきた気がするぜ。これは佐助に聞いたんだが、あんたは本所の店を倅ではなく、番頭に譲ったんだってな。息子に任せたいとは思わなかったのかい」

「倅は風魔谷から戻ってまだ十年、二十五歳で商いの修業中の身です。風魔谷でも、決してできの悪い方じゃなかったようですが、倅はどうも自分を殺しすぎるところがあるんです。出る杭は打たれるといいますが、出ない杭は踏みにじられるってことをやつはわかっちゃいません」

「なるほどねえ」

「その点、番頭の音松はそれがわかっております。滅私奉公という言葉がありますが、音松は店が良くなれば、自分も良くなるということをこれっぽっちも疑っていない。そうやって二十五年頑張ってきてくれた音松に、報いてやるのは当然でしょう。だから私は長老会議で、本所の店は音松に任せるよう進言したんです。一生懸命に働いてる姿は、結局、出る杭になるものです」

忠兵衛は鮪のトロに箸を延ばした。

「鮪のトロは、猫またぎなんていって捨ててしまいますが、私はこれが好きでしてねえ。頭もよろしかったら、騙されたと思って食べてみてください」

虎庵は炭火で軽くあぶった、一寸大のサイコロのようなトロの切り身を一切れつまみ、醤油を軽くつけて頬張った。

奥歯で噛むと、品の良い脂の甘さが口いっぱいに広がった。

「なるほど、確かに旨いもんだ」

「そうでしょう。百聞は一見に如かずといいますが、虎庵様はその先を……」

「百見は一行に如かず、だったかな」

「その通り。虎庵様は何か悩み事を抱えていらっしゃるようですが、悩むより己を信じ、まずは行動してみることです」

虎庵は忠兵衛に心中を完全に読まれていた。

この十日あまり、風魔の長老や幹部たちと毎日のように顔を合わせてみたが、虎庵には忠兵衛の語る風魔とは、どうも違う現実が見えていた。

忠兵衛がいうように、風魔の掟をいしずえとした吉原遊郭の経営機構は、まさに盤石といえた。だが多くの幹部たちは、いずれ風魔谷に戻る運命に抗うように、私財を蓄えることに躍起になっているのだ。

売り上げの悪い遊女には折檻を繰り返し、中にはそれが原因で遊女が命を落としたという報告もあがっている。

遊郭以外の様々な店では、商売上の利権を私物化している者も多い。

日本全国から吉原を頼ってきた者たちに、蓄えた私財を高利で貸し、私腹を肥やしている者までいる。

利益の半分を上納すれば、あとは自由にもかかわらず、滅私奉公どころか売り上げを誤魔化し、私腹を肥やしている幹部の心根が虎庵は許せなかった。

「苦界」と呼ばれる吉原の悪評を逆手にとり、遊女を人とも思わず私利私欲に奔る彼らを、虎庵は統領としてどうにかせねばならなかった。


食事を終えた虎庵が屋敷に戻ると、縁側で仁王門の御仁吉が待っていた。

「御仁吉、何かわかったのかい」

虎庵は御仁吉に、今回の連続妊婦殺しの一件を調査するように命じていた。

妊婦殺しなど普通は変質者による殺人事件、風魔のしゃしゃり出る幕ではない。

だが十代目を襲名する前、一歩も動こうとしない虎庵に業を煮やした大岡越前は、木村左内を使い、良仁堂にお絹の遺体を運び込んだ。

その大岡の強引さを思うと、虎庵は大岡が「事件を探れば吉宗が風魔を復活させた真相に行きつく」と、暗に示しているような気がしたのだ。

虎庵はそんな大岡越前の焦りが面白くもあった。

虎庵にしてみても、十代目にはなったが子作りをするばかりで、風魔の全貌はいまだ茫洋として掴みきれずにいる。

連続尼僧殺しの真相追求は、風魔の深層と実力を知る好機でもあった。

「お頭の読み通り、江戸市中の尼寺から消えた尼僧は一人もいませんでした」

「やはりな。殺された女たちは、尼僧に偽装されたということか」

「それからこのふた月以内に、江戸で妊婦が拐かしにあったという話もありませんでした」

「被害者が武家の娘なら大騒ぎになっているだろうし、木村左内が知らぬはずもない。そうなると女たちは隣国の百姓娘か」

「あっしもそう思いまして、吉原の女衒頭に話を聞いてみたところ、江戸を離れれば、身ごもった百姓娘の拐かしは珍しいことじゃねえそうです」

女衒頭は風魔が遊女獲得のために、全国に放った女衒を取り仕切る男で、女衒頭の元には各藩の経済状況や、あらゆる噂が集積されていた。

「珍しくねえって、それはどういうこった」

「へい。百姓娘が父親のわからねえ子供を身ごもったりすると、親が口減らしのために娘を殺して、埋めちまったりすることがあるそうなんです」

「口減らしねえ」

「親はその後、娘が拐かしにあったと名主や庄屋に届けるそうですが、届けられた方も事情を飲み込んでいて、事件にしねえそうです」

「嫌な話だな。だが御仁吉、この数年は豊作が続いているはずじゃねえか。百姓だって、口減らしで娘を殺す必要がねえだろう」

「あっしもそういったんですが、そうしたら女衒頭は、現に奴が目をつけていた武蔵府中宿のおけいという百姓娘が、姿をくらましているってんです」

　武蔵府中宿は内藤新宿から五里あまり、甲州街道最大の宿場町だった。

「女衒頭はなんで、そのおけいが気になっていたんだ」

「それが、かなりの上玉なんだそうですが、目をつけたときには孕んでいたそうで、一度はあきらめたそうです。だがやっぱりあきらめきれずに先月、おけいの様子を確かめに行ったところ、でかい腹のまま姿をくらましていたそうです」

「番屋に運ばれた四人の仏は、すでに無縁仏として葬られているだろうから、その中におけいがいたとしても、確認することはできねえな。御仁吉、もう一度、そのおけいって女のこと、詳しく調べてきちゃくれねえか」

「そう思いまして、手の者をふたり向かわせました。明日には戻るはずです」

「それは手回しのいいこった。ふたりが戻ったらここにつれてきてくれ」

「へい」

御仁吉は力強く頷いた。

「お頭、それはそうと、昨夜、神田の札差『吉田屋』の宗右衛門から、飯田町の居酒屋で鎌鼬の藤助を見かけたという知らせが入りましたが」

佐助が思い出したようにいった。

「俺が万安楼の慶次郎に探すように命じたんだ。宗右衛門も風魔なのかい」

「はい。それで宗右衛門が鎌鼬の藤助をつけたところ、九段下にある高須藩江戸家老柴田肥前守の別邸に入ったそうです」

「高須藩の江戸家老が別邸だと?」

「はい、なんでも柴田肥前守は、えらく羽振りがいいそうで、昨年、どこぞの豪商が所有していた屋敷を譲り受け、そこに妾を囲っているんだそうですが、高須藩士もかなり出入りしているようです」

「妾宅が屋敷とは、大した大物ぶりだな」

虎庵は呆れた。

「吉田屋は高須藩の蔵宿でございますので、確かな情報かと思います」

この時代、武士の給料は扶持と呼ばれる米で支給されていた。その米を現金化して手数料を取るのが札差で、武士のかわりに扶持米の受け取りから換金までを代行する、特別な札差を蔵宿といった。

実態は出世のために何かと物入りな武士たちに、高利で資金を用立てる金貸しだけに、風魔の札差が掴んでいる武家の内部情報は、幕府内の人事はもちろん、武家の奥方の浮気にまでおよんでいた。

「柴田肥前守は高須藩の江戸家老でして、二年ほど前から江戸詰になりました。生活が派手というわけでもありませんし、悪い噂もありませんが、なぜかやたらと羽振りがいい。しかも九段の屋敷には、このところ公卿やら大奥絡みの商人たちが、やたらと出入りしているようです」

「高須藩といえば御三家尾張徳川家ゆかりの大名だ。その江戸家老ともなれば、公卿や大奥、大商人とつながっていても不思議じゃねえ。だが、そんな由緒正しいお大尽の妾宅に、上方のけちなやくざが出入りするたあ、どういう風の吹き回しだい」

「はい、宗右衛門もそのあたりは掴みきれていないようです。この件は万安楼の慶次郎にも報告したところ、明日、調べにいくといってました」

「そうか。別に心配することはねえとは思うが、御仁吉、慶次郎には気づかれぬように、奴の護衛を頼むぜ」

「へい、かしこまりやした」

御仁吉は口をへの字に曲げ、二回ほど頷いた。

4

二日後、虎庵が小田原屋に出向くと、十代目就任に立ち会った者たち全員が、小田原屋の奥座敷に集まっていた。

佐助たちの調査によって、風魔の幹部三十名の所行は明らかとなり、慶次郎以外の全員が店の売り上げを誤魔化し、私腹を肥やしていた。

しかも佐助の調査は、あろうことか、虎庵の十代目襲名をよく思わない三名の存在まで炙り出していた。

「今日、集まってもらったのはほかでもねえ、突然でなんだが、俺はここらで風魔を解散させようと思うんだが、皆の者の意見を聞かせてもらえねえだろうか」

虎庵の突然の一言に一同はどよめき、互いに顔を見合わせた。

「今さらと思うかも知れねえが、三十二年ぶりに現れた俺が風魔の十代目といわれても、皆もああそうですかというわけにもいかねえだろう。それに九代目は柳沢吉保への天誅を企てたが、裏切り者によって計画は柳沢に漏れ、天誅は失敗に終わった。おかげで俺は柳沢の手下の拐かしにあい、三十二年間、紀州徳川家の家臣の子として生きる羽目になっちまったんだ。未だに侍根性が抜け切れていねえ俺が、風魔の統領といわれてもなあ……。そう考えると、俺は先代が企てたあの天誅に無理があったんじゃねえか、先代が相手を読み違えたのであって、本当は柳沢に道理があるんじゃねえかとも思えてきたんだ」

虎庵の藪から棒の話に、大広間に集まった幹部たちのざわめきが止まらない。

「お頭、いってえ急に何を馬鹿なことというんです。柳沢は仇ですぜ」

最初に声をあげた万安楼の慶次郎は、こめかみに青筋を浮かかせ、興奮で顔を真っ赤にしている。

直情で動いてしまう性格も、慶次郎の欠点だった。

「慶次郎、そうはいっても世の中、まさに天下太平だ。我らも掟を捨て、それぞれの道を歩み出す潮時と思わねえか。生まれたばかりの赤子を風魔谷にあずけ、十五年も忍の教育を受けさせるなんざ、人のすることじゃねえ。親が子を育て、その子がまた親になる、それが人の道と思わねえかい」

「お、お頭……」

女房子供のいない慶次郎は言葉に詰まった。

「あたしも頭の考えに賛成だね」

突然、項垂れていた顔を上げ、玉屋権三郎が口を開いた。

「頭のいう通り解散という手もあるでしょうが、ここはまず我ら一族も商いに精を出し、本当の力をつけてみてはいかがでしょう。今や幕閣と大店が結託し、好き放題に私腹を肥やしているのが当たり前。奴らがいつ何時、吉原を金の力で蹂躙してこないとは限りやせんからね」

口では解散を否定しながら、行動は解散に向けて動かし、風魔の根城吉原の防衛を理由にする。

一見、玉虫色で筋が通っているように見えるが、権三郎は自分の地位そのものが、風魔に与えられたものに過ぎないことを忘れていた。

「権三郎、お前さんは幕閣や大店に、どうやって対抗するつもりだい」

「お頭、江戸市中に散った一族の者が千人ほどいます。それぞれが千両ずつ持ち合えば百万両。こいつを元手に西国の大名に金を貸してはいかがでしょう」

「なるほど。全国に散った女衒どもに聞けば、各藩の懐具合は一目瞭然だしな」

「その通り。大々名といえど人の子。金を貸しちまえば、お膝元での普請や遊郭経営にも何かと有利に働きます。そうなれば、あとは徳川の力が弱まったときに我らの財力で北条様を復興させ、一気に天下を取ることも夢ではありません」

溜め込んだ金を高利で貸し、甘い蜜の味を知り尽くす権三郎は、案の定、金に金を稼がせようという、虫の良い話を持ち出した。

「大名が金を返さなかったらどうする。武士は元々殺人集団。万を超える大軍で俺たちを攻めてきやしねえかな」

「そんなことをすれば、幕府にとっては、お取り潰しにする絶好機となるだけ」

「だがよ、相手が幕府だったらどうする。調子の良いことをいって金を借りておいて、いざとなったら徳政令で借金を踏み倒す。ないとはいえねえぜ」

「その時は将軍を……」

権三郎は右手の人差し指で、自分の喉を切る真似をした。

虎庵は権三郎がつくづく腐っていると確信した。

いまそこにある富など、所詮は貨幣を造る幕府の胸先三寸で無にできる幻。

それこそが、権力者の権力者たる所以であることを権三郎はわかっていない。

「権三郎のいう通り、私も頭の意見に賛成です。のう、源兵衛」

黙ってふたりのやりとりを聞いていた、権三郎の右隣に座る遊亀楼の福造がそういって、権三郎の左隣にいる伊勢屋源兵衛の方を見た。

源兵衛も黙って大きくうなずいた。

それを確かめた虎庵は、手にしていた筆架叉で首筋を二度叩いた。

その瞬間、幹部たちの後ろで控えていた佐助が、権三郎の背後に音もなく近づいた。

右腕を権三郎の首に回し、左手に持っていた匕首で権三郎の心の臓を一突きにした。

殺気を放たず、素早く精確な佐助の動きは、年老いた忍に反撃する隙を与えなかった。

権三郎の両脇にいた遊亀楼の福造と伊勢屋源兵衛が、同時に身を翻そうとしたとき、仁王門の御仁吉、手下の亀十郎が身を翻し、御仁吉は福造、亀十郎は源兵衛の背後に素早く回り込んだ。

そして佐助同様、匕首をふたりの心臓に突き立てた。

突然の出来事に幹部たちはどよめき、大広間には異常な緊張が渦巻いた。

「静まらぬかっ！」

虎庵の一喝に、騒然としていた幹部たちは静まりかえった。

「六代目は家康と密約をかわしたおり、武士が正義を忘れ、商人が正義を語りだしたら天誅を下せと命ぜられた。今殺された三名、風魔を忘れ、まるで商人の如き口ぶりで風魔の未来を語るなど笑止千万。これぞ我が天誅と知れいっ！」

幹部と五名の長老は、その場で立て膝を突き、一斉に頭を垂れた。

「権三郎は金にうつつを抜かして私利私欲に奔り、吉原を腐らせた。福造は遊女を人と思わぬ。そして源兵衛が公儀隠密と通じていることは、皆も先刻承知のはず。正義と道理を忘れた三人には、風魔の掟に従い一命をもって償ってもらった。うぬらも三人に咎め立てせず、見逃したことは言語同断。長老衆、慶次郎以外の者、本日をもって風魔の里への帰郷を申しつけるっ！」

虎庵の言葉に、もはや動揺するものはなかった。

帰郷を申しつけられた幹部たちは、その日の内に足柄の風魔谷へと出立した。

しかし、二十六名の幹部が無事に足柄の里についたという報告が、虎庵のもとに届くことは永遠になかった。

虎庵の命令で待ち受けていた、風魔の里の刺客に殺害された幹部は、足柄山中奥深くに埋められた。

翌日、昼見世の支度で騒がしい吉原の惣籬、小田原屋の離れにある茶室で待つ虎庵のもとに、番頭の佐助が姿をあらわした。

「お頭、大変なことになりました。昨夜、慶次郎が飯田町の田安稲荷で、鎌鼬の藤助と覆面の一味に殺されました」

「慶次郎が殺された？　御仁吉の子分はなにをしてたんだ」

「手練れの護衛が四人、皆殺しに殺されました……」

「佐助、どうやら鎌鼬の藤助は、そこらのちんけなやくざ者じゃねえことは確かなようだ。下手を打てば慶次郎の二の舞、心してかかれ」

虎庵は思いもよらぬ最悪の事態に、思わず天井を仰いだ。

「お頭、それから今朝方、府中宿から手の者が戻りました」

「何かわかったのか」

「おけいは十日ほど前、上方からきたネズミのような出っ歯の女衒に売られたそうです。鎌鼬の藤助に間違いありません」

「おけいの赤子は生まれていたのか」

「父親の話では、紀州の湯浅にある醤油屋が子供を授からないとかで、出っ歯の女衒はそこに赤子は売るといったそうです。それで産み月の来月に入る前に、上方へ向かったそうです」

「腹をふくらませた妊婦が上方に行くのは、ちょいと無理があるんじゃねえか」

「分倍河原から多摩川を下り、湯浅へは帰りの醤油船で向かったそうです」

「佐助、府中から戻ったふたりに、急いで紀州湯浅に向かい、おけいの赤子を買った醤油屋を突きとめさせてくれ」

「わかりました」

茶室を出ようとする佐助を虎庵が止めた。

「今度は長旅だ。ふたりにこいつを渡してくんな。それから、くれぐれも無理をするなと伝えてくれ」

虎庵は箪笥の抽出から取り出した二十五両の切り餅をふたつ、佐助に渡した。

風魔内の悪の一掃に成功したのもつかのま、突然、鎌鼬の藤助を追っていた慶次郎が殺され、無関係と思っていた連続尼僧殺しにも鎌鼬の藤助の影が見え隠れし始めた。

――上様が風魔の天誅を望む相手が鎌鼬の藤助だってえのか？　まさか、ありえねえ話だぜ……。

虎庵はそんな考えを打ち消すように、顔を左右に振った。


虎庵が下谷大門町の診療所に戻ったのは夕刻だった。

診療所の前で駕籠を降りた虎庵を玄関先で迎えたのは、左手に一升徳利をぶら下げた木村左内だった。

「よっ、虎庵先生。久しぶりだな……」

「旦那、その先は中でいたしやしょう。そのうまそうなやつを頂きながら」

「おう、そうこなくっちゃ」

左内は虎庵の代わりに、「愛一郎、帰ったぞ」と大声を出しながら、奥の洋間に向かう虎庵のあとに続いた。

洋間に戻った虎庵は、左内に長椅子を勧めた。

「昨夜、九段下の飯田町で、吉原の万安楼の慶次郎という男が殺された。吉原の番所で会った時は元気だったのに、変わり果てた姿になっちまった」

向かいの長椅子に、腰を沈めた左内がいきなり切り出した。

「万安楼の慶次郎ですか、私は面識がございませんが」

左内の目前で背中を丸めた虎庵の顔が、西日で朱に染まっている。

まともな答えが返ってくるとは思わなかったが、左内はあえてたずねた。

「慶次郎は喉を真一文字に切られていたが、とどめは心の臓を突き刺した一撃だ。その傷口が腹を裂かれた女たちとそっくりときてる。あんたはどう思うね」

顔を上げた虎庵の総髪が、室内に吹き込んできた一陣の風に舞った。

襖の向こうから愛一郎の声がした。

愛一郎は襖を開け、左内が持参した酒、焼いた目刺しと漬け物を配した盆を長椅子に挟まれた低い卓の上に置いた。

「慶次郎さんとやらを殺った下手人について、何かわかっているんですかね」

「今朝、質にいれた刀を受け出しにきた浪人者が、慶次郎の財布を持っていやがってな。今、番所で調べを受けているよ」

虎庵は左内に目刺しを勧めた。

本当の下手人鎌鼬の藤助が、柴田肥前守の屋敷にいることはわかっているが、木村左内は何もわかっていないようだ。

藤助は御仁吉の手下の下忍四人と、風魔の慶次郎を瞬殺したほどの手練れ。

捕まえるにしても、こちらも無傷ではいられない。

虎庵は迷った。すでに五人の犠牲者を出しながら、更なる犠牲者を重ねるような下手を打ちたくはなかった。

すると庭先に、御仁吉が姿を現した。

「木村の旦那、六人目の尼僧の死体が大川端に浮かびました」

「六人目の死体だと。虎庵先生、俺から押しかけたってえのにすまねえが、今日のところはそういうわけだ。ごめんよ」

左内はドタバタと部屋を出た。木村左内、実にわかりやすい男だった。

5

ふたりが消えたあと、突然庭先で発せられる鋭い気配を感じ、虎庵は左内の背を追っていた視線を庭に戻した。

完全に気配を消して庭先に現れ、縁側に音もなく上がった南町奉行大岡忠相は、後ろ手で障子を閉めると、左内が座っていた長椅子に腰を沈めた。

「これはこれは、左内はもったいないことをする」

大岡は皿に残った目刺しをつまみ、頭から齧った。

大岡忠相は蚊に刺されたのか、着物の上からしきりと二の腕をさすっている。

その姿はどう見たって兵法などには無縁の、ありふれた中年の侍で、本当に将軍に寵愛される大人物なのかと疑いたくなるが、なぜか庭に隠れていたこの男の気配を、虎庵は気取ることができなかった。

この男が鎌鼬の藤助だったなら、虎庵とてかなりの深手を負ったはずだ。

「話はすべて聞いた。その方はすでに南町奉行所与力を手玉にとっておるようだが、たいしたものだな。奴は奉行所内でも昼行灯と陰口をたたかれておるが、あれで奴はなかなかの者だが、今回のことは何も教えていない」

大岡忠相は、左内が使っていた茶碗を差し出した。

「教えてやらねえ理由はなんですか」

「やつにも、そろそろ一皮剝けて欲しいというのが本音だ。奴は与力の立場を利用して大名や旗本、大店の店主や名主どもを籠絡して太い金蔓にした。奴はその金で御仁吉一派と気脈を通じ、今では南町奉行所一の情報通になった。御仁吉からもたらされる情報がさらなる金を生み出し、今ではそこらの小大名など足元にも及ばぬ資金力も手に入れているほどだ。だが奴は今の自分があるのはすべて自分の力だと思っている。自分が風魔に利用されていることも知らずにな」

「なるほどねえ。しかし木村さんが、すべてを知ったらどうなります」

「それはあり得ぬ。ということは、奴が一皮剝けることも永遠にあり得ぬというわけだ。それはそうと、すでに聞き及んでいるとは思うが、慶次郎を殺ったのは鎌鼬の藤助だ。正確には藤助は慶次郎を庇ったやくざ者四人の首を刎ね、仲間の黒装束に黒覆面の男が慶次郎を殺った」

「ほう、大岡様はその場を見ていた、というわけですか」

「たまさか鎌鼬を追っていた公儀隠密が、昨夜の襲撃現場を目撃していたのだ。隠密はこのところ良からぬ噂の多い、柴田肥前守を調べていたのだが、十日ほど前、突然、鎌鼬の藤助が柴田の別邸に現れた。妾宅とはいえ武家屋敷に寝泊まりするやくざも珍しいということで、隠密たちの尾行の対象になったのだ」

大筋は左内を使って情報を流し、肝心なことは自ら出向いて虎庵に告げる。慶次郎を救うことも可能だったのに、冷徹に見放し、その死をこともなげに口にする大岡の狡猾さに、虎庵は鼻白む思いだった。

「それでは慶次郎を見殺しにしたと、大岡様を責めるわけにはいきませんね」

虎庵は皮肉混じりでいった。

「あの日の藤助は、夕刻から吉原の五十軒店の茶店で誰かを待っていたそうだ。そこに万安楼の慶次郎が大門を出てきて、藤助が尾行を始めた。しかし、日本堤で慶次郎が猪牙舟に乗ると、藤助も尾行を止めて飯田町に戻ったそうだ」

大岡忠相の口調は淡々としていた。

「慶次郎も風魔の端くれ。ただ殺られたというのは、腑に落ちねえんですが」

「田安稲荷の前で藤助に声をかけたのは慶次郎だ。そこで二言三言ことばを交わした後、慶次郎が先に三崎神社の鳥居をくぐり、藤助が続いた。そこからは、あっという間の出来事で、慶次郎は抵抗もできずに殺された」

「鎌鼬の藤助、野郎はかなりの手練れというわけですね」

「間違いないな。一瞬で四人を斬るなんざ只者じゃない。そんなわけで今日は、慶次郎と藤助の関係をその方に聞きにきたというわけだ」

「そうですか」

虎庵は、鎌鼬の藤助と慶次郎との経緯のすべてを大岡忠相に話した。

「藤助がただの女衒でないことは確かだな」

大岡忠相は茶碗の酒を飲み干し、再び突き出した。

「柴田肥前守と藤助の関係は、どういうことなんですか」

「藤助は柴田とは一度も接触してないそうだ。藤助の腕からすると、柴田の用心棒のひとりと考えるのが妥当に思えるな」

「用心棒？　それはねえでしょう」

おそらく大岡はふたりの関係を知っているにもかかわらず、とぼけていると虎庵は思った。

「虎庵殿、さっき御仁吉がいっていた殺された六人目の尼の正体、お前さんはわかっておるのだろう」

虎庵の質問をはぐらかしておいて、大岡忠相は大げさに身を乗り出した。

「たぶん、府中宿のおけいという百姓娘でしょう」

「やはりな。さすがに風魔の情報網は違うのう。公儀隠密も顔負けだ」

「やはりとは」

「あがった五人の仏をみて、素直に尼僧と思う馬鹿はおるまい。しかも妊婦ときている。尼僧に妊婦がいないとはいわんが、五人とも妊婦では話にならん」

「左内の話では、大岡様はこの一件を寺社方に任せたそうじゃねえですか」

「騙そうとしているのなら、騙されてやらねば先に進まぬ。騙されてやればこそ、六人目も同じ手口で殺した。これで相手の頭の程度も知れるというものだ」

「とんでもねえことを口になさる。そこまでいう以上、当然、大岡様は下手人に目星がついているんでしょうね。でなきゃ、おけいは無駄死にじゃねえですか」

「確かにな。だが、寺社方にお鉢を回さずに、あのまま町方で捜査を進めていれば、無宿人がしょっ引かれ、同心どもにやってもいねえ殺しを自白させられるのが関の山。

殺された娘たちも不憫だが、下手人にでっち上げられる罪なき者はさらに不憫だ。一度、罪を認めてしまえばそれまでだからな」

「大岡様のいうことももっともだが、仏がひとりふたりなら、騙されたふりでも通りましょう。だが下手人を捕まえる前に六人目の仏が出ちまっちゃあ、そんな寝ぼけた話は通りゃせんぜ」

　虎庵は他人事のように話す大岡にあきれていた。

「御法を守り、人を裁くとは不条理なものよ。相手が下手人と判っていても、証拠がなければ捕まえることも、裁くこともかなわぬ。しかも下手人の身分が高ければ、証拠があっても町奉行所は裁けぬ。御法とはいえ、それでは道理が通らぬではないか。その方に渡した筆架叉に彫られた天下御免の四文字は、大権現様がそんな道理を通すために、風魔に託したものに思えてならぬが、違うか？」

「大岡様がそういうってことは、妊婦殺しの一件には身分違いのお偉方が絡んでいるということですかい」

「わしの口から、これ以上はいえぬ」

「じゃあ柴田の悪い噂とやらを教えてくれませんかね。独り言で結構ですから」

「独り言か。昨年、大奥御用達となった京の呉服屋加賀屋との関係だ。加賀屋は加賀の前田家と縁が深く、京の公卿、西国の諸大名が御用達にしている老舗の呉服屋で、大坂、近江、江戸にも出店がある大店だ。尾張徳川家にも出入りしているが、儂の調べでは、表は呉服屋の大店だが、裏ではご禁制品や抜け荷の商いをしている」

「抜け荷ったって、鉄砲や大砲ってわけじゃねえでしょうね」

煮え切らぬ大岡忠相の態度に、虎庵は苛立っていた。

「大坂の加賀屋が先代将軍の母、月光院様に献上した仙薬で……何といったか」

大岡は虎庵にカマをかけてきた。

「青美油ですか」

「その方は何でも心得ておるな、その通りだ。なんでもその仙薬は、妊婦の胎盤を原料としているそうだが、一度肌に塗るだけで乙女のごとき肌になるとか。すでに西国では、大名や公卿の奥方の間で大流行しているそうな。当然、大奥でもその仙薬が評判となっておったのだが、加賀屋が月光院様に実物を献上したことが大奥にも伝わり、大奥は蜂の巣を突ついたような大騒ぎだ。だが問題は仙薬の値段だ。聞いて驚くな、抹茶の棗ひとつが千両だ。そんな馬鹿高さなのに、すでに大奥では奪い合いの大騒ぎ。まったく困ったものよ」

「それほどの話題とあれば、青美油は効果覿面の賄賂になりましょうな」

虎庵が懸念していたように青美油はすでに江戸の城中に入り、妖しい魅力に取り憑かれた者たちが蠢き出していた。そして仙薬製造に不可欠の胎盤を奪われた妊婦が三ヶ月で六人も殺され、お絹もその犠牲者の一人となった。

「その通り。隠密の調べでは、日本橋の加賀屋では夜ごと宴会が開かれておる。宴の客は、ほとんどが公卿と大名と大店の主だそうだ」

「どうやら事件がつながってきましたね。加賀の前田様、上方の豪商、大奥、しかも上様が動いているとなりゃあ、徳川家お得意のお家騒動に決まってる。そうなれば風魔の出番があったとしても不思議じゃねえ。大岡様、違いますかね」

虎庵の問いに大岡忠相は腕を組み、例によって押し黙った。

大岡忠相自身も確証を得てはいないのだろう。その苦悩と焦りが大岡のこめかみの筋肉をプルプルと痙攣させ、眉間に深い皺を刻ませたのだ。

いずれにしても確実にいえることは、風魔と虎庵が人を人と思わぬ欲まみれの輩どもの暗闘のうねりに、いつの間にか巻き込まれたということだ。

今、わかることだけなら、風魔を復活させた吉宗に正義があることは一目瞭然だ。

だが、本当にそれだけなのか。

虎庵の胃の腑から、怒りとともに酸っぱいものが逆流した。

「うむ、どうやら時間のようだな」

大岡忠相はそれだけいうと席を立ち、風のように姿を消した。

第四章　背信

1

小田原屋の地下の大広間には、虎庵が指名した新たな幹部が集結していた。

長老たちが推挙した幹部候補の中から、佐助や愛一郎、亀十郎たちの評価も加え、虎庵自らが選んだ三十人の男たちは、頭脳も膂力も鍛え抜かれた精鋭たちだ。

「皆に集まって貰ったのは他でもない」

虎庵はそういって筆架叉を皆の前に差し出した。

伝説の筆架叉を目の当たりにし、若い幹部たちはどよめいた。

「約百年前、徳川家康公より拝領した天下御免の筆架叉だ。訳あって手元を離れていたが、再び我らの手に戻り風魔の正義は天下の正義となった。太平の世に道理を忘れ、我欲に走る外道に天誅を加えるは、我らが天命、天の采配と心得よ」

「ははあっ」

虎庵が掲げた筆架叉に、幹部も長老も一斉に頭を下げた。

「十代目風魔小太郎の初仕事を申し渡す。いま大奥にて青美油なる若返りの秘薬が阿片の如く蔓延している。権力に守られ、我欲に溺れる浅はかな女の性につけ込み、私利私欲を満たさんとする者どもの所行だ。しかも、その欲のために、六人の罪なき妊婦が腹を裂かれて赤子を奪われた。その下手人に天誅を与えよ！」

「はっ！」

全員が片膝をついたまま再び頭を垂れた。佐助が口を開いた。

「お頭、紀州に行っていた、手下の幸四郎と獅子丸が戻りました」

「よし、皆の者、ふたりの報告を聞け」

音もなく襖を開け、虎庵の前で片膝をついたふたりは、姿が見えているというのに完全に気配を消している。先に口を開いたのは幸四郎だった。

「武蔵府中宿でおけいという百姓娘を買った上方の女衒は、鎌鼬の藤助に間違いありません。表向きは京の公卿と通じ、公卿の慰みものを専門に斡旋する女衒ですが、正体は武田透波《すっぱ》の流れを組む忍、かなりの手練れと思われます」

「そうか、やはりな。おけいの赤子を買うはずだった醤油屋はわかったか」

「湯浅の醤油蔵すべてに当たりましたが、すべて跡継ぎが存在し、該当する醤油屋はありません。おそらくは鎌鼬の作り話でしょう」

「鎌鼬は一連の妊婦殺害の鍵を握る男。しかも奴には万安楼の慶次郎と配下の下忍四名が殺された。鎌鼬は九段下柴田肥前守の妾宅に逗留していることもわかっている。柴田肥前守の妾宅襲撃は明晩。皆の者、いかなる手を使ってもかまわぬ。藤助を殺さずにここにつれて参れ」

虎庵は平伏したままでいる幹部たちの頭上で筆架叉を一閃すると、それを合図に三十名の幹部が風のように姿を消した。

闇目付風魔一族が復活した瞬間だった。


翌朝、虎庵が荷物を取りに行った納戸から戻ると、忠兵衛が縁側に座っていた。

「虎庵様、いい朝ですな」

眩しげに青空を見上げていた忠兵衛がいった。

「忠兵衛、体調はどうだ」

「相変わらずです。ところで、お持ちになっているのは変わった刀ですな」

忠兵衛は虎庵が右手に持っていた、黒い革袋を目ざとく見つけた。

虎庵は忠兵衛の脇に座ると、袋の中の剣を取り出した。全長四尺あまり、厚みのある刃渡り三尺三寸ほどの刀身は、黒光りする鮫革の鞘に収められている。

「見慣れぬ拵えの大刀。唐刀ですかな」

「これは竜虎斬、俺が清国で作らせた変わり刀だ」

虎庵はそういって鞘をはらった。

一般に唐刀は鋼で作られているが、刀身には撓るような粘りがある。

しかしこの剣は日本刀と同様に、鋼に炭を加えながら鍛造することで硬さを増しているため、刀身が撓るようなことはない。

刀身は根元の巾が二寸ほどの先端に向かって狭まっていく両刃の直刀で、刀身の中央で金色の竜と銀色の虎が絡み合い、その目に赤い石が嵌め込まれている。

左右にのけぞるようにした竜虎の上半身が鍔になっていて、腹を合わせた金属製の竜虎の下半身が柄になっている。

「ほう、昔、似たような西洋の剣を見たことがございますが、この刀なら鉄製の兜もたたき割り、同田貫のように馬の胴でも真っ二つにできそうですな。それにしても不思議な刀だ」

「日本刀のような美しさとは無縁だが、破壊力は同田貫にも負けぬ」

「私のような小兵には、とても扱える得物じゃなさ……虎庵様っ！」

押し殺した声で忠兵衛は小さく叫び、立ち上がったその背中から、突然、強烈な殺気を放った。

ほとんど同時に十間ほど離れた、隣の寺の欅の樹上で邪悪な殺気が放たれ、忠兵衛に向かって二本の小柄が投げつけられた。

虎庵の脳裏に浅草寺裏で襲撃されたときのことが甦った。

忠兵衛は老人とは思えぬ身軽さで、その場から六尺も跳躍し、虎庵は身体を反転させながら後方にトンボをきった。

虎庵と忠兵衛が姿を消した縁側に、二本の小柄がカツカツという乾いた音を立てて突き刺さった。

まったく装飾のない、一枚の鋼から研ぎだした漆黒の小柄。

浅草寺裏で取り逃がした者が放った小柄と同じだった。

「虎庵様、敵はかなりの手練れ。心してかからねばなりませぬぞ」

忠兵衛は長椅子の影に身を隠しながら、小柄が放たれた樹上の様子をうかがったが、すでに樹上から鎌鼬の気配は消えていた。

「忠兵衛、お前さんまで狙ってくるとは、鎌鼬にはお前さんの正体がばれているということか」

別の長椅子の影に身を潜めた虎庵がいった。

「そういうことになりますかな」

「だが、老いたとはいえさすがに風魔。中々の身のこなしだったぜ」

「なあに、昔取った杵柄でございます」

すでに鎌鼬の藤助が逃げ去ったことを確信した忠兵衛はゆっくり立ち上がり、隠れていた長椅子に深々と腰を埋めた。

「忠兵衛、俺は風魔の天誅復活を決めたぜ」

忠兵衛は何度もうなずいた。

「虎庵様、すべて佐助から聞いております」

「だろうな。加賀屋と柴田肥前守は、柳沢吉保にも及ばぬ小者だ。だが奴らは、私欲のために罪もなき妊婦と腹の子、合計十二人を虫けらのように殺しやがったことは許せねえ。まずは柴田の外道に、今宵、天誅を下すつもりだぜ」

「虎庵様は、先ほど我らに小柄を投げた者も、柴田の手の者とお考えか」

「江戸に来て間もなく、浅草寺裏で俺と桔梗之介を襲った賊がいた。そのひとりが、これと同じ小柄を放った。奴は鎌鼬の藤助に間違いない」

「虎庵様、気をつけなされよ。先ほどの仕儀を見ても、敵はお頭の身の回りに、かなり近づいておるのですから」

そういうと忠兵衛は再び背中を丸め、誰もいない楠の樹上に目をやった。

その日の夜四つ（午後十時頃）、外で鳴り響いていた三味線の見世菅掻《すががき》がぴたりと止んだ。

吉原唯一の出入り口、吉原大門では酒で顔を紅潮させた最後の客が出るのを待ち、大門の木戸が閉められた。

一方、小田原屋の地下大広間では、黒い忍装束に身を包んだ三十人ほどの男たちが虎庵を取り囲んでいる。

「手はずは心得たか」

虎庵は佐助が用意した、柴田肥前守の屋敷の見取り図を丸めた。

「はっ」

片膝をついた忍装束の男たちは、くぐもった声を揃えた。

「臨！　兵！　闘！　者！　皆！　陳！」

佐助が叫びながら両手で印を結び始めた。

道教の経典「抱朴子」に記された九字護身法。

忍者の護身法のひとつで、修行で入山する際に行なう魔除けの秘術だ。

佐助が五文字目の「皆」を叫んだ時、一同の者たちが一斉に立ち上がり、六文字目の「陳」で再び片膝をついた。

立ち選りと居選りの術。

風魔の立ち選りと居選りは、忍装束で顔を隠す忍者には不可欠の秘術で、一同が暗号によって一糸乱れぬ行動をとることで、敵の侵入を明らかにする法で、一瞬でも所作が遅れた者には、前後左右から白刃が襲うことになっている。

一糸乱れぬ所作を見せた風魔の精鋭たちは、次々と座敷を飛び出した。

座敷には虎庵と佐助、仁王門の御仁吉、その子分の亀十郎が残った。

「九段下界隈は手下の者を総動員で配しておりやすので、猫一匹通しませんぜ」

御仁吉が抱える無頼の徒は、かつて吉原の風魔を頼ってきた全国の忍の末裔たちで、その殺人技は風魔にひけをとるものではなかった。

「御仁吉、ご苦労。それじゃあ、我らも参るとするかあ」

虎庵は竜虎斬を背負い、天下御免の筆架叉を革帯に手挟んだ。

一行は御仁吉が山谷堀に用意した漆黒の屋根船に乗り、大川を下り柳橋から神田川を遡上した。

船頭をつとめる亀十郎の膂力は桁外れで、十五尺はある中型の屋根船の舳先が、白波をたてながら漆黒の闇の中を音もなく進んだ。

2

半刻後、神田川を遡上した一行は、水道橋を越えた河岸で下船した。

日本橋川から九段下に向かう手もあるが、鎌鼬の一味が堀に架かる橋の上で待ち伏せしていたら、船からでは抵抗のしようがない。

雉子橋小路を駆け抜け、九段坂を目指すのは常道だった。

四人は佐助を先頭に、音もなく風のように疾った。

堀留の北側についたあたりで、突然、先頭を疾っていた佐助の足が止まった。

「誰だっ！」

佐助の声と同時に、御仁吉が右手の欅の樹上に向かって苦無《くない》を放った。

あたりの闇には、虎庵たちの行く手を阻むように無数の殺気が渦巻いている。

御仁吉と亀十郎が左右に散り、虎庵を挟み込むようにして身構えた。

異様な殺気を発する三体の黒い影が、虎庵の左側にいた亀十郎を同時に襲った。

身をかがめ片膝をついた亀十郎は、腰だめに握った大刀の鞘を返し、襲いくる三本の白刃を薙ぎ払うように大刀を一閃した。

刀身はほとんど剃りのない、身幅一寸五分はあろうかという同田貫正国。

身長五尺八寸を超える亀十郎の長い腕、刃渡り三尺五寸の長刀は、黒い影たちの間合いの見切りに錯覚を与えた。

襲いかかる三本の白刃より一瞬早く、亀十郎が一閃した大刀は、空気を切り裂きながら三人の影の胴を背骨ごと真っ二つに断ち斬った。

噴き出した鮮血が、雨のような音を立てて地面を濡らす。

あまりに見事な亀十郎の太刀筋に、御仁吉を襲おうとしていた二つの殺気が躊躇を見せた。御仁吉はその隙を見逃さず、二つの殺気の中央に飛び込み、背中に交差するように差した二本の忍者刀を両手で一気に引き抜いた。

二つの殺気の中央を突破するや、そのまま二つの影の背中に刃を突き立てた。

御仁吉は影の背中を貫通した刀を一気に振り抜き、その脇腹を切り裂いた。

まさに一撃必殺、相手の命を奪うことだけを目的に洗練された風魔の技を目の当りにした虎庵の背筋に、冷たいものが流れた。

一瞬にして五人の仲間を失った虎庵の背後の影は、闇雲に刀を振り下ろした。

影が発した気合で、精確な間合いを見切った虎庵は、振り向きざまに天下御免の筆架叉を振り下ろした。

筆架叉は斬撃が虎庵に届く遥か手前で、影の頭蓋骨を粉砕した。

仁王立ちする虎庵の足元に、影が噛みきった舌先がぽとりと落ちた。

虎庵の左右と後ろから発せられていた殺気が消え、正面に残る殺気は四つ。

虎庵と御仁吉、亀十郎の三人は、前方で逆手に刀を構える佐助に並び、それぞれが眼前の殺気と対峙した。

間合いは二間、影たちの姿がはっきりと確認できる。

「お前たちは下がっておれ」

虎庵の正面にいる野袴の男が声を発すると、忍装束の三人が刀を構えたままじりじりと後ずさった。

男は背負っていた二本の忍者刀を両手で抜き、逆手に持ち替えた。

そして左腕は背後に回し、右手で持った忍者刀を胸前で水平に構えた。

上体を屈ませた構えには全く隙がなく、左手で持つ刀身は完全に体に隠れた。

男は全身から、覚えのある邪悪な殺気を放った。

「やっと、逢えたようだな」

虎庵は佐助たちに下がるよう両手で合図した。

そして、背負っていた竜虎斬を抜き、鞘を佐助に向かって投げた。

いつの間にか、雲間から顔を出した満月がふたりを照らした。

野袴の男が構えた忍者刀が、青白くなまめかしい輝きを放った。

竜虎斬の鏡のような刀身が、月光を反射して男の顔を照らした。

細面に狐のように釣りあがった目、鼻筋は通っているが大きな口から飛び出した大きな前歯が醜かった。

「貴様が鎌鼬の藤助か」

虎庵は竜虎斬の柄を両手で握り、八双に構えた。

「だったら、どないするというんや」

突き出た歯の隙間から放たれた上方訛り、鎌鼬の藤助に間違いなかった。

虎庵が履いている革の長靴が、砂利を食みながらじりじりと間合いを詰める。

「はっ！」

気合いとともに大跳躍をみせた藤助は、楽々と虎庵の頭上を越えた。

鷲が羽ばたくように両腕を振り上げ、降下と同時に右手の忍者刀を袈裟切りに振り下ろした。

虎庵が両手で薙ぎ払うように一閃した竜虎斬が、藤助の忍者刀と激突し、凄まじい金属音とともに赤い火花を散らした。

右手の忍者刀を弾かれた藤助はその力に抵抗せず、全身を回転させながら、今度は左手の忍者刀で虎庵の首を払った。

紙一重で太刀筋を見切った虎庵は体を翻した。

斬撃をかわされた藤助の右手の忍者刀が、勢い余って切っ先が地面を叩く。

そこに振り下ろされた竜虎斬が藤助の左手の忍者刀を真っ二つに叩き折った。

折れた剣先が地面に弾かれ、鋭く回転しながら中空を舞った。

「なるほどなあ、見慣れぬ剣とは思うたが、その長さ、そして異様な身幅は刀を折るためやったのか。なら、これはどうやっ！」

上段に構えられていた右手の忍者刀が一気に振り下ろされた。

藤助の斬撃を受け止めようと虎庵が竜虎斬を掲げた。

すると忍者刀は中空で何かに弾かれたように、くの字に角度を変え、竜虎斬をかわしながら虎庵の額をかすった。あまりに異様な太刀筋に虎庵は切っ先を避けきれず、わずかではあるが額に傷を負った。

切り払われた虎庵の数十本の髪が宙を舞い、月明かりにキラキラと輝いた。

藤助は地ずり八双に構えると、今度は一気に刀を払い上げた。

この一閃も、途中で何かに弾かれたようにへの字に角度を変え、のけぞるように身を翻した虎庵の髪を切断した。

虎庵は体勢を整え、正眼に構えなおし、竜虎斬の柄の根元に嵌められていた金属製の輪を抜き取った。

左手で柄の虎、右手で同じく竜をつかみ、両手を前後させると、一本の大刀であったはずの竜虎斬は、刀身で絡み合った竜虎が離れ、二本の細い直刀に分かれた。

虎庵は手首を巧みに使い、同時に二本の刀を激しく回転させながら藤助との間合いを一気に詰めた。

そして今度は体を独楽のように回転させながら、一の太刀、二の太刀、三の太刀と猛烈な斬撃を繰り出した。

単調な攻撃に見えるが、斬撃は重く鋭い。

斬撃を刀で受ける藤助の腕は、一撃ごとに骨まで痺れた。

虎庵は隙だらけのように見えるが、なぜか攻撃に転じることができない。

火花を散らしながら、竜虎斬の斬撃を受け続けた藤助の忍者刀は、四の太刀を受けたときに鈍い音を発しながら折れた。

「クッ、しまった！」

電撃のような衝撃が藤助の両腕を突き抜け、藤助が思わず刀の柄を手放した次の瞬間、虎庵の五の太刀が藤助の左手首を一瞬で切り落とした。

藤助が振り回す左手首から噴出した鮮血が、血煙となって中空を舞う。

止めを刺すために虎庵が飛びかかろうとした瞬間、虎庵と藤助の間で大きな爆発音とともに閃光が走った。一瞬にして煙幕が張られ、四人の賊は姿を消した。

虎庵の足元で、切り落とされた藤助の左手が痙攣し、ゆっくりと指が開いた。

素早く地面に落ちた血痕を見つけた佐助が、声を押し殺していった。

「お頭、雉子橋の方角に逃げたようです」

「捨てておけ。それより柴田の別邸の様子が気になる」

虎庵はそういって、竜虎斬を組み直した。

「お頭、あれを」

御仁吉が九段の方角を指さした。

再び月が雲間に隠れた漆黒の空に、一筋の炎が糸を引くように上がった。

柴田肥前守の別邸を襲った本隊が、天誅を完遂させた合図の火矢だった。

「よし、九段下に急ぐぞ」

虎庵の合図で、一行は足早にその場を離れた。

一行が柴田肥前守の妾宅に到着すると、薄闇に包まれた門は開け放たれ、大木で鬱蒼とした屋敷内は漆黒の闇だった。

月明かりを頼りに虎庵が屋敷内に入ると、夥しい数の遺体が転がっていた。どの遺体も刀を抜いておらず、喉を掻き切られているか、一撃で心の臓を突かれていた。おそらく声を出すこともできぬままに絶命したはずだ。

「こちらです」

屋敷の見取り図を作った佐助は迷うことなく奥座敷に向かい、柴田肥前守の寝所の襖を引いた。夜具の上に仰向けになっている柴田の遺体は真一文字に腹を裂かれ、頭は青々と剃り上げられている。

そして、口には風魔の天誅を意味する金貨が一枚、咥えさせられていた。

「次は加賀屋だ。いずれ奴も、柴田の死を知って江戸表に顔を出す。始末はそれからだ。それじゃあ、引き上げるとするか」

凄まじいばかりの風魔の天誅だが、命を奪われた罪なき六人の妊婦と生まれることのなかった命を思えば、その無念を晴らすための一歩に過ぎない。

柴田肥前守以外の家臣に恨みはない。だが思考を止め、保身のために事の善悪も見極めず、悪徳上役の意のままに吼える番犬の死に感慨もなかった。

3

翌朝、虎庵が良仁堂の縁側で、昨夜、鎌鼬の藤助から受けた額の疵に軟膏を塗っていると、忠兵衛が姿を見せた。

「ほほう、昨夜はかなりの大立回りだったようですな」

忠兵衛は虎庵の隣に腰かけた。

「なあに、たいしたことはねえ。かすり傷だよ」

「しかしその額では、せっかくの色男が台なしですな」

忠兵衛がかすかに笑みを浮かべた。

「昨夜、三崎町で待ち伏せに会っちまったんだ。鎌鼬の藤助は二刀流の手練れで、なんとも奇妙な技を使いやがった。流派はわからねえが、次々と振り下ろされた刀の切っ先が、突然、『く』の字や『へ』の字に折れ曲がりやがる。こちらが太刀筋を見切ったつもりでも、切っ先がまるで二匹の蛇のように追いかけてきやがるんだ。もっとも左腕を叩っ斬ってやったから、今後は一匹になっちまうがな」

「その技は鎌鼬ですな」

「鎌鼬って名は、狐目に前歯が突き出たツラのことではなく、技のことだったのか？」

「昔、武田の忍に不思議な剣技を使う者がおりました。垂直に振り下ろされた刀をかわすと、太刀筋が急変し、かわした方に太刀筋を変える奇妙な技です」

「おう、その技に間違いねえや」

通常、重い日本刀の太刀筋は、切り込む角度は違っても直線であることが原則で、途中で太刀筋を変えることなどあり得ない。

兵法の上級者になればなるほど太刀筋は速度を増し、速度が速まれば刀は重さを増すのだから、太刀筋を途中で変化させるのは至難なのだ。

「あれが鎌鼬か……」

虎庵は鎌鼬の技を思い出し、身震いをした。

「虎庵様、先ほど待ち伏せされたとか……」

「そうなんだ。堀留の北側を過ぎたあたりのところで、奴らと出っくわしたんだ。何故か奴らは、俺たちがあそこを通ることを知っていた」

虎庵は浅草寺の裏で待ち伏せにあったことに始まり、この庭で小柄を投げつけられたこと、そして、昨夜、虎庵たちの行動予定を知るはずもない敵に待ち伏せされたこと、どれも、虎庵の動向を事前に知らなければできない所行であり、なぜ奴らがそれを知っていたのかが気になっていた。

「虎庵様、どうやらあなたの動向は、敵に筒抜けのようですな。味方の中に敵に通じている者がおるやもしれませぬぞ」

三十二年前、先代は内通者によって柳沢暗殺に失敗した。今の風魔に内通者がいても不思議ではない。

特に佐助と亀十郎、愛一郎に御仁吉、この四人の中に裏切り者がいれば情報は筒抜けで、待ち伏せなど容易いことだ。

しかし昨夜の襲撃は、日本橋川を経由して九段下に向かう手もあったのに、神田川経由で九段下に向かったのは、あの時、虎庵が決めたことだ。

つまり、あの段階で屋根船に同乗していた四人は、敵に待ち伏せを指示することができない。

指示できる者がいるとしたら、虎庵たちの乗った屋根船を尾行し、神田川に入るのを確認することができた者だけだ。

亀十郎が操る船がいくら速くても、陸上を走るのにはかなわない。

「虎庵様、この事件の裏には、柴田肥前守の命くらいでは賄いきれぬ巨悪が潜んでいることは間違いありませぬぞ」

　忠兵衛は腕を組み直し、沈思黙考した。ふたりの背後で音もなく襖が開いた。

「佐助にござります」

「おお、佐助か」

「お頭、じつは今朝方、万安楼の裏で新蔵の死体が見つかりました」

「佐助、まさか新蔵は昨日の襲撃に加わっちゃあいねえよな」

「はい。奴は万安楼のただの手代で、風魔ではありませんから」

「その新蔵が、何で死ななきゃならねえんだ」

　虎庵は無意識のうちに語気を荒らげていた。

「背中に深手を負い、万安楼の裏で息絶えていました。それから、これが新蔵の左腕に刺さったままでした」

　佐助は一本の苦無を差し出した。苦無の先端には銛のような返しが二つあり、一度刺さったら容易に抜けぬように細工された風魔の秘具だ。

「そいつは昨夜、御仁吉が欅の樹上にいた何者かに放った苦無」

「お頭、新蔵を吉原に連れてきたのは鎌鼬の藤助。奴は裏切り者です」

「間違いなさそうだな」

　新蔵が十年も前に、風魔に送り込まれた間諜だったのだとすれば、すべてが鎌鼬に筒抜けになっていたとしても不思議はない。

「そういえば大岡の話では、鎌鼬の藤助を尾行していた公儀隠密は、慶次郎が殺された日、藤助は吉原で誰かを待っていたといった。あの時、藤助が待っていたのは新蔵であり、新蔵から慶次郎の動きを知らされた藤助は、それを確認していたということか」

「お頭、それなら大岡は、新蔵の裏切りとふたりの接触を隠密から聞いて知っていたのではないですか」

虎庵は大岡に、完全に騙されていたことに愕然とした。

「だが佐助、事件の解決を望む大岡が、なぜ、新蔵が裏切り者だということを俺にいわなかったのだ。新蔵が裏切り者だとわかれば、殺すことも簡単だが、鎌鼬の藤助を罠にかけることも可能だったはずだ」

大岡が風魔の味方とは思わないが、敵でないことは確かだと思っていた。

だが新蔵が間諜とわかったいま、虎庵は大岡が見せた不審な態度を見過ごすわけにはいかないと思った。疑心暗鬼を生ずとは、まさにこのことであった。

「お頭、新蔵が裏切り者だった以上、他に裏切り者がいないとも限りません。一度、こちらから裏切り者のあぶり出しをしてみようと思うんですが」

「佐助、いいってことよ。それより新蔵のことは誰にも話すな。野郎は風魔の使用人で風魔じゃねえ。昨夜の襲撃で心がひとつになった今、波風をたてることもねえだろう。裏切り者がわかったら、順に始末していけばいいじゃねえか」

「しかし、それではあっしの気が済みません。今度の待ち伏せだって、新蔵みたいな野郎を見抜けなかった、あっしの責任なんですから」

　佐助は唇を噛んだ。

「佐助、思い上がっちゃいけねえぜ。おめえに新蔵の正体を見抜けなかった責任があるなら、そんな盆暗に任せた俺はもっと盆暗になっちまうじゃねえか。俺は自分で選んだ幹部に、裏切り者がいるとは思わねえ。それでいいじゃねえか」

　佐助は膝に手を置き、俯いたままだった。

「佐助、本当の闘いはこれからだ。お前も見たとおり、鎌鼬の藤助はかなりの手練だ。しかも、どうやら野郎の背後には、俺たちには想像もつかねえ巨悪が隠れているようだ。佐助、これからもよろしく頼むぜ」

　虎庵は佐助の肩を軽く叩いた。

「それにしても、桔梗之介はどこに行っちまったんだろうな。こんな時、奴は頼りになる男なんだがな」

　虎庵の心中を表すように、煌々と光る満月に一筋の群雲がかかった。

その晩、虎庵と佐助、愛一郎の三人は、忠兵衛に呼ばれて富山屋を訪ねた。

案内された奥座敷には、六尺四方はある大きな卓が置かれ、上座を囲むように黒羽織姿の老人が、三方にふたりずつ座っていた。

「お頭、そちらの席にどうぞ」

状況を察した佐助と愛一郎は、襖を閉めて隣の間で控えた。

虎庵は促されるままに上座にまわり、忠兵衛に促された席についた。足下は掘り炬燵になっていた。

「どうも、待たせちまったみてえだな」

虎庵の一言に、一同が面を上げた。

虎庵の右手の席に着いた忠兵衛から、吉原五町を預かる五長老が雁首をそろえていた。精確な年齢はわからないが、皆、背筋が伸び、肌つやも良く、六十代で十分に通る若さだった。

忠兵衛の隣で、ひとり静かに黙想している江戸町の小左郎だけは、すでに齢九十を超えているせいか、深い皺が刻まれた顔から生気が失われている。

長老は吉原の五町を預かる風魔の大幹部だが、各町にある廓を経営しているわけではない。吉原の各町の大見世は、風魔小太郎が任命した幹部に任され、長老はあくまで彼らの後見人であり相談役だった。

「虎庵様、このたびの柴田肥前守の件、お見事でございました」

最長老の小左郎が咳き込みながらいった。

「礼をいいたいのはこっちだ。小左郎さん、大分顔色が悪いようだが大丈夫か」

虎庵はそういうと、六人の老人の顔を順番に見渡した。

「ご心配は無用にございます。ところでお頭は、先代に対して誤解されているようですので、本日はその誤解を解くためにご足労願いました」

「誤解？」

「はい。虎庵様は、先代が柳沢吉保の暗殺に失敗し、筆架叉と虎庵様を奪われた原因は、なんと考えられます」

「お考えもなにも、あれは先代の失策だ。あの時、天誅を下す相手は柳沢吉保ではなく、五代将軍徳川綱吉だったはずだ」

「さすがは虎庵様、じつはあの時、先代も綱吉を殺るつもりだったのです。徳川の治世から百年の太平が続き、世の中がすべからく利が優先される金の時代になりました。義も道理もないがしろにされ、物事がすべて損得ではかられる嫌な世の中です。先代はそんな世をただせぬ徳川宗家に目を覚まさせるため、犬公方への天誅を企てたのです」

いかにも体調が悪そうな小左郎は、咳き込みながら話した。

「小左郎さん、本当に大丈夫かい？」

「はい、ご心配は無用です。元禄元年（一六八八）、綱吉公の柳沢に対する寵愛振りは凄まじく、たかだか二千三十石の小納戸役を側用人に召し上げたかと思うと、いきなり一万石加増で大名の仲間入りをさせたほどです」

「綱吉に冷や飯を食わされた門閥譜代の大名連中のやっかみは、さぞかし凄かっただろうなあ」

　小左郎の容態が気になるが、虎庵は思わず声を上げて笑った。

「そのとおり。太平の世は利権を握る幕閣や門閥譜代大名たちを腐らせ、主君に仕えてなんぼの武士が、主君である将軍をないがしろにする。祖先の功績に胡座をかくだけの無能の輩が、その地位を利用して賄賂の取り放題でしたからな」

「そう考えると、綱吉の柳沢重用は悪いことばかりではなかったということか。いずれにしても腐った幕閣にこそ、天誅を食らわせるべきだな」

　虎庵はそういうと、咥えていた長煙管を煙草盆に打ちつけた。

「虎庵様、幕閣など小者。殺したところで、次なる小者が幕閣となるだけです」

「なるほどな。そんなことしていたら、風魔は眠る間もなくなるか」

　虎庵はニヤリと笑って忠兵衛の横顔を見た。

「幕府が能力のある者を取り立てるなら、綱吉が柳沢にしたような依怙贔屓ではなく、清国に倣った官僚選抜試験を実施し、合格した者は平等に取り立てるべきです。しかし、綱吉公はそんなそぶりも見せなかった。そんなおり、思いもよらぬ人物が、先代を訊ねてこられたのです。……この先は忠兵衛さん……」

興奮して話し込んでいた小左郎が、再び激しく咳き込んだ。

丸めた背中を波打たせ、口を覆った手からおびただしい吐血が溢れ出ている。

すぐさま虎庵は小左郎に歩み寄って抱きかかえた。

「此度の事件は吉宗公、将軍側近の大岡忠相、江戸柳生が束になっても手に負えぬ、暗く深い闇に閉ざされた一件……十代目、風魔を……頼みましたぞ」

言い終えた瞬間、断末魔に襲われた小左郎は全身を激しく痙攣させた。

4

部屋の異変を察知した、佐助と愛一郎が襖を開けた。

「当年とって九十二歳、大往生にございます。小左郎様は赤子の虎庵様と筆架叉を奪われたのは、警護役の自分の不覚が原因。虎庵様が戻られるまでは死ねぬという一心で、生きながらえてこられたのです」

忠兵衛の言葉を聞きながら、虎庵は黙って自分の茶碗に土瓶の茶を注いだ。

「忠兵衛、先代を訪ねてきた人物とは誰だ」

「尾張柳生の柳生厳包」

「柳生？　しかも尾張だと？　柳生厳包はなんだっていってきたんだ」

「将軍綱吉の暗殺です」

忠兵衛は淡々と答えた。

「ちっ、ようするにお家騒動、とんだ茶番だな。だが尾張柳生なら、将軍暗殺など造作ないはず。なぜ風魔を訪ねる必要があったのだ」

「尾張柳生が将軍を狙おうにも、側用人となった柳沢は、柳生、伊賀、甲賀といった警護役を将軍から遠ざけてしまいました。そしてどこからともなく探してきた、武田忍軍の透波の末裔に城内の将軍警護を任せていたのです」

「柳沢吉保の家は、元をただせば武田信玄の家臣とはいえ、妙な話だな」

「しかも柳生厳包の話では、柳沢は綱吉に嫡男ができないことをいいことに、綱吉の側室だったおまんに自分の子を産ませ、その子を綱吉公の子として世継にしようと目論んでいるというのです」

「柳沢が自分の子を将軍にだと」

「虎庵様がいわれたとおり、柳沢吉保は武田信玄が家臣の末裔。形はどうあれ、自分の子を六代将軍にすれば、謀反を起こさずに幕府を乗っ取れる、それが柳沢の野望だったのです」

「そんな柳沢を黙って見逃す尾張柳生じゃねえだろう」

「はい。柳沢の陰謀を知った柳生厳包は、おまんの子を即座に始末しました」

「なるほどな。それでこそ尾張柳生だ」

「そこで柳生厳包は、風魔に柳沢襲撃を持ちかけたのです。風魔が柳沢を襲うとなれば、子を殺されて疑心暗鬼になっている柳沢は、将軍警護の武田透波を自分の警護に回し、柳生、伊賀、甲賀たちを将軍警護役に戻さざるを得ない」

「そこで尾張柳生が将軍を殺る、というわけか」

「おおせの通りです。先代は、結果として綱吉を暗殺することになる柳生厳包の持ちかけを大筋で納得し、すぐさま柳沢暗殺の準備を進めました。そして私にその情報を柳沢に流させたのです。私は敵を欺くには味方からということで、裏切り者の汚名を着ることとなりました」

「そういうことだったのか」

「その後、柳沢暗殺計画は決行されるのですが、柳沢は意外にも武田透波ではなく、柳生、伊賀、甲賀を自分の警護役に当てたのです」

　忠兵衛はその時の無念を思い出したのか、握った両の拳をブルブルと震わせながら唇を噛んだ。

「柳沢吉保、ただ者じゃあねえな」

「しかも風魔の精鋭が暗殺に出向いた隙を狙って吉原を襲い、虎庵様を奪い去ったのです」

「先代もとんだ見込み違いをしちまったな。だがわからねえのは、なんで筆架叉を易々と柳沢に奪われちまったんだ」

虎庵は風魔ともあろう者が、誰でも考えそうな柳沢の罠を見抜けなかったことが不思議だった。

「交換は深夜の両国橋で互いに武器を携行せず、柳沢吉保と先代が行いました」

「鉄砲や弓の狙撃を阻止するためには、それが良策だな」

「しかし橋の中央で、柳沢が抱く虎庵様を見た先代は、愕然としたそうです」

「偽物だったのか」

「まさか、そのようなことをすれば、柳沢はその場で先代に殺されます」

武器など持たなくても、柔術、拳法など、ありとあらゆる殺人技を身につけた風魔にとって、素手で人を殺すことなど造作もないことなのだ。

「赤子の首に黒い細紐が食い込み、顔を紅潮させた虎庵様が苦しそうにもがいていたそうです。その姿を見た先代は、黙って筆架叉を渡すしかなかったのです」

風魔ともあろうものが、嫡男と家康との約定の証拠である筆架叉を柳沢吉保ごときに、易々と奪われたことが虎庵は納得できずにいた。

だが忠兵衛によって明かされた衝撃の事実に、虎庵は言葉を失った。

しばしの静寂のあと、虎庵が口を開いた。

「それにしてもわからねえのは、先代はなんで徳川家のお家騒動に手を貸したんだ。尾張柳生に手を貸して、結果として将軍を暗殺するというのでは、天誅を下したことにはならねえよな」

「虎庵様は柳生厳包が突然、風魔を訪ねてきたことは妙に思われませんか」

「妙って何がだ」

「尾張柳生が風魔を訪ねてきたのは、風魔の将軍暗殺計画を知ればこそです」

忠兵衛は念を押すようにいった。

「てえことは、ま、まさか……」

「左様です。風魔に尾張と通じている者、裏切り者がいたのです。先代は、確かに将軍綱吉への天誅を考えていました。しかし、そんな風魔の幹部でも、ごくわずかな者しか知らぬ秘事が、たかが尾張柳生に漏れていることを知り、先代はその裏切り者を炙り出すために、柳生厳包の話に乗ったのです」

「将軍暗殺が目的ではなかったのか」

「先代は柳沢が武田透波を護衛にせず、柳生や伊賀、甲賀を自分の護衛にするところまでは予測しており、実際の襲撃でもほとんど交戦せず、犠牲者を出すことなく引き上げてきたのです。しかし、まさか風魔の精鋭が柳沢を襲撃しているその裏で、虎庵様を奪われようとは夢にも考えておりませんでした」

「それは変じゃねえか。先代は柳沢襲撃で負った傷がもとで、自由のきかない体になったんじゃねえのか」

虎庵は忠兵衛に噛みついた。

「それは柳沢襲撃から十日ほど経った頃、柳沢の屋敷を見張らせていた者から、虎庵様が屋敷にいるという報せがあり、虎庵様奪還のために襲撃した時のことでございます。報せが届いた晩、先代と我ら五人が奪還に出向きましたが、虎庵様はすでに別の場所に連れ去られ、我らは敵に待ち伏せされました」

「その報せは誰が……」

「中堅として頭角を現し始めていた権三郎、福造、源兵衛の三人です」

「やはり、奴らが裏切り者だったのか」

「はい。その後、先代は腐り始めた風魔の粛正に取りかかりましたが、虎庵様を人質に取られ、天下御免の筆架叉も失い、手傷で体の自由を失った先代が、権三郎たちと戦うには無理がありました」

「それがことの真相だったのか。しかし、風魔も落ちたものだな」

「虎庵様、風魔は道具にすぎませぬ。刀は日頃の手入れを怠れば使い物になりませぬ。どんな名刀でも、使い手がへぼなら魚も下ろせませぬ。そう思えば、先代は優しすぎました。先代に、虎庵様が権三郎、福造、源兵衛、そして旧幹部たちを有無をいわせず断罪した非情さがあれば……」

「俺だって倅を人質に取られていたら、あんな真似はできなかったと思うぜ」

虎庵は非情さがあればこそ、風魔が生き延びることができたのはわかるが、それがすべてとは思いたくなかった。

「仕方なく先代は怪我を理由に、風魔の政を権三郎一派に任せることにしたところ、権三郎は自分の息のかかった者たちを次々と幹部に登用し、いよいよ風魔も腐臭を放ち始めたのです」

「なんで先代は自分が死ぬ前に、権三郎と刺し違えなかったんでえ」

「それはあの時もまだ、虎庵様が人質に取られていたからです」

先代の不甲斐なさが苛立たしくもあったが、虎庵は返す言葉がなかった。

誘拐された後、虎庵は紀州藩の薬込役の子として風魔の危機など知らず、ぬくぬくと育ってきたのだ。

「虎庵様が戻っていたならば、先代は一命を賭して風魔の病巣を一掃するつもりでした。その上で汚名をきたまま自害し、十代目をお譲りするつもりだったのです。しかし、結局、虎庵様の居所はわからず、先代は権三郎たちの阿漕な真似を知りつつ、風魔が汚辱にまみれていく姿に耐えました。虎庵様の帰りを待ち続けながら……」

虎庵とて、先代の気持ちを思うと言葉もない。

卓の上に置き、堅く握られていた虎庵の右手が小刻みに震えている。

その手に自分の左手を重ねた忠兵衛が口を開いた。

「この度、紀州藩主吉宗公により虎庵様が自由の身となり、天下御免の筆架叉が返納されたことの意味を今一度お考えくだされ。青美油を巡る一件は、加賀屋と柴田肥前守の欲得が成したなどとは、ゆめゆめ思うてはなりませぬ。小左郎様が申した通り、将軍吉宗、側近の大岡、江戸柳生が束になっても手に負えぬ、深い闇に閉ざされた一件と知るべしですぞ」

忠兵衛は虎庵の拳に重ねた手に力を込めた。

老人とは思えぬ握力に、虎庵の右手の骨がきしんだ。

父の本心に思いを馳せることなく、虎庵は怒りのままに権三郎たちを成敗した。

結果として自分の命令は正しかったと思うが、怒りに我を忘れてのことと思えば、決して自慢できることでもない。

青美油の件にしても、真相を知る前に柴田肥前守に天誅を下してしまった。

本来なら、柴田肥前守を拉致し、地獄の責め苦を与えても事の真相を吐かせるべきであったのだ。仮に柴田肥前守がひとかどの武士で、真相を吐く前に舌を噛んだとしても、それはそれで一本の筋が通った。

徳川家康が望んだ風魔の義を虎庵はようやく理解できたような気がした。

第五章　焼き討ち

1

柴田肥前守に天誅を加えてから、すでにひと月が経とうとしていた。

風魔が柴田肥前守の口中に残した金貨によって、将軍吉宗は約束通り事件を闇に葬り、柴田肥前守は心臓の持病で頓死したと処理され、すでに国許より新たな江戸家老が赴任している。

「深い闇に閉ざされた一件か……」

虎庵が死の間際に小左郎が発した言葉を呟いたとき、庭先に間の抜けた気が乱入してきた。南町奉行所与力の木村左内は千鳥足で縁側に腰かけた。

「あれから妊婦殺しはどん詰まり、お江戸の町は天下太平ときたもんだ」

「左内の旦那、今日は昼日中から、ずいぶんご機嫌じゃねえですか」

虎庵は隣で、酒臭い息を嵐のように吐き出す左内に茶を出した。

「これはこれは、かたじけない」

左内はごくごくと喉を鳴らしてぬるめの茶を飲み干したが、酒でなかったのが不満なのか、左内はぬれた下唇を突き出してへの字に曲げた。

「で、用はなんだね」

「明日、上方から来ている加賀屋って呉服屋の店主重兵衛が、大奥の御用向きとかで登城するんだが、御奉行が俺にその警護をしろってんだ。なんで俺が呉服屋風情の警護をしなきゃならねえんだ」

「いま、加賀屋っていったかね」

「ああ、いったとも。上方の呉服屋で加、賀、屋、だ」

加賀屋は柴田肥前守を通じ、江戸で青美油を売り捌いている張本人だ。

「加賀屋といえば、幕府御用達じゃなかったか」

「おう、詳しいじゃねえか。六年前、大奥御年寄の絵島が起こした役者遊び事件があったろう。あの事件で幕府呉服師だった後藤縫殿助は遠島になっちまい、その後釜として、ちゃっかり幕府の呉服師になりやがった上方の呉服屋よ」

「その加賀屋だが、今、どこにいるんでえ」

「別宅が本所にあるらしいんだが、今は確か浅草の誓願寺にいやがる。ほら、田原町にある蛇骨長屋の通り向かいの誓願寺だぜ。御仁吉の話じゃ、なにやら物々しい数の浪人どもが、加賀屋を警護しているそうだ」

「誓願寺か……旦那、今さら茶でもねえな。ちょっと待ってくんな、今、酒を用意させるから。おい、誰かいるか」

「酒？　そいつはすまねえな。ははは」

右手で首筋を何度も叩く左内の真後ろに、愛一郎が音もなく姿を現した。

「おう、愛一郎か。頼む、左内の旦那に酒を用意してやってくれ。肴は上総屋の女将が届けてくれた鯛の味噌漬けがあったろう」

「鯛の味噌漬けだと？　先生、不吉なこといっちゃいけねえな」

左内が気色ばんだのも無理はなかった。

幕府の役人が体調を崩し、いよいよ危ないというとき、幕府から届けられる見舞いの品が鯛の味噌漬けと決まっていた。

役人にとってこれ以上不吉な食べ物はないのだ。

「おう、そうだったな。愛一郎、刺身もあったはずだから、そっちにしてくれ」

「た、鯛の刺身とは豪気な。いや、かたじけない」

虎庵の顔の前に、空になった茶碗が突き出されたとき、襖が開いて酒の徳利と鯛の刺身を乗せた盆を持った愛一郎が入ってきた。

左内はそれから一刻（二時間）ほど居座り、鯛の刺身と愚痴を肴に一升徳利を空にして帰った。

「佐助、左内との話は聞いていたな。これから誓願寺を覗いてみようと思うんだが、お前もついて来い。帰りに御蔵前の居酒屋で一杯やろうじゃねえか」

「はい」

半刻後、虎庵と佐助は浅草田原町の蛇骨長屋の前にいた。

外はすでに日も落ち、あたりは夕闇に包まれている。

時折吹く冷たい風が落ち葉を舞い上げ、家路を急ぐ人々の背を丸めさせた。

通り向かいにある誓願寺の門前には、木村左内がいった通り槍を持った袴姿の浪人者が四人、あたりに睨みを利かせながら警護に立っていた。

「ものものしい警戒振りだが、一体、何から守ろうってんだ」

虎庵が呟いた。

「絵島の事件で処分された者は千五百余名。上方者の加賀屋の出世を喜ばない輩も多いようです。それになにより、柴田肥前守を殺されたのですから……」

「そりゃそうだな」

虎庵が様子を窺うと、山門の中から六人の浪人に囲まれた駕籠が出てきた。

「野郎、吉原にでも繰り出そうってんじゃねえだろうな。佐助、つけるぞ」

ゆっくりと駕籠が向きを左に変え、浅草寺と幸龍寺の間の道を北へ向かった。

この先、熊野権現の角を右に曲がり、その先を左に曲がって編笠茶屋を抜ければ日本堤。吉原大門はもう目と鼻の先だ。

駕籠は案の定、熊野権現の角を右に曲がり、ふたりが丁度、熊野権現の角に差しかかったとき、三十間ほど先で怪しい雰囲気が渦巻いていた。

顔面蒼白の駕篭かきが、慌てふためいて虎庵の脇を駆け抜けた。

「つ、辻斬りだっ！」

背後で叫ぶ駕篭かきをよそに、虎庵と佐助は前方にいる駕籠に駆け寄った。

駕籠の前方では六人の浪人者が刀を抜き、右手に抜き身を持って立ちはだかる侍ににじり寄った。

頭巾を被った侍は酷く冷酷な殺気を放ち、立ち姿にまったく隙がない。

侍はかなりの手練れと思われたが、警護の浪人たちは加賀屋が金にあかせて集めた盆暗用心棒というところで動きはバラバラで、真剣での斬りあいなどまるで経験したことがなさそうだ。

「皆の衆、一気にかかりますぞ」

頭巾の侍の正面で上段に構えた浪人がいうと、残りの五人は奇声を上げながら、中段に構えた刀を闇雲に振り回し始めた。

まるで子供のチャンバラごっこだった。下段に構えた頭巾の侍は、音もなく先頭の用心棒に擦り寄り、容赦なく首を刎ねた。

恐怖で我を失った隻眼の浪人が刀を振りかぶり、闇雲に斬りかかった。

頭巾の侍が払いあげた刀が浪人の白刃と激突し、赤い火花が飛び散った。

袈裟に切りかかってきた頭巾の侍の二の太刀を避けられず、浪人の体は左の肩口から右脇腹へと両断された。

もはや残りの四人の浪人たちは完全に戦意を喪失し、へたり込んでいる。

袴を小便で濡らしながら犬のように四つんばいになって、逃亡を試みる浪人の背後ににじり寄った頭巾の侍が刀を振りかぶった。

「桔梗之介、止めるんだっ！」

虎庵が叫んだ瞬間、佐助が侍に向かって扇子を投げつけた。

「邪魔立ては無用っ！」

侍は振り向きざまに刀を一閃、佐助の投げた扇子を一撃で叩き落とした。

この隙に四人の浪人は、小便を漏らしながら一目散に逃げた。

侍は頭巾を取り、素顔を晒した。

髑髏のように痩せた髭面は、両頬がこけて両目も落ち窪んでいるが、桔梗之介に間違いなかった。

「虎庵様、邪魔立ては無用と申したはずです」

「そんなことといったって、奴らは兵法のかけらも知らぬ素人じゃねえか。深追いして命を奪う必要もねえだろう。お前の目的は駕籠の中で息を潜めている野郎じゃねえのかい」

「お絹だって兵法のかけらも知りませぬ。おなごの腕ではお腹の子を庇いたくとも、かなわなかったはずです。そのお絹とお腹の子を殺した連中を見逃せというのですかっ！」

「べつにあの浪人どもが、お絹を殺したわけじゃねえだろうが」

「虎庵様には、虎庵様にはわかりませぬっ！」

桔梗之介は涙声で叫んだ。

桔梗之介の両目から溢れ出る涙が、顔に浴びた返り血を洗い流し、まるで眼から血の涙を流しているようだ。

虎庵には返す言葉がなかった。しかし、ここで桔梗之介に加賀屋を殺されたのでは、黒幕への手がかりを失うことになる。

虎庵がふと視線を外した瞬間、桔梗之介の斬撃が、駕籠を担ぎ棒ごと真っ二つに叩き斬った。

続けざまに白刃を駕籠に突き立てたが、切っ先は手ごたえなく駕籠を貫通した。

「なに！」

桔梗之介は慌てて駕籠の中を確認したが、中はもぬけの殻だった。

桔梗之介はがくりと膝を突き、ちらちらと雪が降り始めた天空を呆然と仰いだ。

2

虎庵と佐助は、へたり込んでしまった桔梗之介の腕を抱えて吉原まで運んだ。

ろくに飯を食っていなかったのか、全身の脂肪と筋肉が落ち、まるで骨と皮のようになった桔梗之介は、虎庵一人で抱きかかえられるほど軽くなっていた。

運び込まれた小田原屋の離れで正座する桔梗之介は、まるで生気を感じられない空ろな眼で、中空の一点を睨んだまま一切口を開かなかった。

「お前さん、いままでどこで何をしていたんだ」

沈黙に耐え切れず、先に口を開いたのは虎庵だった。

虎庵は京焼の徳利をつまみ、桔梗之介の膳の杯に酒を満たした。

「桔梗之介、お前は知らねえだろうが、柴田肥前守は殺ったぜ」

無表情のまま、桔梗之介は虎庵の語りかけにも微動だにしない。

「俺は、鎌鼬の藤助が女をかどわかし、青美油は加賀屋が作り、柴田肥前守がそれを利用して、大奥と幕閣に取り入っていたところまでは突き止めた。それでお前には悪いが、手始めに柴田肥前守と家中の者に天誅を加え、皆殺しにした」

虎庵は桔梗之介の表情を窺ったが、相変わらず空ろのままだ。

虎庵は続けた。

「この時の戦闘で鎌鼬の藤助の左手首を叩っ斬ってやったが、野郎には逃げられたまま行方知れずだ。それで、いよいよ上方に乗り込んで加賀屋を殺ろうと考えていたところに、木村左内から加賀屋が江戸に来ていることを知らされたんだ。それで、ちょいと加賀屋の様子を見に行ったところ、寺から駕籠が出てきた。それで駕籠を尾行している途中で、お前さんに出っくわしたというわけだ」

「ふふふ」

桔梗之介は空ろな眼のまま不気味に笑った。

「何がおかしいんでえ」

「風魔の情報網も大したことはありませんな。虎庵様がこのざまでは、風魔の中に裏切り者がいても気づかぬわけだ。ふふふ」

皮肉たっぷりに嘲笑う桔梗之介の言葉に、部屋の隅にいた佐助が顔を上げたが、悔しげな表情を見せるでもなく、その視線にも険しさはない。

桔梗之介は中空を見つめたまま話を続けた。

「私は、あの日、ひとりで蔵前の店に戻り、何も知らないお絹の妹お志摩に一部始終を話しました。お志摩は泣きじゃくるばかりでした。正徳元（一七一一）年の大火で親と死に別れたお絹は、苦労しながら体の弱い妹のお志摩を育ててきた女です。ふたりは、そうやって寄り添うように生きてきたんです。そんなお絹が狙われた理由を考えているうちに、私はあることを思い出したのです」

「あること？」

「何日か前から筋向かいの飯屋で、店の様子を窺っていた男がいたことをです」

「そんな野郎がいたのか」

「ええ、吉原万安楼の手代新蔵です」

「新蔵？　新蔵がお絹の様子を窺っていただって」

虎庵は新蔵が裏切り者、鎌鼬の藤助の間諜であったことは間違いないが、妊婦殺しに直接関与していたとは思いたくなかった。

「お絹が殺された前の日、偶然、奴と話したんです。奴は病で倒れている姉にやる簪を探しているうちに、店の奥に飾ってあった金細工の簪を気に入ったが高くて手が出ない。あの簪が売れてしまわないかと心配で、毎日来ては売れていないことを確かめていた。それで奉公先の万安楼の番頭に相談したところ、給金の前借りを許してもらえたので、今日は簪を買おうと思っていたといいやがった。そんな子供だましの話を聞かされ、私は奴を疑いもしなかった……」

「そうだな、新蔵は天涯孤独で姉はいない」

「ただ、店に戻り新蔵が気に入ったという金細工の簪を探したところ、値札には一分と書いてありました。万安楼の手代が一分の金で給金の前借りはない。その事実を思い出した私は、新蔵の尾行を始めたのです」

「奴は、もう死んだぜ」

「死んだ？　ふふふ、虎庵様たちが堀留近くで待ち伏せをされたとき、御仁吉が投げた苦無で左腕に手傷を負ったのは新蔵です。私は傷を負ったまま吉原に引き返す新蔵を見つけ、堀留のあたりで奴を斬りました」

不気味な笑みを浮かべた桔梗之介は、思い出したように目の前の杯を呷った。

勢いよく呷ったため、桔梗之介は激しく咳き込んだ。

「新蔵を斬ったのは、お前さんだったのか？」

「はい。私は奴を尾行して、二日に上げず飯田町の田安稲荷に出向いてることを突き止めました」

「田安稲荷って、慶次郎が殺された……」

「そうです。新蔵が田安稲荷の灯籠に文を隠し、狐目が文を取る。あの狐目が鎌鼬の藤助であることはすぐにわかりました。虎庵様が柴田肥前守の妾宅を襲撃した日の昼、私は藤助がくる前に新蔵が隠した文を盗み見て、深夜に決行される風魔の柴田襲撃計画を知りました。それで私は柴田肥前守の妾宅の近くで待っていたのです。しばらくすると数十人の忍が屋敷に現れ、阿鼻叫喚の地獄絵図……ほとんどの侍が抵抗もできずに、あっという間の皆殺し、風魔の惨忍さには震えました」

「そうか、お前さん、見てたのか」

虎庵は再び桔梗之介の杯に酒を注いだ。

「襲撃が終わり、私も蔵前に帰る途中、堀留で腕に刺さった苦無をはずそうとしている新蔵を見つけたのです。新蔵は私に気づき、逃げようとしたのですぐさま斬りつけましたが、奴は堀に飛び込み見失いました。しかし、手応えは十分。逃げおおせたところで、奴の命は風前の灯火だったはずです」

「新蔵は背中の刀傷が原因で、万安楼の裏で死んでいたよ。にわか統領とはいえ、新蔵が鎌鼬の藤助の間諜と気づかなかったのは、すべては俺の責任だ」

虎庵が素直に自分の失態を認めて頭を下げると、突然、憑りつかれていた物の怪が落ちたかのように、桔梗之介の表情が変わった。

「そんなことはいいんです。私もいいすぎました。申し訳ありません」

風魔の十代目を継いだとはいえ、桔梗之介から見ると、虎庵は昔と何一つ変わらぬ、切れ者で、熱い心の持ち主だった。

風魔の統領ということを考えれば、それが弱みとなるかも知れないが、人に対して優しいところも変わりなかった。

桔梗之介にしてみても、お絹を殺されたからといって自分が変わったとは思ってはいない。確かに見てくれはやつれたが、お絹の仇討ち、復讐という孤独な闘いに疲れを感じているわけではないし、嫌気が差しているわけでもない。

「どうしたい、急に黙っちまって」

「虎庵様は、何ゆえ柴田肥前守を殺されました」

「殺された妊婦と、この世を見ることなくあの世に生かされた腹の子たちへの義であり、復讐だ。本来なら柴田肥前守を生け捕りにし、黒幕の正体を吐かせてから殺るべきだった。だが俺は感情を抑えられずに、奴の始末を命令してしまったんだ。反省しているよ」

虎庵の答えには、嘘も澱みもなかった。

「私は新蔵を斬ったあと、大坂に出向いて加賀屋を見張りました。そして、加賀屋の江戸行きを知り、同じ船に乗船までしていたのに、私は船中で加賀屋を斬ることができませんでした」

桔梗之介はがくりと項垂れた。

伏せられた眼から流れ出る涙が、桔梗之介の袴の膝を濡らした。

「お前の判断は間違いじゃねえ。六男とはいえ、お前の父は紀州藩附家老だ。多くの人前で、お前さんの義だけで幕府御用達の商人を殺せば、家名断絶は間違いねえ。ことによれば吉宗様にまで、ことは及ぶかもしれねえんだ。それが武士であり、武家というものなんだ。お前さんも、それがわからねえ馬鹿じゃなかったってことでいいじゃねえか」

虎庵は桔梗之介の心中を察し、思わず目頭が熱くなった。

「だからこそ堂々と奴らを斬り殺す義を証明してくれる証拠が、一点の曇りもなく天下に通用する理が欲しかった。お絹を殺されて四十数日、目の前にいるお絹の仇を斬れなかった私は、武士である己の無力を思い知りました」

桔梗之介は、胸の内で凝り固まったものを次々と吐き出した。

涙とともに吐き出せば吐き出すほど、お絹の死体と目を合わせて以来、桔梗之介の胸の裡で凍りついていたものも溶け出し始めた。

「桔梗之介、上海での十五年は楽しかったなあ。清国人やオランダ人から見れば、俺たちはただの外国人、武士でも、御三家の家臣でも、薬込役でもなかった」

虎庵の言葉に、何も答えることができない桔梗之介の胸の裡で、抑えがたい熱き物が甦ってきた。

虎庵とともに過ごした年月は、桔梗之介にとってかけがえのない時間だった。

元はといえば藩主の特命で村垣家の家人になりすまし、風魔の嫡男を護衛し、兵法を身につけさせ、侍としての心得を教えるのが役目だった。

歳は離れているが、まるで弟のように四六時中顔を突き合わせ、良いことも悪いことも、ともに経験しながら成長してきた歳月は桔梗之介の青春であり、人生そのものだった。

「桔梗之介、しかしなんだって、そんな髑髏みてえになっちまったんだかな。話は後にして、ともかく飯にしねえか。佐助、お前も一緒にどうだ」

「はい」

ふたりの話をずっと聞いていた佐助は、目頭を押さえながら返事をすると、柏手を二回打った。甲高い拍手の音が鳴るのと同時に離れの襖が開き、待ち構えていたかのように、立派な膳を抱えた女中たちが入ってきた。

膳にはイサキの焼き物、タイの刺身、雉を使った筑前煮、味噌田楽、沢庵、そしてアサリの味噌汁と大盛りの飯が湯気を立てている。

どれも桔梗之介の大好物、すべて佐助の差配だった。

無情にも、料理を見た桔梗之介の腹が鳴った。

桔梗之介は恥ずかしげに虎庵に視線を投げ、ご馳走の並ぶ膳を前にして何度も生唾を飲んだ。

「いいから食えよ」

「はい」

虎庵は聞きなれた桔梗之介の返事が、妙に懐かしかった。

3

食事を終えた桔梗之介は帯を緩め、大きく息を吐いた。

鯵の開きのように痩せた桔梗之介の胃のあたりが、ぽっこりと膨らんでいる。

おそらく桔梗之介は加賀屋を追うために金を使い果たし、何日も食事をしていなかったのだろう。

医師の立場で言えば、刺激の少ない粥でも食わせるべきであろうが、平気で酒三升を飲み下す紀州藩一の兵法家の体が、それほどやわなはずもない。

腹さえ見なければ、手づかみで飯粒を頬ばりそうな桔梗之介を見ていると、虎庵はそれでいいと思った。

「どうだ、旨かったろ」

「はい。本当のことをいうと、五日ぶりの夕餉でした」

「腹っ減らしのお前さんが、何でまた五日も飯を食わなかったんだ。即身成仏にでもなるつもりだったのかい」

「新蔵の文で、奴の背後にいる加賀屋の存在はすぐにわかりました。私は、どうしても証拠が欲しかったんです。そのためには、何とかいう仙薬を作っている現場を突き止めねばなりません。それで加賀屋のある大坂に行ったんです。しかし、思いのほか探索が長引いてしまい、飯を減らして節約に努めたのですが、結局、手許不如意になってしまいました。脇差しを売って何とか加賀屋と同じ船に乗ることはできたのですが、ずっと船倉の隅で空腹に耐えてました」

桔梗之介の話によると、十日以上加賀屋を見張ったが、これといった手がかりを掴むことはできず、わかったことといえば、江戸と同じように上方でも尼僧殺しがすでに十件を超えているということだった。

大坂の町民の間では、大坂城の外堀に次々と浮かぶ尼僧の全裸死体事件を「お茶々の呪い」と噂していた。

大坂での話を終えた桔梗之介が大きなため息をつくと、襖の向こうで声がした。

「お頭、幸四郎にございます」

「おう幸四郎、ご苦労だった。入れ」

虎庵の声に襖が開き、控えていた幸四郎と獅子丸が姿を見せた。

風魔による柴田肥前守の妾宅襲撃によって、鎌鼬の藤助はかなりの手下と左手を奪われた。そんな藤助が怪我の治療と態勢を立て直すために、危険な江戸を離れるのは当然だ。

江戸の加賀屋の出店内に隠遁する可能性もあるが、江戸城内の幕閣や江戸の公卿への案内役である柴田肥前守を殺された以上、何らかの手立てを打つために加賀屋と早急な協議をする必要があると考えた虎庵は、そんな藤助と加賀屋の様子を探るために、幸四郎と獅子丸を上方へ送り込んでいたのだ。

案の定、この一ヶ月の間に妊婦殺しの一件は、いっさい動きが止まっていた。

だが突然、加賀屋本人が江戸表に姿を現したということは、奴らの次なる動きも決まったということだ。

「で、幸四郎。加賀屋の様子はどうだった」

虎庵の言葉に、桔梗之介が驚いたように顔を上げた。

「大坂の加賀屋の屋敷には、左手首に包帯を巻いた鎌鼬の藤助が身を隠しておりました。屋敷から出ることもなく、傷を癒しているといったところです」

「そうか。鎌鼬の野郎、やはり江戸を抜け出していやがったか……」

「上方でも一、二を争う豪商らしく、加賀屋の屋敷には毎日といっていいくらい、大名やら公卿やらが訪れていました。来客の名はこちらに控えてあります」

幸四郎はそういって、一冊の帳面を虎庵の前に差し出した。

虎庵は黙って帳面を手に取り、なかを確かめて溜息をついた。

西国の大々名を筆頭に、名だたる大名が名を連ねている。

公卿については詳しいことはわからないが、聞き覚えのある公卿の名前はすべて記されていた。

「とりたてて怪しい客も見当たりませんでしたので、探索の矛先を加賀屋が秘薬を調合してる場所に変えてみましたのですが、屋敷内はもちろん、それらしき場所を見つけることができませんでした。ただ……」

「ただ、どうしたい」

虎庵の声に幸四郎が獅子丸に視線を投げると、すかさず獅子丸が口を開いた。

「京の貧乏公卿に金を掴ませたところ、青美油の入手法がわかりました」

「ほう、それはでかしたな。話してみろい」

「大坂では二種類の青美油があるそうで、ひとつは商人が加賀屋から手に入れ、大名や公卿に賄賂として届ける物。もうひとつは郭至高と申す清国人の商人から、堺の商人が抜け荷として直接買い入れているとのことでした。で、こちらがある呉服商から、貧乏公卿に届けられた郭至高の青美油でございます」

獅子丸は水晶から削り出した、茶道で使う棗のような器を差し出した。

「いま郭至高といったか？」

桔梗之介が色めきたった。

よもや青美油の一件で、郭の名を聞こうとは夢にも思っていなかったのは、虎庵も同じだった。

「で、値段は、やはりその棗ひとつで千両かい」

虎庵は水晶の器を手に取ると蓋を開け、中の膏薬の匂いを嗅ぎ、自らの手の甲にすり込んでみた。

このところの寒さと、治療のたびに手を洗うために、あかぎれになっている子庵の皮膚に、青美油は吸い込まれるように浸透していく。

「加賀屋は千両ですが、郭至高は五百両でございます。ただし、どちらも慶長小判にてでございます」

慶長小判、懐かしい響きだった。

上海にいた十五年間、紀州藩から毎年千両、通算でいえば一万五千両を送られ、湯水のごとく使った金が慶長小判だった。

「慶長小判ねえ。上方にはそんなものがまだあるのかい」

上方は豊臣秀吉が銀貨に貨幣を統一したために、未だに銀貨が商いの主流となっているが、豪商たちは稼いだ財を価値の高い金の小判にして隠し持っていた。

特に金の含有率の高い慶長小判は人気が高く、大店の蔵の奥深くに隠匿され続けていた。

虎庵の問いに佐助は首をかしげ、眉根を寄せた。

十年前の宝永七年（一七一〇）、新井白石は慶長小判より三割以上金の含有量を減らした元禄小判を改鋳し、金の含有量を慶長小判と同じにした宝永小判に改鋳した。

だが小判そのものを半分近くまで小型化したため、金の価値だけでいえば、宝永小判は慶長小判の半分にすぎない。

この政策によって米は元禄時代より八割も値上がりした。

新井白石の宝永の改鋳は、幕府に莫大な出目という儲けを生んだが、全国的に見れば物価上昇を引き起こしただけの失政といえた。

新井白石は物価高騰を下げるために、六年前の正徳四年（一七一四）の四月に、今度は慶長小判と寸分たがわぬ正徳小判を発行したが、儒者の小手先の政策で物価が下がるほど、経済は甘くはなかった。

「確か慶長小判百両が宝永小判百二十両で交換されましたが、宝永小判から正徳小判に換えるときには、百両が五十一両一分にしかなりませんでした。上方に限らず、利に聡い豪商どもは、幕府が貨幣改鋳しても両替せず、かなりの慶長小判を隠し持っているようです」

佐助は惣籬小田原屋の番頭らしく、江戸の金の事情をよどみなく答えた。

「お頭、清国人にしろ、オランダ人にしろ、奴らの狙いは金ですから、純度の高い慶長小判を欲しがるのも当然かと思います」

「だが佐助、郭至高の青美油が江戸の半額の五百両ってのは安すぎやしねえか」

「私たちも、そのあたりを確かめるために、加賀屋が青美油を調合している場所を突き止めようとしたんです。しかし三日前、加賀屋は江戸に下る船に乗ったようでして、その後の行方が掴めませぬ。申し訳ありません」

幸四郎が頭を垂れた。

「さすがの幸四郎も探れねえことがあったか。だが安心しろ、加賀屋は昨夜から浅草にいる。危うくこいつに殺されちまうところだったがな」

「虎庵様、もう勘弁してください」

桔梗之介はバツが悪そうに頭をかいた。

「ところで桔梗之介、お前さん良仁堂に戻る気はねえか」

願ってもない虎庵の誘いだが、桔梗之介は答えあぐねた。

「考えてもみねえ。お前さんは紀州藩附家老水野家の六男坊だが、親父殿の命令で真壁桔梗之介になったときに、水野桔梗之介は一度死んだわけだろう。そして村垣慶介が死んで町医者風祭虎庵になったとき、家人真壁桔梗之介も死んだんだ」

「その通りです」

「上様はお前の処遇を俺に任したから、俺はお前に暫くの間の合力を頼んだ、そしてお前も快諾した。そういう経緯の中で、お前はお志摩との暮らしのために、武士を捨てる決意ができたんだろうが。ならば本当に武士を捨て、十代目風魔小太郎の友であり、風魔の兵法指南役として生き返っちゃくれねえか。道場のことは俺にまかしてくれ、悪いようにはしねえから。お絹を殺されたお前とお志摩の恨み、俺も一緒に晴らさせちゃ貰えねえか」

「虎庵様……」

桔梗之介はそれ以上言葉が続かなかった。

うち震える両肩も、両の目から流れ落ちる熱いものも、桔梗之介には止めることができなかった。

「よし、そうとなりゃ、まずは郭至高をとっ捕まえなきゃいけねえな。加賀屋も大事だが、野郎は逃げ出せやしねえ。それに桔梗之介、お前も紀州藩士を捨て風魔になっちまえば、外道の加賀屋を殺すのに証拠も義も理も関係ねえじゃねえか。いつでも殺したいときに殺せるってわけだ」

「それは確かにそうですが……」

虎庵のいうことはもっともで、桔梗之介は答えに窮した。

「郭至高は絶対に何かを知っているはずだが、いくら風魔でも野郎がいつどこに現れるかまではわからねえだろ」

虎庵は右の眉毛を下げ、意味ありげに桔梗之介を睨んだ。

風魔には難しいといってはいるが、密貿易を通じて元紀州藩薬込役と関わりの深い郭至高だ。その予定は、元紀州藩薬込役を配下にして、密貿易を取り仕切っていた元紀州藩附家老の父に聞けばすぐにわかることだ。

そこまで考えたところで、桔梗之介は虎庵が何をいおうとしたのかをようやく理解した。

4

そぼ降る雨の中、一艘の屋形船が音もなく大川を遡上していた。

「それにしても、商売一筋、真面目一方の加賀屋さんが、吉原で太夫遊びとは驚きましたな。いったい、どういう風の吹き回しですか」

忠兵衛は向かいに座る加賀屋重兵衛の杯に酒を注いだ。

大坂、江戸で続いた連続妊婦殺しの下手人として、風魔が標的と定めた加賀屋の三男重兵衛が目の前にいた。

京都の呉服商六代目加賀屋文治郎とは二十年以上前に趣味の盆栽を通じて知り合っ

た。それから五年後、加賀屋が江戸に進出し、日本橋で開店した出店で文治郎から重兵衛を紹介された。

親子して抜け目のない上方の商人という印象だったが、薬種問屋と呉服問屋では商いも違い、重兵衛とはたいしたつき合いもしないうちに十五年が経っていた。

にもかかわらず、昨夜突然、重兵衛の使いがやってきて今宵の運びとなった。

重兵衛は当年とって四十二歳。身の丈五尺八寸、目方は二十五貫（約百キロ）はあろうかという巨漢だ。

「久しぶりやなあ、富山屋さん。ささ、御返杯や」

そういって飲み干した杯を忠兵衛に差し出した。

「かれこれ十五年になりますかな。最後にお目にかかったのは、確か宝永の改鋳のお触れが出た年の秋。加賀屋さんのおかげで大損せずに済みました」

忠兵衛が受け取った杯に、加賀屋重兵衛が酒を注いだ。

「そうでっしゃろ。徳川はんは元禄の改鋳で五百万両もの出目を出したそうやけど、羨ましい話でんな。幕府は金がのうなったら作ればええんやから。徳川はんがいわれるように、あの時、全財産を新しい小判に交換しとったら、お互いに大損こいてたところや。銭で銭を買う商いで、わてら商人がお武家さんに負けとったら、洒落になりまへんがな」

加賀屋重兵衛は、おちょぼ口、河豚を正面から見たように目が離れた顔を真っ赤にして笑った。

「ところで加賀屋さん、遅れましたが幕府呉服師御就任、おめでとうございます。これで加賀屋さんは、名実ともに日の本一の呉服商。羨ましいかぎりです」

「いやいや、なんのなんの。たまたま運が良かっただけですわ。江戸での商いは、まだまだ富山屋はんにかないまへん」

「何をいわれます。厄年でその強運、私もあやかりたいものですな」

忠兵衛も杯を飲み干した。

「それなんや加賀屋はん。今宵は富山屋はんに、吉原の嵯峨太夫に紹介してもろて厄落とし頼もう思うてまんねん」

「幕府呉服師に大奥御用達。しかも、一見で小田原屋の嵯峨太夫に厄落としを願うとは、あんまり欲をかくと罰が当たりますよ」

「ほんまでっか？　一見で厄落としを頼んだら、嵯峨の女神様が怒りまっしゃろか？　後ろの船にお賽銭五千両ほど用意しましたんやが、足りまへんやろか」

加賀屋はひきつけを起こした蝦蟇蛙のような、奇妙な声で笑いながら全身をわなわなと震わせた。

「吉原の太夫は、金ではなびきませんよ」

「せやから今日は珍しい物も用意しましたんや。あれやったら、嵯峨の女神様も天の岩戸を開いてくれること請け合いでっせ」

　重兵衛は今度は白目を剝き、意味ありげに頷いた。

「ほほう、たいした自信ですな。大方、長崎のオランダ人から手にいれた、舶来の香水でもお持ちになられたのでしょう」

「ちゃいまんがな。じつはな、いま大奥とお公卿さんの間で、引く手あまたの仙薬青美油を手に入れましたんや」

「青美油？　それは何の仙薬ですか」

　忠兵衛はとぼけた。

「あれ、富山屋はん、知らんのでっか。ほんの少し塗るだけで皺はなくなり、一晩で玉の肌になるという秘薬でっせ。しかも、棗ひとつで千両。ちょっとやそっとではお目にかかれぬ代物でっせ」

「棗一つで千両ですか」

「そうや。ここだけの話、富山屋はんも欲しかったらゆうてや。なんとか都合しまっさかい。この仙薬、江戸城内のお武家はんにも、何かとよう効きますんや」

　重兵衛の河豚面の小さな目が、意味ありげに光った。

　ほどなくして二艘の屋形船は山谷堀に到着した。

小雨が降っているせいか、日本堤の土手には人影がない。吉原のある東の空に重く垂れ込めた雲は、不夜城吉原の妖しい明かりを反射して光り輝いている。

先に屋形船を降りた忠兵衛と加賀屋が土手で待っていると、遅れて到着した屋形船から、千両箱を担いだ五人の浪人者が降りてきた。

「ほほう、ご冗談かと思っておりましたが、本気でしたか」

「富山屋はん、親父は京やが、わては浪速の商人、餅はついても嘘はつきまへん」

加賀屋がのけぞるようにして胸を張ったとき、吉原の方角から黒装束の一団が音もなく駆け寄り、忠兵衛たちを囲んだ。

「ろ、狼藉者や。お侍様」

加賀屋は一瞬の出来事に狼狽しながら叫んだ。

ふたりの後ろにいた五人の浪人者は千両箱を捨て置き、瞬時に抜いた白刃をギラつかせながら進み出た。

「加賀屋さん、こちらへ」

忠兵衛は加賀屋の手を取ると、三間ほどあとずさった。

忍装束の男は十人はいるだろうか、異様な殺気が浪人たちを包み込んだ。

だが完全武装で待ち伏せしていた忍者と、隙を突かれた用心棒との戦いは無残だった。加賀屋の拉致を目論む忍者軍団は、用心棒の四方八方から無数の苦無を投げ続けた。

最初の数本をかわした用心棒だが、まるで気配のない方角の闇から投げつけられた苦無が、刀を闇雲に振り回す用心棒の全身にめり込んだ。

鮮血が舞い、用心棒たちは口からゴボゴボと音を立てながら、夥しい量の血反吐を吐きながら次々と倒れた。

最後の一人が倒れた直後、異様な殺気が船着場の方角から放たれ、苦無を持って構えた黒い影が一斉に船着場に向いた。

しかし、その時すでに船着場から投げられた一本の小柄が、加賀屋の背中を急襲し、大きな音を立てて突き刺さった。

その場にくず折れ、うめき声を上げる加賀屋の背中から、忠兵衛は小柄を抜き取り、慌てて抱き起こした。

小柄は加賀屋の肋骨を砕いたが、幸い血管を避けていたために、ほとんど出血はない。それなのに、加賀屋は口から泡を吹きながら全身をわななかせている。

小柄に塗られた毒が、早くも全身に回り始めたようだった。

忠兵衛は加賀屋の着物を破ると背中の傷口に口を当て、何度も血を吸い出しては吐きだした。

十個の黒い影が一斉に土手を駆け下りたが、一瞬早く、漆黒の水面から大きな石を投げ込んだような音が響き、船着場にあったわずかな気配は消えていた。

「佐助、深追いは無用じゃ！　それよりも一刻も早く加賀屋を運ぶのじゃっ！」

忠兵衛の声に、土手下にいた黒い影が一斉に土手を駆け上った。

5

忠兵衛から突然届いた加賀屋重兵衛との吉原遊びの報を受け、虎庵は一計を案じ、佐助に吉原に向かう道中での加賀屋拉致を命じたのだ。

「お頭、加賀屋を地下の隠し部屋に閉じ込めました。しかし……」

佐助の報告に、小田原屋の離れで待っていた虎庵が振り返った。

「しかし、どうしたんでぇ」

「はっ、鎌鼬の藤助と思われる者が、加賀屋に投げた小柄に毒が……」

「毒は回っちまったのかい」

「ただいま愛一郎が毒抜きを施しております。しかし、虫の息です」

虎庵は咥えていた煙管を放し、天井に向けて紫煙を吐いた。いつもなら見事な輪を描く煙は、入道雲のように乱れ、中空を漂いながら消えた。

しばらくして部屋に戻った忠兵衛が佐助の脇に座った。

「お頭、加賀屋重兵衛が、たった今、息を引き取りました。私が用心棒の確認をしなかったために、このような事態になってしまいました。申し訳ありません」

「仕方ねえな。で、何か、わかったかい」

「小柄に塗られた毒が特定できず、愛一郎にも手の施しようがございませんでした。しかし、加賀屋の千両箱の中からこれが見つかりました」

忠兵衛は虎庵の前に、小さな青磁の棗を差し出した。

「なんだい、これは」

「加賀屋が、嵯峨太夫への土産として用意した青美油です」

「これが加賀屋の青美油か」

虎庵は棗のふたを開け、匂いを嗅ぎ、自分の手の甲にすり込んだ。

郭至高の青美油より堅いようだが、皮膚に吸い込まれるように吸収されるのは同じだった。

「佐助、床の間にある水晶の器を取ってくれ」

虎庵は佐助が差し出した水晶の器を開け、もう一度匂いを嗅いだ。

「おい、愛一郎を呼んでくれ。俺には違いがわからねえ」

虎庵は器を置き、腕を組んで唸った。

ほどなくして愛一郎がきた。

「おう、愛一郎先生に調べてもらいたい物があってな」

忠兵衛が二つの器を愛一郎の前に置いた。

「こいつの正体はあとで教えるが、まずはお前さんに、二つの違いを調べて貰いてえんだ」

「わかりました」

愛一郎は二つの器を左右の手に取り、交互に匂いを嗅いだ。

「こ、これは……」

愛一郎は眉間に深い皺を刻み、二つの器を置いた。

「どしたい、何か解ったかい」

結果をせく虎庵に、愛一郎は鋭い視線を浴びせかけた。

「しばし、お待ちを」

愛一郎は左手の小指を棗、右手の小指を水晶の器の中に突っ込んだ。

そして青美油がたっぷりとまとわりついた左手の小指を咥えた。

愛一郎は口元をもごもごさせながら、目を白黒させた。忠兵衛も佐助も虎庵も、愛一郎の口元を見つめながら、喉を鳴らして生唾を飲んだ。

「グウエーップッ」

愛一郎は白目を剝いて、蝦蟇蛙の鳴き声のようなゲップをした。

そして今度は右手の小指を咥えると、いきなりガクリと頭を垂れた。

「おいおい愛一郎、そんなものを舐めちまって大丈夫なのかい」

虎庵は不安げに愛一郎の顔を覗き込んだ。

愛一郎は例によって目を白黒させている。

そして再び大きなゲップをした。

「先生、こいつは……」

「こいつは何だっ！」

「同じ物にございます」

「同じ物？」

「はい。馬の脂に朝鮮人参と木乃伊《ミイラ》の粉が混ぜられた物かと思います。他にも数種類の香料と生薬が混ざっておりますが、詳しくは調べてみないとわかりません」

愛一郎の説明は自信に満ち溢れ、まったく澱みがなかった。

「忠兵衛、同じ物とはどういうことだい」

「この青美油は噂通り、白磁の棗に入っておりますから、加賀屋製の青美油に間違いないかと思います。しかも船内で加賀屋は、大奥や大名の奥方に引く手あまた、江戸城のお武家はんにもよう効きますんや、と自慢げに申しておりました」

青美油が郭至高の偽青美油と同じとはどういうことなのか。

「佐助はどう思う」

「青美油は妊婦の胎盤から調合する仙薬でしたよね。上方で十人、江戸で六人の妊婦が殺され、それが尼僧だったということで、江戸も上方もその噂でもちきりです。そいつを欲しい大名や公卿、豪商どもにしてみれば、尼が殺されるたびに出回る青美油が、まさか偽物とは思わないでしょう……」

佐助はそこまでいって小首をかしげた。

「なるほど。噂が広がれば、青美油は本物でなくて清国製で十分というわけか。しかも、青美油は最初から清国製の偽物だとしたら……」

「お頭、それじゃ、女たちは偽物の青美油を本物と思わせるために殺され、腹を裂かれたということですか……酷えことを」

忠兵衛が話に割って入った。

「忠兵衛。加賀屋は柴田が死んで困った様子はなかったのか」

「はい、柴田のことなどおくびにも出しませんでした。奴は単なる売人と見ていいいんじゃないでしょうか。加賀屋はすでに大奥への出入りもかない、大奥御用商人の地位を得ております。幕府呉服師に就任した今、青美油を売るのに柴田の人脈など屁みたいなものでしょう。それどころか、加賀屋にしてみると、今回の一件の一味ではないかと疑われることのほうが、痛手になると思います」

「忠兵衛、ならば、なぜ加賀屋は殺された。鎌鼬にしてみれば重大な金蔓だ。加賀屋が幕府や大奥への出入りが叶ったとなれば、なおさらのことじゃねえのか」

「虎庵様、加賀屋といっても重兵衛は三男にすぎません」

忠兵衛は虎庵の意図がわからないのか、小首を傾げた。虎庵は忠兵衛とは別の意味で、加賀屋重兵衛が三男であることが気になっていた。

――青美油の商売の成功でのぼせ上がった大店の三男に、不安を抱いていた事件の黒幕が、鎌鼬の藤助に重兵衛の口封じを命じた、ただそれだけのことではないのか。

虎庵はしばしの間、自分の考えを整理し、そしておもむろに話し始めた。

「加賀屋重兵衛が殺されたということは、奴らは青美油を使い、幕府や大奥の奥深くに食い込むという目的をすでに果たしたということだ。府中宿のおけい以来、妊婦殺しが起きていないのも、もはや青美油を売る必要がなくなったということだ。佐助、ならば奴らの次なる狙いは何だ」

佐助は首を傾げ、黙りこくった。

そこにいる全員が首を傾げている小田原屋の離れに、しばしの沈黙が流れた。

とその時、襖の外から声がし、ゆっくりと襖が引かれた。

「じつは去年の三月、上様の四男、源三君が亡くなりました。表向きは病死ということになっていますが、本当は毒による暗殺だったそうです」

桔梗之介だった。

「父より聞きました。今の話は本当か」

「桔梗之介、今の話は本当か」

「父より聞きました。敵の次の狙いは……」

「ちょっと待て、桔梗之介」

虎庵は桔梗之介の言葉を遮り、後を続けた。

「お前さんは吉宗様が標的といいたいんだろうが、我らは風魔、将軍の家来ではない。その風魔が加勢し、将軍を護らなけりゃならねえ理由はない。吉宗様だって、そんな理由で俺を上海から呼び戻したところで、風魔が動かないことくらい、わかりきっているはずだ。誰が将軍になろうが、風魔の義とは関係ねえ。八代目が殺されれば九代目を立てるだけ、それが将軍家ではないのか」

虎庵は桔梗之介の真意を測りかねていた。

個人的に吉宗に対する情はあるが、風魔の統領という立場では話は別だ。

佐助は表情を曇らせてそんな虎庵を見詰めている。

「虎庵様、将軍が殺されたら、次の将軍が徳川から立てられるとは限りませぬ。そのまま幕府が転覆してしまうこともありえます」

「幕府転覆だと？」

「そうなれば大権現様と交わした筆架叉の約定も無効になり、風魔の天誅もただの殺しです。風魔の屋台骨、一日千両といわれる吉原の稼ぎを保障しているのも徳川幕府。江戸における風魔の栄華は、徳川あればこそではないのですか」

桔梗之介は唇を噛み、両の拳を握り締めた。

「違うな。先祖と家康が密約を交わしたのは、家康が戦乱なき太平の世を本気で創ろうとしていたからだ。風魔は徳川の犬ではない」

「ならば、結論はひとつかと思います」

桔梗之介は両手をつき、虎庵ににじり寄った。

「なるほどな。鎌鼬の藤助が生きているのなら、野郎を引っ捕らえ、野郎の体に訊くしかねえな。忠兵衛、佐助、風魔の総力を挙げて鎌鼬の居所を捜してくれ」

「かしこまりました」

すかさず席を立ち、部屋を出た忠兵衛の後を佐助が追った。


屋敷に戻った虎庵は、縁側で一杯やりながら天空に浮かぶ満月を眺めた。

時折、群雲に隠れては姿を見せる満月は、血に染まったように妖しい輝きを見せている。

「なあ、桔梗之介。上海での暮らしは楽しかったな。見るもの聞くもの、すべて珍しかった。生きているだけで、馬鹿な頭が良くなっていくような気がしたんだ。何がしたいわけでもなかったが、いつか何かができそうな気がしていたんだ」

虎庵は庭先で亀十郎を相手に、木刀を振っている桔梗之介に話しかけた。

「若さというものは命に限りあることを忘れさせ、とかく人生を永遠と誤解させるものです。上海を懐かしみ、あの暮らしをいくら大切に思ったところで、最早過ぎ去りしことです」

桔梗之介は虎庵に背を向けたままいった。

「なんでい。やけに神妙じゃねえか」

虎庵は怪訝そうに桔梗之介の背中を見つめた。

「虎庵様、先日話した見えざる敵を思うと、私にはあまり時が残されていないような気になるのです。楽しかった上海のことと、あと何回思い浮かべることができるのか。あの妖しげな満月も、あと何回眺めることができるのやら」

「不吉なことを口にするじゃねえか」

「私はすでに三十九歳、とても若いとはいえませぬ」

桔梗之介が力強く振り下ろした木刀が、空気を切り裂いた。

同時に桔梗之介の全身から放たれた強烈な殺気に、一瞬にして虫の音が消えた。

6

突然、桔梗之介が素振りを止めて、塀の木戸に目をやった。

「虎庵先生はいるかい」

南町奉行所与力の木村左内だった。

「お役目ですかい。ご苦労なこって」

「昨夜、またまた大川に仏が上がったんだ」

「ふーん。それで、どうしたい」

虎庵は興味なさげにいった。

「なんだ、驚かねえのか。よーし、それなら耳をかっぽじって聞きやがれ。今度の仏は坊主で、でけえ金玉がぶら下がってやがったんだ。どうだ、驚いたか」

ふんぷんと酒臭い息を吐きながら、左内は誘われもしないのに縁側に腰かけ、虎庵のツマミのメザシを苛立たしげに囓った。

昨夜、虎庵は愛一郎に死んだ加賀屋の腹を裂き、心臓を匕首で一突きした上で頭を剃り、大川に流すように命じて帰った。

いまだ正体の見えぬ本当の敵に対して、虎庵ができるせめてもの挑戦状だった。

虎庵は桔梗之介に用意した杯を左内に渡し、ゆっくりと酒を注いだ。

「これは、かたじけない」

左内は口を尖らせながら、「おっとっと」といって杯の酒を飲み干した。

「風流な気分で月見酒をしてるときに、殺された坊主の話とはな。花札じゃあるめえしってんだ」

「満月に坊主たあ、うまいことというねえ。だがな先生、野郎は坊主頭だが坊主じゃねえ。背中に『カガヤ』という文字が切り刻まれてたんだ。つまりその仏は、俺が大岡様に護衛を命ぜられた呉服屋ってわけだ。俺はすぐに日本橋の加賀屋の出店の番頭を呼びつけ、死体の面通しをさせたんだ。すると仏にかけられた筵をめくった番頭が、『旦那様あ』って、わざとらしく泣きつきやがったのよ」

左内は勝手に徳利の酒を自分の杯に注いだ。

「番頭が認めたんなら、一件落着じゃねえか」

「ばあか、上方の大店加賀屋の旦那が、身包みはがれた上に背中に名前を刻まれ、頭剃られて腹掻っ捌かれてりゃ、間違いなく殺しだろうが」

「いつものように、本所あたりの無宿人をとっ捕まえて責めまくりゃ、すぐに一件落着だろうが。加賀屋ったって江戸の出店、旦那といっても三男坊じゃねえか。大旦那にしてみれば、大騒ぎになって幕府御用達を取り消されることのほうが痛えんじゃねえのかい。旦那だって、番頭に『ここはひとつ木村様のお力で、穏便なお取り計らいを』てなことといわれ、やたら重てえ菓子折りでも渡されたんじゃねえのかい」

「そうしてえのは山々よ、だがお奉行が妙に張り切っちまってな。今度ばかりは、証拠もなしに下手人を連れていこうものなら、こちらの首が危ねえのよ」

「ほう、あの大岡様がな。それじゃあ教えてやるが、背中に刻まれた文字が鍵だな。俺が物取りなら、死体が見つからねえように犬に食わしちまうか、地中深くに埋めちまいたいところだ。それをわざわざ『カガヤ』と切り刻んで大川に流したってえことのは、下手人にはそれなりの目的があるんだろう」

背中の文字は愛一郎のいたずらとわかっているが、虎庵は左内にカマをかけた。

「おう、俺も考えたのよ。例の妊婦殺しと全く同じ手口ということは、女房を殺された亭主の復讐なんじゃねえかってな……」

案の定、バカか利口かわからない答えが返ってきた。

「それで、それがしに会いにきたというわけか」

桔梗之介が、手にしていた木刀の切っ先を左内の喉元に突きつけた。

「おめえも馬鹿だね。お前は女房を殺されたわけじゃねえだろうが」

「それじゃあ南町の名与力の旦那は、いったい誰が下手人と睨んでいるんだね」

虎庵は左内の杯に酒を注いだ。

「聞いて驚くな、番頭の話では店の蔵から千両箱が五つなくなっていた。この金は加賀屋重兵衛が、上方で集めてきた慶長小判の切れ金や軽目金で、本石町にある後藤家の金座役宅で新品に両替する予定だったそうだ。加賀屋が殺された日に、本人が持ち出した五千両が消えちまったのは大問題だろう」

切れ金や軽目金は、使われているうちに破損したり、刻印が薄くなった小判のことで、金座の後藤家に持ち込めば新品の小判と交換することができた。

左内は続けた。

「しかし加賀屋は上方で、両替商の十五人組合にも入っている豪商だ、小判を交換するために、わざわざ江戸に運ぶまでもねえと思うんだがな」

「金座後藤との間で、船賃かけても儲かる話ができてたんじゃねえかな」

「だけどな先生、加賀屋は大奥絵島の事件で、幕府呉服師だった後藤縫殿助が遠島になったおかげで大奥御用達になれた呉服屋だぜ。お前さん、日本橋の西にかかっている一石橋を知ってるだろう」

「当たり前だ。馬鹿にするねえ」

「じゃあ、なんで一石橋というか知ってるかい」

左内の問いに虎庵は答えに窮した。

「金座後藤家と呉服町の後藤家を結ぶ橋。五斗と五斗を足して一石という駄洒落だ」

桔梗之介が助け舟を出した。

「さすがは桔梗之介の旦那、亀の甲より年の功だ。要するに呉服師の後藤縫殿助と金座の後藤庄三郎家は親戚。その親戚が失脚して出世した加賀屋が、金座の後藤と仲がいいいってのは変だろうが」

左内は得意げに頷き、虎庵の手から徳利をひったくるようにして、自分の杯に酒を注いだ。

大分酔いが回り始めている左内の頭を、桔梗之介が平手でひたひたと叩いた。

「馬鹿はお前だ。金座の後藤と呉服町の後藤は縁も所縁もない。通称呉服後藤は大権現様が岡崎城にいらした時からの呉服御用達。金座後藤はその昔、橋本庄三郎なる人物が京都の御用金匠後藤徳乗に認められ、後藤を名乗ることを許された。大権現様もその技術を認め、五三の桐の御紋の使用を許された家柄だ」

再び桔梗之介が得意げに、左内の月代をひたひたと叩いた。

ほとんど酩酊状態の左内は抵抗することなく、へらへらと笑いながら叩かれ続けた。

虎庵が口を開いた。

「金座の後藤庄三郎ってのは、わからねえ野郎だな。茶屋四郎次郎、角倉了以と並んで京の三長者として名高い後藤徳乗がだぜ、何だってそいつに後藤を名乗ることを許し、大権現様が五三の桐を使わせるんだ。橋本庄三郎ってのは何者だ」

「それが、美濃の出身で加納城主の末裔という噂もありますが……」

「桔梗之介、何、もったいぶってるんだ」

「はい、昔から奴は、大権現様の御落胤というのがもっぱらの噂です」

「大権現様の御落胤だと？　桔梗之介、馬鹿なことといってるとしょっ引くぞ」

うな垂れていた左内はそれだけいうと、寝息を立て始めた。

江戸に移封された徳川家康は、豊臣秀吉に対して領国貨幣の小判発行を認めさせた。武蔵墨書小判といわれる一両小判で、関八州に通用する領国貨幣だが、これを作ったのが初代後藤庄三郎だった。

貨幣の発行は国家財政運営の基本だが、この時すでに家康はきたるべき天下統一の準備をしていたのだ。

「秀吉が死んだ翌年、大権現様より江戸本町一丁目を拝領し、小判に験極印を打つ後藤役所を設置を許されたかと思うと、京都、駿府、佐渡に後藤役所の支所を設けることも許され、幕府天領の金山銀山を支配し、大権現様の財政顧問役を果たしたのです」

「簡単に言えば幕府の金庫番というわけか。知らなかったぜ」

「これは慶長小判を発行した時のことですが、幕府から分一金《ぶいちきん》といわれる貨幣製造の手数料が、百両あたり十両も支払われたそうです。慶長小判の発行額は定かではありませんが、仮に一千万両なら百万両が後藤家の物となったわけです」

「百万両？」

左内が素っ頓狂な声を上げて飛び起きた。

「旦那は知らねえだろうが、銭や小判を作るのは国の政の要だからな」

「話が小難しくなってきたところで、俺は退散するとするか。馳走になった」

左内は踵を返すと大袈裟に頷き、首筋を右手で叩きながら足早に去った。

南町奉行所与力とはいえ、現場の叩き上げである左内がこれ以上話を続けようにも、現実味もなければ面白味もない話だった。

しかし、虎庵にしてみると徳川家康は、国家事業の中枢ともいえる貨幣鋳造をなぜ将軍家から切り離したのか、という疑問の答えが一挙に見えた気がした。

そして徳川家康という男が思い描いたこの国の未来が見えたような気がした。

「桔梗之介、徳川家康という人は、つくづく恐ろしい人だな」

「突然、どうされました」

「後藤庄三郎御落胤説は、まんざら馬鹿にしたもんじゃなさそうということよ」

「え？　どういう意味ですか」

「将軍家維持のために作ったのが御三家なら、金座の後藤家とは幕府の経済を握る、本当の将軍ということよ。桔梗之介は、銭や小判は何のためにあると思う」

「物々交換をしないで済むようにするためでしょう」

「それだけじゃねえ。銭や小判は人の暮らしに安定をもたらしてくれるんだ。お前さんが一年に使う金が二十両だとする。手元に百両あるとしたら、五年は遊んで暮らせるが、それじゃあ隣の長屋の大工と同じだ。奴らは月に十日働いて二十日は遊んでやがる。だが、奴らの住んでる長屋の持ち主を知ってるか」

「知りませぬ」

「御仁吉の話じゃ、三鷹の百姓だってよ。百姓ってのは金があるからって、大工みてえに野良仕事を休むというわけにいかねえだろ。休む間がなきゃ金は使わねえから溜まる。その金で長屋を買うと店賃が入る。金が金を生み出してくれるというわけだ。長屋の大家になった百姓は、いずれ田畑を倅に譲り、手前は店賃で悠々自適。どうだ、金が安定をもたらし将来を保障してくれていねえかな」

　桔梗之介は腕を組み、感心したように頷いた。

「天下太平が続けば百姓でも商人でも、知恵さえあれば豊かになれる。豊かになれば学問を身につけることができるが、武士は戦がないから武功が挙げられぬ。武功を挙げられなければ出世もできず、下級武士はいつまで経っても下級武士だ。家康が作った太平の世の中とは、武士の出世の機会を奪い、身分の低い者たちに、知恵と才を磨く機会を与えているというわけだ。所詮、奪うことしか知らぬ武士など不要の者、だがその武士がいなくなりゃ幕府も消える。徳川家康という人には、天下太平が武士にもたらすものが見えていたんだよ」

「虎庵様がいう通りなら、政は誰がするのですか」

「教育を施し、才を発揮したものに任せればいい。才もないのに家柄で幕閣になっている奴と、どちらが天下国家のために役立つかは明白だろ」

「金座の後藤家が、本当の将軍とはどういう意味ですか」

「確たる証拠はねえが、そうであっても不思議はねえということよ。この百年、幕閣は将軍の座を巡る権力争いを繰り広げ、酒井や堀田のように深手を負った者が多い。だが後藤家だけが何も変わっちゃいねえのは、変じゃねえか」

経済とは砂時計の砂のようなもので、幕府が作った金はすべて社会に落ち、利益として蓄積される。

しかし、砂が落ちきった砂時計を逆さにし、社会や商人が溜め込んだ財を幕府が奪い取る方法、それが貨幣改鋳だ。幕府経済が逼迫したら、金銀の含有量が少ない貨幣を新たに作り、古い貨幣と強制的に交換させることで、出目と呼ばれる差益を生み出し、その度に商人は合法的に財を奪われる。

武家には参勤交代に天下普請、商人には貨幣改鋳。

この百年、金座後藤家がかかわってきた貨幣改鋳は、命は奪わぬが有無をいわせずに財を収奪する、闇将軍にふさわしい荒技なのだ。

左内は気づいていないだろうが、奴が良仁堂に来ては洩らす情報の向こう側には、つねに大岡忠相の影が見え隠れする。虎庵は今回の左内情報が、いよいよ核心に迫るきっかけのように思えてならなかった。

第六章　真相

1

良仁堂の隠し部屋に虎庵、桔梗之介、佐助、忠兵衛の四人が集まったのは、夜半過ぎ、机の上には加賀屋が持ち込んだ五つの千両箱が積み上げられている。

「南町奉行所与力木村左内の話では、この中には加賀屋が上方で集めた慶長小判の切れ金や軽目金が入っているそうだ。佐助、開けてみろい」

佐助が蓋を開けると、そこには金座後藤の包封がほどこされた慶長小判がずらりと並んでいた。

「どういうこったい。まともな慶長小判じゃねえか」

「虎庵様、加賀屋の番頭は重兵衛の嘘を真に受けただけではないでしょうか。この金は大坂で売れた青美油の代金の一部で、番頭には内緒で金座後藤に届ける予定だった。

他人の金を手前の欲得に利用する。上方商人のやりそうなことです」

忠兵衛は吐き捨てた。

突然、顔面蒼白の愛一郎が飛び込んできた。

「大変です。このお屋敷の周りを数十名の忍が取り囲んでおります」

愛一郎は全身をわななかせながら叫んだ。

「忍だと、鎌鼬の藤助か？」

弾かれたように部屋を飛び出そうとした佐助に、桔梗之介が叫んだ。

「佐助、行くなっ！　虎庵様、こちらです」

桔梗之介は虎庵の背後の壁にかかっていた二本の筆架叉をはずし、壁の左端を押した。すると壁は音もなく回転し、抜け穴が見えた。

「屋敷を囲まれたとなれば、まもなく火矢が打ち込まれましょう。この部屋は燃えもしませぬし、奴らに気づかれる心配もありませぬが、下手にここを飛び出して表へ出れば、待ち構えている忍の一斉攻撃を受けまする」

元紀州藩薬込役の顔に戻った桔梗之介は、卓の上に置いてあった西洋式のランプを片手に抜け穴を進んだ。

抜け穴は、良仁堂の通り向かいにある妙心寺の本堂の縁の下に繋がっていた。

五人は本堂の屋根裏に移動し、息を潜めて外の様子を窺った。

良仁堂にはすでに火矢が放たれ、夜空を焦がす紅蓮の炎に屋敷の周囲を取り囲む忍の後ろ姿が浮かび上がっていた。

あちこちで半鐘が一斉に鳴り出すと、それを合図に門前で仁王立ちしていた影が左手を上げた。

影の左腕の手首から先は、長めの手甲鈎が妖しく輝いている。

間違いなく虎庵が左手首を叩き斬った鎌鼬の藤助だった。

忍たちは次々とその場から散って闇の中に姿を消した。

鎌鼬の藤助は忍装束を一瞬にして脱ぎ捨てると縞柄の着物姿になり、まるで野次馬のような顔でその場を立ち去った。

「佐助、鎌鼬の後を追えっ！」

虎庵が声をかけたときには、佐助の気配も姿も消えていた。

「虎庵様、いよいよ敵の黒幕が動き出したようですな。用心してかからねばなりませぬぞ。虎庵様、私は先ほどの話を聞いていて、ほとほと武士が嫌になりました。もはや武士になど未練もございませぬ」

桔梗之介の言葉に、虎庵は黙って頷いた。

昨夜、鎌鼬の藤助を尾行した佐助が、良仁堂の鎮火を確認してから小田原屋に戻ったのは、昼九つ半（午後一時）を少し過ぎていた。

「お頭、ただ今戻りました」

「ご苦労だったな。野郎のことだ、三味線堀あたりに猪牙でも待たしてたろう」

虎庵の屋敷をいきなり焼き討ちにする鎌鼬は周到な男だ。

尾行に対して何らかの手を打っているのは間違いなかった。

その男が屋敷に踏み込むことなく、火を放ったのにも理由があるはずだ。

「向柳原に猪牙を待たしておりました。柳橋まではなんとか追ったのですが」

「仕方がねえ。奴も必死のはずだ。ところで、下谷の屋敷はどうなったい」

「はい、お屋敷は残念ながら、完全に屋根が落ちていました」

「そうか、ご苦労だった。明日でかまわねえから普請にかかってくれ。焼けた屋敷を建てた大工や図面に関しては、すべて桔梗之介が知っているはずだ。今日のところはとりあえず風呂でも浴びて、休んでいいぜ」

佐助が一睡もしていないのは明らかだった。

汐留橋で見つかった尼僧殺しに端を発したこの事件は、秘薬「青美油」にまつわる鎌鼬の藤助、呉服商加賀屋、柴田肥前守による六人連続妊婦殺しだった。

その目的は当たり前に考えれば金であり、その金を使って幕府相手の大商いを目論んだというところだ。

しかし将軍吉宗によって、虎庵がこの事件に巻き込まれた。

しかも将軍や幕府が手を下せず、闇目付の風魔を頼らねばならない理由は隠され、将軍もその理由を明かそうとはしない。

虎庵は浅草寺裏で襲撃され、桔梗之介の義理の姉となるはずだったお絹を惨殺され、さらに風魔の幹部である慶次郎も惨殺された復讐として、鎌鼬の藤助の手首を切り落とし、柴田肥前守に天誅を食らわせた。

それは吉宗の思惑にかかわらず、降りかかる火の粉は払ったまでのことだ。

のちに事件の背後に妊婦の胎盤で作る清国の仙薬「青美油」の存在が浮かび、それを柴田肥前守の伝手をたどって江戸で売りさばく、大坂の呉服商加賀屋の存在も明らかになったが、柴田肥前守が殺された以上、この事件はしばらくなりを潜めて当然だった。

にもかかわらず「青美油」を売りさばいていた張本人の加賀屋重兵衛が、のこのこと江戸に姿を現した。

風魔は加賀屋重兵衛の拉致を目論んで待ち伏せをしたが、鎌鼬の藤助と思しき男の投げた小柄の毒によって、加賀屋重兵衛の息の根を止められた。

その事実を考えれば、呉服商加賀屋重兵衛、柴田肥前守は事件の真相など何も知らない道具に過ぎない。

そうなれば柴田の出世や、加賀屋重兵衛の幕府相手の大商いも、本当の目的を見誤らせる虎庵たちの妄想に過ぎない。

だが「青美油」の商売の成功によって、思い上がった加賀屋重兵衛の不用意な行動によって、思わぬ黒幕として金座後藤庄三郎の影が浮かんできた。

徳川家康の御落胤の子孫とはいえ、御三家のように将軍継嗣権を持たず、金座の支配者として貨幣鋳造という奥の手を武器に、この世の経済を裏から操る闇将軍となった男だ。

金座後藤が徳川家康の血筋である以上、吉宗が将軍といえども、おいそれと手を出せる相手ではない。

この男なら、呉服商加賀屋重兵衛に「青美油」を用意させ、まず西国の大々名や公卿、大商人の金蔵の奥深くに溜め込まれた慶長小判を吐き出させ、江戸では柴田肥前守のつてを使って同じことを目論んだとしても不思議はない。

鎌鼬の藤助は、仙薬である「青美油」の評判を高めるために、次々と妊婦を拐して殺し、腹を裂き、尼僧のように髪の毛を剃って捨てた。

――だが金座後藤の狙いは、本当に慶長小判だけなのだろうか。

はっきりしていることは、歴代の将軍は飾り物に過ぎず、金座後藤家は魂まで欲の亡者となった幕閣や大名を手玉に取り、将軍暗殺をもいとわぬ権力闘争を繰り返させる、闇将軍だとしても不思議はないという状況証拠だけなのだ。

自分は常に闘争の埒外に身をおき、幕府を超える財力を築き上げてすでに百年、六代にわたって裏から幕府を支配する後藤庄三郎とは悪なのか、はたして善なのか。

今の虎庵にその善悪を即断できぬのは、彼自身の若さというものだった。

「虎庵様」

障子の向こうで声がした。桔梗之介の声だった。

「おう、桔梗之介。どうしたい」

「先ほど、良仁堂の隠し部屋から戻りました。隠し部屋への通路は瓦礫で隠れておりますので、今夜中にも武器や備品をこちらに移そうかと思います」

そういって桔梗之介は竜虎斬を差し出した。

「すぐに良仁堂の普請にかかるよう佐助に命じてある。大工の手配や図面も必要だろう。手伝ってやってくれ」

「はい。あのう……」

「ん？　どうしたい」

「虎庵様は、上様を疑われているのですか……」

「なんだ、突然。今回の事件は黒幕は、将軍の座に関わるすべての者に可能性があるんだ。そういう意味じゃ吉宗様も例外じゃねえってことさ」

いい訳じみたことをいっている自分が情けなく思えたが、吉宗に疑念を抱いていることは事実だった。

「虎庵様は大切なことを忘れています」

「大切なことだって？」

「確かに今回の一件は、突き詰めていけば幕府の奥深くに行き着きましょう。しかし敵は、帰国して三日足らずの虎庵様を浅草寺裏で殺めようとしたのです。そして万安楼の慶次郎を殺し、良仁堂で忠兵衛殿と虎庵様を再び狙った。そして今回の良仁堂焼き討ちを思うと、敵は将軍の座とはなんら関係のない、虎庵様の命そのものを狙っています。上様が黒幕だとしたら、虎庵様をわざわざ帰国させずに、永遠に上海にいさせればよいだけではないですか」

桔梗之介の意見は理路整然としていた。

「そりゃあ、いえてるな。俺は上海に留め置かれれば死んだも同然だからな。桔梗之介、お前さんは金座後藤が本当に黒幕だと思うか」

「貧乏武士の私たちには縁のない世界の話ですが、ようするに豪商や大々名の金蔵は、金座後藤にとっては隠し金山のようなものなのでしょう」

「大店の金蔵が、隠し金山か……」

桔梗之介が吐き捨てるようにいった言葉が、虎庵の脳裏で何度も繰り返された。

「そういえば、俺たちが上海で使っていた金、あれも慶長小判だったな」

「はい。郭至高がいうには、上海での取引は慶長小判が一番だという話でした」

「だが桔梗之介、紀州藩にしても百年も前の小判をどうやって……」

「御三家とて大名や商人と同じ、御金蔵にどれほど慶長小判が貯えられているかはわかりません」

「確か、いまや天領の金山からは、ほとんど金が取れないはずだな」

「はい、元禄の頃には佐渡の金山が枯れ、公儀隠密が全国の隠し金山を探ったのは二十年以上前の話です」

「わかったっ！」

虎庵は一回膝を叩くと、飛び上がるようにして立ち上がった。桔梗之介は呆れたように見上げた。

「桔梗之介、金座後藤は金山が枯れる中、お前さんがいうように、西国の豪商や大々名の御金蔵が隠し金山だということに気づいたんだ。そして考えついたのが青美油。こいつを賄賂に使えば幕府内での出世も、幕府との大商いも意のままとなれば、欲の皮をつっぱらかせた野郎たちは飛びついて、金蔵の慶長小判を吐き出しまくるというわけだ。そう考えりゃ、今回の一件の本質が、将軍の座にあると考えることが敵の思う壺だ。やはりここは余計なことを考える前に、まずは鎌鼬の藤助の野郎をとっつかまえて、たっぷり秘密を吐かせたうえで血祭りにあげる。でなきゃお絹も浮かばれねえ」

なんとも乱暴な虎庵の結論に、桔梗之介は力強く頷いた。

2

十二月三日――。

虎庵の思惑とは裏腹に、鎌鼬の藤助はかれこれひと月以上も風魔の監視網をかいくぐり、その行方はようとして掴めなかった。部下たちの手前、平静を装ってはいるが、虎庵は内心姿を見せぬ藤助に苛立っていた。

虎庵は普請の終わった良仁堂の真新しい縁側に座って庭を眺めた。

すでに師走、冷たく澄み切った夜空に瞬く星々は輝きを増している。

ひと月あまりで建て直した突貫普請で庭の桜の大木は伐採され、殺風景な気がしたが、これは外部からの進入を未然に防ぐために佐助が指示したものだった。

地下に続く回転扉が開き、桔梗之介が姿を見せた。

「虎庵様、佐助の指示で隠し部屋は道場並みに広がり、いたるところにカラクリ扉と抜け道が作られました。これはまるで要塞ですぞ」

桔梗之介はどういう心境の変化があったのか、つるつるに剃り上げた頭を撫でながら、興奮気味にいった。

「桔梗之介、それにしてもひと月で完成というのは早すぎはしねえか」

虎庵は首をかしげた。

「その代わりといってはなんですが、佐助は加賀屋重兵衛の五千両をきれいさっぱり、この屋敷につぎ込んでしまったようです」

「構わねえ。俺の屋敷を焼いた野郎に、建て直してもらっただけだからな」

虎庵は気持ちよさげに高笑いした。

すると今度は木戸が開き、佐助と愛一郎が荷物を抱えて入ってきた。

「お頭、例の物ができあがりました」

愛一郎は抱えていた箱の中から小型の銃のような物を取り出した。

桔梗之介はわけがわからず、小首を傾げている。

「桔梗之介、これは俺が上海で手に入れた『クロスボウ』という、鉄砲と弓を合わせたような武器で、佐助に風魔の鍛冶屋に大量生産させるよう頼んでいたんだ」

虎庵はクロスボウを受け取ると弦を引き、短い矢をつがえて引き金を引いた。

猛烈な速さで飛び出した矢は空気を切り裂き、十間先の土塀に突き刺さった。

「鉄砲ほどの威力はないが、派手な音もしねえし雨の中でも使える。この矢を刀で打ち落とせる者はいないはずだぜ」

目を凝らしていた三人が、ごくりと生唾を飲んだ。

「一応、五百ほどできましたが、もっと作らせますか」

「いや、それだけあれば十分だ」

虎庵がクロスボウを箱に仕舞ったとき、突然、木村左内が庭先に現れた。

「おいおいおいおいおい。このひと月、どこのどいつがこの屋敷の普請を始めたのかと調べたが、大工も紀州様の御家臣としかいわねえ。それがどうでえ、こいつあ、とんだ御家臣様じゃあねえか。俺あ先生、てっきり火事で焼け死んじまったのかと思って心配したんだぜ。この界隈の者だって皆そうだ、お役者先生が死んじまったってよう……」

木村左内はあたりを憚らず、声を上げて泣きに泣いた。

やけに芝居がかっているが、思わぬ左内の本音を垣間見た気がして、虎庵も悪い気はしなかった。佐助と愛一郎、亀十郎の三人は、左内が肩を震わせている隙に、クロスボウを隠した箱を抱えて部屋を出た。

「ひと月ほど草津に湯治にいっていたんだが、付け火にあっちまったみたいで、こっちもビックリだ。木村の旦那、そこじゃなんだ。中に上がってくれ」

虎庵の言葉を聞いた桔梗之介が、左内に部屋に上がるよう促した。

「おう、すまねえな、和尚」

「お、和尚？　だ、誰が和尚だ」

桔梗之介は顔を真っ赤にしていきり立った。

左内は桔梗之介の顔を覗き込むようにして、まじまじと見つめた。

「なんでえ、お前は桔梗之介じゃねえか。はは、ははははは」

左内は泣き顔で大笑いしながら、桔梗之介が剃り上げた坊主頭を撫で回した。

「あのう、こんなものしかございませんが」

愛一郎が酒と山のようなスルメを置き、佐助が一升徳利を二本置いた。

「お、こいつはすまねえな」

虎庵の向かいに座った左内は、涙を拭うと照れくさそうに杯を差し出した。

「ただでさえ忙しい師走だってのに、昨夜、甲州街道、青梅街道を使って二百人近い不気味な虚無僧の一団が江戸に入りやがった。なんでも甲州街道の虚無僧は市ヶ谷の甲府藩下屋敷、青梅街道の虚無僧は本駒込にある柳沢様の別邸と、板橋中宿あたりに集結していやがるんだが、師走に大挙して江戸入りした理由がわからねえんで、南町奉行所はてんてこ舞いだぜ」

左内は咥えたスルメを食いちぎった。

「田舎坊主の話なんかじゃなく、なんか、ぱっとした話はねえのかな」

「何をいってやがんでえ。お前らが草津で温泉三昧のあいだ、こちとら師走に行われる上様の鷹狩のお触書を担がされ、江戸の町を駆けずり回ってたんだ」

鷹狩をこの上なく愛した吉宗は、狩で田畑を荒らさぬよう百姓が収穫を終える冬場までは自ら鷹狩を禁じていた。

「お触書ったって、お前さんは偉そうにお馬に乗って、同心どもに指図するだけだろうが。お前、本当は与力じゃなくて同心なんじゃねえのか」

「ば、馬鹿なことを申すな」

「まあいいや、旦那。冗談はさておき上様が鷹狩って、生類憐れみの令の時代とは変われば変わるもんだな」

「何が楽しいんだかな。最初は水戸様とご一緒で、次は隠居している新井白石様ときたもんだ。お狩場で何を話してるのかわからねえが、幕府のお偉方の皆様は仲の良いこって、結構毛だらけだぜ。これで五日後の鷹狩が尾張様と一緒だったら、徳川の世も安泰なんだがな。がははは」

左内は馬鹿笑いをした。

「そうなると、五日後の鷹狩の相手が気になるな。誰が一緒なんでえ」

「お忍びだ。ガハハハって、あれっ？　痛っ、痛てててっ」

馬鹿笑いをしていた左内が、急に腹を抱えてその場に倒れ込み、大げさに苦しみだした。将軍お忍びの鷹狩の日程について、つい口を滑らせてしまったことを隠すための、仮病であることは明らかだった。

「おう先生、この二、三日腹の様子がおかしいんだ。差込ってえほどじゃねえんだが、どうも鳩尾、ちょうど胃の腑のあたりが妙にしくしくしやがるんだ」

「何? そいつはいけねな。ちょいとそこに横になってみな」

左内は不安げな表情を浮かべ、胃のあたりをさすった。

「どれどれ……こいつあてえへんだ……」

臍の周りを両手でさすり、虎庵は意味ありげに眉根を寄せて小首を傾げた。

「おい、愛一郎、手術だ。急いで手術の用意をしてくれ」

左内は弾かれたように飛び起きた。

そして置いてあった大小をひっつかむと、大慌てで庭先に飛び降りた。

「手術なんて冗談じゃねえぜ。今日は馳走になったが、俺から聞いた話は一切他言無用だぜ」

「そんなこたあ、承知の助だぜ」

「それがしはこれにて失礼する」

苦虫を噛み潰したような顔の左内は一気に酔いがさめたのか、いつになくしっかりとした足取りで去っていった。

ほどなくして部屋を出た佐助が顔面蒼白で戻ってきた。

「どうしたい、そんなに慌てて」

「お頭、左内の旦那がいっていた虚無僧の件、間違いありません」

勘のよい佐助は、その虚無僧たちが何者か見当をつけているようだ。

「そうか、鎌鼬の藤助の野郎、思いのほか早く動きだしやがったな」

「お頭、やはり虚無僧どもは鎌鼬の藤助の手の者なのですか」

「間違いねえな」

虎庵はその場で腕組みし、一度だけ大きく頷いた。

「奴らはいよいよ我らに総攻撃をかけるために、二百名もの軍団を組んで江戸に現れた……」

「違うな。狙いは吉宗様、五日後に行われるお忍びの鷹狩だ。桔梗之介、佐助、そうとなったらこうしちゃいられねえ。準備にかかるぜ」

虎庵は立ち上がると、地下の隠し部屋へと繋がる壁を押した。

3

翌日、朝から長蛇の列をなした患者は、全部が全部風邪っぴきだった。

午前中の診療を終えた虎庵が居間に戻り、隣の小部屋で待機している佐助に声をかけた。

「佐助、傷の具合はどうでい。こっちにきて見せてみろ」

佐助は虎庵の指示に従い、ペルシャ絨毯上に座って袖をまくった。

腕に巻かれた晒し木綿の包帯は真っ白のままだった。

佐助はひと月前の屋敷を焼かれた日、鎌鼬の藤助を追跡したおりに手傷を負ったが、それを隠していたために化膿して腫れ上がっていた。

十日ほど前に、佐助が高熱を出したことで傷に気付いた虎庵は、すぐさま佐助の傷口を切開して膿を出して縫合した。

血管に傷はついていなかったので、すぐに出血は止まると思っていたが、若い佐助の回復は想像以上に早かった。傷口は赤く腫れているが化膿もないし、熱も持っていない。

「これなら糸を抜けそうだな」

虎庵は縫合した絹糸をあっという間に抜き取ると、無言で頭を下げる佐助の肩を軽く叩いた。

「お頭、あの……」

「どうしたい」

佐助は度重なる戦闘に疲れ果てていた。

敵に怖気づいたわけでもないし、死ぬのが怖いわけでもない。しかし、佐助の脳裏にはこれまでに斬った敵の顔がこびりつき、拭い去れずにいた。

覆面からわずかに覗いた敵の顔は、皺ひとつない若者だった。

佐助が虎庵の命令で動いているように、奴も鎌鼬の藤助の命令で動いているに過ぎない。親兄弟もいれば、恋慕する女のひとりもいたかもしれない。

佐助は悪に天誅を下す風魔に異論はないが、これ以上、罪もない忍を殺したくもないし、風魔の仲間の誰一人として失いたくはなかった。

「いえ、いいんです」

暗い眼をした佐助は、何かに気づき庭先に視線を移した。

虎庵が何の気なしに視線を庭に移すと、いつのまにか縁側に腰かけている、男の背中が目に飛び込んできた。大岡忠相に間違いなかった。

「おう、虎庵先生。佐助殿の治療はお済みか」

振り返った大岡忠相は、手土産に持ってきた包みを目の前でぶらぶらさせた。

「佐助。今日は俺がお招きしたお客様だ。愛一郎に用意した鰻を持ってくるようにいってくれ」

「はい」

佐助は大岡忠相に一礼し、部屋を出た。

「大岡様、性質の悪い風邪が流行ってます。いつまでも縁側じゃ体に毒ですぜ」

「お、こりゃかたじけない。今日はあまりに陽気がいいので、両国界隈で散歩してたのだが、両国橋のたもとにあるなんとかいう団子屋が黒山の人だかりでな、こいつはそこで買ってきた餅だ」

大岡は包みを差し出し、椅子に腰かけて小さなため息をついた。

「今日はご足労いただき、ありがとうございます」

「おう、虚無僧の一件だろ。それからお忍びの鷹狩か」

大岡は単刀直入にいうと、意味ありげに笑みを浮かべた。上目遣いで虎庵の表情を窺うその目は、笑っていなかった。

「ついでに金座後藤家のことなど教えていただければと思いまして」

虎庵も笑みを浮かべてはいるが、大岡忠相を見つめる目は笑っていない。

「お前さんも、やはり金座に行き着いたか。ではあの日、大和柳生藩主柳生俊方が同道してここにきた理由はどうだ」

「わかりませぬ。ただし尾張が金座と組んで、次期将軍の座を狙っていることは確かですが」

虎庵はかまをかけた。

りえぬ」

「違うな。尾張の継友様には、兄の吉通様を殺す理由がない。将軍の座を狙うなどあ
「ならば誰が」

「それがわからんのだ」

「尾張継友に兄の吉通を殺す理由がないとはどういうことです」

「吉通様が亡くなられたという報を受け、公儀はすぐに幕府の御典医を尾張藩邸に送り込んだ。御典医が吉通様の御遺体の様子を検めたところ、体も冷たく死斑が出始め、亡くなられて半日以上が経過していた。御典医が吉通様の侍医に問い質すと、侍医はしどろもどろになったというのだ」

「朝夕、侍医が脈を取る御三家の殿様が、頓死とは珍しい話ですな」

「後の調べで判明したのだが、吉通様は三日ほど前から激しい腹痛を訴えられていた。心配した継友様や老中が、藩邸に見舞いに出向いたそうじゃが、吉通様に寵愛されていた家臣の森崎頼母が、お目通りもさせなかったそうだ。どうやら吉通様は亡くなられた日は、森崎の屋敷にいたらしいのだが、吉通様の容態が急変したのを見た森崎が、それが発覚するのを恐れ、慌てて藩邸に運んだというのが事の真相のようだ。いかにも小者の仕儀よ」

　茶を一口すすり、腕を組んだ大岡の顔は、説明とは裏腹に尾張藩主徳川吉通は間違

いなく殺されたと物語っている。

少しでも吉宗の真意に繋がる話を聞ければと、かまをかけたつもりの虎庵だったが、大岡の話は予想だにしない、尾張徳川家に起きた藩主暗殺事件におよんだ。

それを語ることで、大岡は今回の一件が徳川家のお家騒動ではないことを暗に伝えようとしたのだ。

虎庵と大岡忠相の間に重苦しい沈黙が流れた。

先に口を開いたのは虎庵だった。

「ここはやはり、鎌鼬の藤助をとっ捕まえるのが先のようですな」

虎庵は不敵な笑みを浮かべた。

「そうよのう、奴はすでに不穏な動きを見せ始めているが、良い手があるのか」

「思うところがありましてね。大岡様にも御協力を願えればと思うのですが」

「儂にできることなら何でもいってくれ」

「それでは」

虎庵は立ち上がり、大岡忠相の耳元で何やら囁いた。

「わかった。四日後だな」

「有難うございます。ところで大岡様、後藤庄三郎はいまどちらに」

「ふふふふ、何を予感したのか五日ほど前、湯治にいくといって甲府に向かったようじゃ」

大岡忠相は茶をすすりながら横目で虎庵の様子を窺った。

「甲府の湯治場ですか。ところでこれは質問ですが、上様の将軍継嗣にあたり、御三家の尾張と水戸は反対しなかったのですか」

虎庵は大岡がすべてを話さぬ以上、話を鵜呑みにするわけにはいかなかった。

「済まぬが、儂には答えられぬ」

大岡は虎庵の真意を見透かしたように答えた。

「大岡様、武士が民草の上に胡坐をかき、権力にしがみつき、欲に溺れ、贅沢三昧に耽るこの世が、大権現様の思い描いた天下泰平なんですかね」

「虎庵、いや風魔小太郎。風魔に世継問題はないのか。謀反は起きぬのか？」

風魔の世継を決めるのは統領ではなく、五人の長老が統領の息子の中から合議で選ぶ。正妻を娶らぬ小太郎には長男も次男もなく、生まれた子供の中から、統領にふさわしいと思われる子を長老が選挙で選ぶのだ。

長老の間で意見が割れた場合、負けた者は長老職を解任され、風魔谷で後進の育成に携わることとなる。空いた長老の席は残った長老たちの推薦で選ぶので、世継に関して意見の違う者は選ばれない。

世継が決定したとき、統領の傍にいる者はすべて味方ということだ。

「なるほどのう」

虎庵の説明に、大岡忠相はため息をついた。

「謀反は起きる前に芽を摘む。風魔の掟は乗正除奸」

「正義を貫き内通を許さず、か」

「ひとりで謀反は不可能。誰かを仲間に誘い入れたくとも、誘った相手に通報されれば命がない。金を持って風魔を抜けても、地の果てまで追い詰められる。風魔が現世的な享楽、生命、財産に固執すれば、それは死を意味します。風魔においての謀反は、俗世ずれした俺から見ても、得のある賭けとはいえませんな」

「では、お前が死んだら風魔も死ぬのか。まだお前に嫡男はおるまい。このままお前に嫡男ができなければ吉原は、風魔谷はどうなるのだ」

虎庵は答えに窮した。

先代には虎庵が生まれたとき、弟忠兵衛がいるだけだった。

もちろん虎庵に兄弟はいないのだから、血筋でいうなら忠兵衛か、その子が注ぐことになるのだろうか。虎庵にはわからなかった。

——徳川家なら忠兵衛が跡目を継いだだろうが、風魔の掟はそれを許さない。

そう考えた途端、虎庵は風魔が置かれている危機的状況が、一瞬にして飲み込めた。

鎌鼬の藤助が執拗に虎庵を狙うのは、虎庵が死ねば風魔は消滅するしかないのだ。

「幕府も風魔も、組織にとって首領の存在は、首領を支える一族の今を保証してくれる。そして世継の存在は一族の未来を保証してくれる。組織が巨大で頑強であればあるほど、その保証は大きなものとなる。首領は組織の今と未来の責を持つ、だからこそ孤独なのだ」

「なら伺いやしょう。徳川幕府の首領は誰が決めるんですかい」

「この国の首領である将軍は王、それを決めるのは天だ」

大岡の言葉に躊躇はなかった。

「かつて織田信長は天下統一の前に天子を滅ぼし、自らが王になろうとした。だが天は信長に味方をせず、信長は明智光秀の謀反によって殺された。秀吉は天下を統一しながら王になれなかった。出自の卑しい秀吉には、王とはいかなる者かが解らなかった。しかし、大権現様は紛れもなく天の選んだ王だった。帝は贅沢を慎み、天下国家、民百姓の安泰のために祈ればよい。だが王は天下国家のために自らの血を流し、命を削ってこそ王なのだ。わずか百年にも満たぬ、人の一生など所詮はうたかた。そのうたかたの喜びを追う凡百のために、己がうたかたを賭けられる者、それが王なのだ」

「ならば、天が四歳の子供を将軍にした理由はなんですか」

「ひとつの時代の終わりを告げるためじゃ」

「徳川宗家の終わりですか」

「うむ」

「ならば十歳で将軍になられた四代家綱様は」

「天は告げていたのよ。だが保身に狂奔する幕閣、幕臣たちは御三家の存在を無視し、政の是非も判断できぬ子供を将軍と祭り上げ、我が世の春を謳歌した。武士が帝を飾り物にしたようにな」

「幕閣、幕臣が将軍家を乗っ取ったというわけですか。ならば将軍家を乗っ取った者にすれば、みずから政をなされる新将軍の上様は邪魔者」

「虎庵。お前は風魔に裏切り者がいるとわかったとき、自ら手を下せるか?」

「そのようなことをすれば、統領と一党の信頼は……」

「上様がお前を上海から呼び戻し、風魔を復活させた意図が少しは見えてこぬか。将軍家は紀州徳川家へと移ったが、もしここで上様に万一の事態が起きたらどうなる。武士とは、なんなのかのう」

ため息をつく大岡忠相との語らいで、虎庵はようやく敵が見えてきたような気がした。

4

師走の吉原は、正月を迎える準備で活気を帯びていた。

大岡との会談を終えた虎庵は、小田原屋の離れで焼いていた餅を返した。

「そういや忠兵衛、妊婦殺しの一件、今じゃ誰も口にしねえな」

「喉元過ぎればなんとやら。飽きっぽい江戸っ子が、いつまでも気にするほどの事件じゃないということですよ」

「それにしても、将軍様はのん気なもんだぜ。左内の話じゃ、この糞寒い陽気だってのに、四日後の八日に飛鳥山でお忍びの鷹狩だとよ。俺も今度こそ、笞をもらわにゃ年を越せねえぜ」

「ほほう、年末くらい殺生を控えられぬものですかね。あれを殺すな、これを殺すなと不自由でしたが、煌びやかだった元禄が懐かしく思えますな。しかし上様がお忍びだからといって、虎庵様もお忍びというわけにはいきませぬ。佐助は絶対にお供させますぞ。さてさて、大分冷え込んでまいりました。私も引き上げるといたしますか」

還暦を迎えているというのに、忠兵衛は軽々と立ち上がった。

その後、虎庵と佐助が良仁堂に戻ったのは五つ（午後八時頃）に近かった。

虎庵は佐助、桔梗之介、亀十郎の三人に声をかけ、奥の部屋で待った。

「虎庵様、目の下に凄い隈が。昨夜は世継作りですか、羨ましい限りですなあ」

一番で奥の部屋に来た、桔梗之介はわざとらしく笑った。

すぐに佐助と亀十郎が続いて現れたが、亀十郎は笑いをかみ殺しているのか、口はへの字に結ばれているが、眉が奇妙に蠢いている。

佐助が閉めた障子の向こうから声がした。

「幸四郎と獅子丸、ただ今戻りました」

「おう、ご苦労だった、隠し部屋に場所を変えるぞ」

ふたりの顔を確認した虎庵は立ち上がり、足早に地下の隠し部屋に向かった。最後に佐助が席についたのを確認した虎庵は口を開いた。

「幸四郎と獅子丸には、ずっと金座後藤の動きを探るよう命じていたのだが、一刻ほど前にさっき江戸に戻ったそうだ。で、獅子丸、野郎はいま、どこでなにをしている」

「は、後藤庄三郎は甲府にある、甲府藩主柳沢吉里の別邸におります」

「柳沢吉里の別邸か。やはりな」

柳沢吉里は五代将軍徳川綱吉に寵愛された側用人柳沢吉保の長男だ。大岡は甲府に湯治に行ったといっていたが、金座後藤はやはり別の動きを見せていた。

「別邸には吉里の側室がいるだけで、吉里は江戸の藩邸におります」

「吉里の妻は、確か酒井忠挙の娘じゃなかったかな」

「はい。酒井忠挙は四代将軍家綱の時代に、大老を務めた雅楽頭系酒井家宗家の酒井忠清の嫡男です。現在は大留守居ですが、吉宗の政治顧問として老中並に重用されているようです」

「後藤に柳沢に酒井だと。きな臭えことになってきたな。桔梗之介はどう思う」

「どう思うといわれましても、なんともいえませぬ」

桔梗之介は口ごもった。そこに顔面蒼白となった愛一郎が隠し部屋に飛び込んできた。

「なんでえ、愛一郎。鳩が豆鉄砲食らったような顔しやがって」

「う、う、上……」

全身を硬直させ、直立不動の愛一郎を押しのけるようにして、頭巾で顔を隠した大男を先頭に、五人の武士が姿を現した。

佐助、幸四郎と獅子丸は、すかさず懐に右手をさしいれて身構えた。

桔梗之介と亀十郎は、脇差しの鍔に親指をかけた。

「いきなり、どちらさんですか」

先頭の武士が頭巾を脱いだ。それに続いて残りの四人も頭巾をはずした。

「う、上様」

「虎庵、久しぶりじゃのう」

吉宗はそういうなり、虎庵の真向かいの席についた。

そして吉宗の右手に柳生俊方、左手に大岡忠相が席についた。

吉宗たちの様子を見て、それまで床に正座していた桔梗之介が立ち上がり、虎庵の右手の席についた。

佐助、幸四郎と獅子丸、亀十郎は虎庵の背後の床に正座した。

余りの緊張感に、隠し部屋の空気はすっかり凍りついた。

「いよいよ、その方にすべてを話すときがきたようだ。いろいろ聞きたいこともあろうが、まずは儂の話を聞いてくれ。よいな」

虎庵は吉宗を見据え、黙って頷いた。

「虎庵よ、徳川家は儂で八代目にもかかわらず、将軍継嗣を巡って徳川宗家由縁の幕閣と、御三家が見苦しい暗闘を続けてきたことは知っておろう。そしてそのとばっちりは我が紀州徳川家にもおよび、兄嫁で綱吉公の娘鶴姫が殺されたのを皮切りに、紀州藩を継いだ兄たちが次々と殺され、儂が藩主になるにおよんだ。そしてすべては水戸の光圀公の意向どおりに進み、家宣様が将軍継嗣として綱吉公の養子となった。だが本当の問題が起きたのはこのときなのだ。なぜなら入城された家宣公の顔が、若き日の光圀公にそっくりだったのだ」

　虎庵の後ろに控えている佐助たちがざわついた。

「家宣公が光圀公の子ということですか？　しかし上様、幕府は世継ぎ問題を抱える大名家で、替え玉事件が頻発したことから、父母と子の顔を比較して親子の真偽を判定するお役を大名家に派遣すると聞いております」

「そのとおりだ」

「ならば家宣公が甲府藩主になるために、家臣宅から呼び戻されたおりに、確認されなかったのでしょうか」

「当然、担当役は甲府に出向き、家宣公の顔を見てさぞかし驚いたはずだ。虎庵、これは質問だが、徳川宗家と水戸徳川家がそこまであからさまで、強引に進める世継ぎ話を目の当たりにして、その方は否というひと言を口にできるか」

「答えようがござりませぬ」

「それでよい。それが徳川幕府の現実なのだ。しかもその後、とある藩士が『家宣公は新見正信の子で替え玉』と讒訴した事件があったが、当時、権勢を振るっていた光圀公によって、すべて闇に葬り去られたのだ」

「上様、光圀公は実の兄を差し置いて藩主になったことを悔い、兄の子を養子にして水戸藩主を継がせたほど、私心のないお人と聞き及んでおります。そのような方が、なにゆえ我が子を将軍にしようなどと……」

「わからぬ。だが光圀公が将軍継嗣として家宣公を推挙した頃、城内である噂がたったのだ」

「噂とは……」

「綱吉公に寵愛され、柳沢吉保の側室として下賜された飯塚染子が産んだ子が、綱吉様の御落胤というものだ」

「下賜した側室の産んだ子が御落胤？」

虎庵は思わず失笑した。

「染子は柳沢に下賜されたにもかかわらず、ことあるごとに綱吉公を訪ねられては閨を共にしていたのだ……」

「上様、それでは柳沢が、側室の染子の産んだ子を将軍の子といえば、誰も否定しようがありませぬではないですか」

桔梗之介は声を震わせた。

「桔梗之介、お前のいう通りだ。あろうことか柳沢は鶴姫が亡くなり、兄綱教の将軍継嗣話が潰えるや、みずから『嫡男吉里は将軍の御落胤』という噂を城内に流したのだ。そして柳沢に騙された綱吉公は、柳沢吉里を世嗣にしようといいだしたのだ」

吉宗はそういって、もう一度、天井を睨んだ。

「だが結局、光圀公の意向通り家宣公が将軍となった……そういうことか」

突然、脳裏に閃いた結論に、虎庵は思わず卓を両の拳で叩いた。

「虎庵殿、いかがされた」

大岡がいった。

「ようするに、将軍の座が紀州家に渡ったことをよしとしない徳川宗家所縁の幕閣どもが、上様を亡き者にしたあと、御落胤話を蒸し返して柳沢吉里を将軍に据え、徳川宗家に将軍の座を取り返そうとしている。違いますか？」

吉宗の目を見据えて発した虎庵の言葉には、自分の都合しか考えぬ、幕閣への義憤が込められていた。

5

しばしの沈黙の後、吉宗は力なく答えた。

「虎庵、さすがだな」

吉宗のその顔は、苦渋に満ちていた。

「ならば、上様はなにゆえ、此度の騒動の元凶、柳沢吉里を始末なさらぬのですか。吉里が生きているということは、吉里が御落胤である可能性を認めることになるのではありませぬかっ！」

「虎庵よ、そうではないのだ」

「えっ？」

「吉里が御落胤という証拠ではなく、吉里が御落胤ではないという証拠がないのだ。御落胤ではないという確たる証拠がない限り、綱吉公の子かも知れぬ吉里を儂には殺せぬのだ」

「上様は、源三君を殺されても、そのような戯れ言を申されますか」

　虎庵の問いに、吉宗は懐から取り出した一本の小柄を卓の上に置いた。

「そ、それは、鎌鼬の藤助が使う小柄。源三君は毒殺されたのでは……」

「うむ、これが死んだ源三の盆の窪に刺さっていた。俺はすぐさま俊方に命じ、この武器を使う者を探し出させた。そして武田透破を割り出し、大坂の加賀屋に潜んでいることを突き止めた」

　怒りにうち震える吉宗は、右手の拳を何度も握り締めた。

「上様、その先はそれがしが」

　柳生俊方が口を開いた。

「風祭虎庵よ。鎌鼬の藤助は知っているな」

「もちろん。武田忍軍に伝わる秘剣鎌鼬を使う忍です」

「そうではない。奴が武田透破の首領、六代目高坂甚内ということを知っているかというのだ」

「六代目高坂甚内？」

虎庵は聞きなれぬ名前に小首を傾げた。

「初代高坂甚内は武田滅亡後、武田透破を武田忍軍として纏めた初代の統領だ。江戸開府後、全国に草として根を張った者たちの多くは、我が裏柳生の配下となったが、高坂甚内は甲州、信濃にいる武闘派の透破を集めて盗賊となり、江戸と上州、上総を舞台に荒らし回った」

柳生俊方が発した盗賊という言葉が、虎庵の脳裏に家康と風魔小太郎を結びつけた高坂甚内の名を甦えらせた。

「高坂甚内はその後、北条が滅んで江戸に姿を見せた風魔と手を結ぶのだが、鎌鼬の藤助はその末裔なのだ。大権現様と風魔小太郎との密約が交わされたのは、その方らも知っての通りだ。だが密約によって、盗賊から足を洗った風魔小太郎は、江戸の町を荒らしまわる武田忍軍が邪魔になった。そこで小太郎は高坂甚内の隠れ家を服部半蔵に密告し、半蔵の命を受けた柳生一門が暗殺した」

「柳生様、ちょ、ちょっと待って下さい」

「虎庵よ。問題はこれからだ。柳生の追っ手から逃れた武田忍軍と高坂甚内の子は上方に逃れ、武田信玄の隠し金を元手に商人となった」

「まさか、それが加賀屋……」

「そのまさかよ。鎌鼬の藤助はその末裔で、その方らが始末した加賀屋重兵衛は弟だ」

「柳生様、鎌鼬の藤助の正体はわかりました。しかし、その鎌鼬と柳沢吉里がどこでどう繋がるというのですか」

「まだわからぬか……」

柳生俊方は大きなため息をついた。すると、吉宗が口を開いた。

「俊方、この先は儂が話そう。よいか虎庵、柳沢はお前を誘拐して風魔を封印した後、宝永元年に綱吉公から甲府藩十五万石を賜った。そして全国に散逸していた武田所縁の者どもを甲府に集め、加賀屋もその時に取り込まれたのだ。その後、綱吉様が亡くなられるや、柳沢は吉里に家督を譲って幕府の役職を辞し、野心などないといわんばかりに隠居してしまったのだ」

「柳沢家は武田出身、鎌鼬の藤助も武田忍軍とくれば、辻褄は合いますな」

虎庵が頷いたのを確認した吉宗は続けた。

「だが柳沢の闇働きは、隠居してから加速した。鎌鼬の藤助と武田忍軍は頻繁に江戸に姿を現し、家宣様のお子たちを次々と暗殺した。そしてどこかに匿われてしまった家継公を見つけるために、柳沢と鎌鼬の藤助はある人物と手を組むことになる」

「ある人物？　上様、もったいぶらずに……」

「そうだな。ではいおう、高坂が手を組んだのは富山屋忠兵衛だ」

虎庵の後ろに控えていた佐助たちが、互いに目を見合わせた。

その顔からは血の気が失せ、眉間には深い皺が刻まれている。

だが虎庵は身じろぎもせず、吉宗の目を見据えた。

「忠兵衛と風魔の長老たちは、長きにわたる統領の不在で、たがが緩みきった風魔の行く末を案じていた。柳沢吉保はその方をさらった敵ではあるが、このままいけば、徳川家は柳沢たち武田の末裔どもに乗っ取られる。ならば、今のうちに柳沢と手を結んだほうが得策と考えたのだ。しかも吉里を将軍にするには、柳沢吉保に蔑ろにされていた旧幕閣の協力が不可欠だ。鎌鼬の藤助と忠兵衛は、家継公が七代将軍になった時点で、幕閣の恨みをかう柳沢吉保自身が一番の邪魔者ということを見抜き、柳沢吉保を始末したのが六年前のことだ」

「しかし上様、いくら大店とはいえ、商人の加賀屋と風魔が逆立ちしたところで、徳川宗家所縁の旧幕閣の協力は取りつけられないでしょう」

「虎庵よ、金座の後藤庄三郎なら可能とは思わぬか。何しろ、初代後藤庄三郎が大権現様の御落胤なのだからな。奴なら吉里が御落胤であるという証拠を捏造することも可能だろうし、後藤に借金漬けとなっている旧幕閣どもは、借金を棒引きにするとでもいわれれば、二つ返事で協力するだろう。後藤にしてみても、武田忍軍の加賀屋と風魔の富山屋忠兵衛に、未だに大名や公卿、大店の蔵で眠る慶長小判と武田の隠し金山をちらつかされれば、願ってもない話とは思えぬか」

「上様、では後藤庄三郎の目的は……」

「虎庵よ、国が太平で豊かになると莫大な貨幣が必要となる。例えばこの江戸の百万の民が一両ずつ蓄えるだけで、百万両の小判が眠ることとなるのだ。おぬしなら、それが全国となれば、どれほどの小判が必要になるかわかろう」

「後藤庄三郎は、私腹を肥やしていたのではないのですか」

「愚かなことを申すな。よいか、米は毎年収穫できるが、天領の鉱山から産出する金銀には限界がある。外国への流出も問題だが、民が豊かになって小判を蓄えるようになれば、その分だけ小判を増やさねば、金が回らぬではないか」

「では金座後藤は何のために……」

「後藤はこの国の貨幣経済を支えるために、喉から手が出るほど金銀が欲しい。だが幕府は後藤の気も知らず湯水のように金を使う。後藤は日々、針の筵に座らされていたはずだ。だからといって、今回の一件が許されるわけではないがな」

虎庵は吉宗の説明を聞き、後藤庄三郎が黒幕と思い込んだ不明を恥じた。

大岡忠相が満を持したかのように立ち上がり、口を開いた。

「これですべてがわかったはずだ。大坂で始まった青美油の流行と謎の連続尼僧殺し、そして江戸でも始まった連続尼僧殺し。儂は奴らがいよいよ上様殺害に動き出したと察し、お前を上海から呼び戻すよう、上様に進言いたしたのだ」

「忠兵衛と長老たちが、突然現れた私の登場に、慌てふためく姿を見たかったというわけですか」

まるで能面のように淡々と話す大岡忠相に、虎庵は皮肉交じりでいった。

「違うな。奴らは正統な世継であるその方が戻れば、十代目に据えなければ筋が通らぬではないか。だが世継のいないその方が十代目襲名後に死ねば、風魔は存亡の危機を迎えることとなる。そこで長老たちが先代の弟である忠兵衛ではなく、その子を血の継承者として据えることを提言する」

「そうなれば、風魔の一子相伝の掟は破られるが、その後の後継者選びが楽になるというわけか」

「しかも忠兵衛は、紀州徳川家に預けられていたその方が本物の風魔の十代目ではなく、徳川家が風魔に送り込んだ密偵と疑っていた。だからこそ十代目襲名前に浅草寺裏でその方を襲わせ、その方の実力をはかった。そして十代目襲名後は柴田肥前守襲撃の際に鎌鼬の藤助に待ち伏せをさせ、良仁堂も焼き討ちさせた。すべては忠兵衛の謀、奴は本気なのだ」

大岡忠相がそこまでいうと、佐助と亀十郎が音もなく部屋を出た。

虎庵はあえて留め立てしなかった。

「虎庵よ。これで疑問は解けたであろう。忠相から四日後の鷹狩の件は聞いておる。すべてはその方に任すが、今回の一件について柳沢吉里は、何も知らぬはずだ。奴のことは俺に任せてくれぬか」

「風魔の敵は亡き柳沢吉保であって、柳沢家ではありませぬ。柳沢吉里の処遇はお任せいたします」

「虎庵、くれぐれもよろしく頼んだぞ」

「上様に頼まれたから動くわけではありません。我ら風魔は天命にて動くものとお心得ください」

虎庵は改めて吉宗の瞳を見つめ、ゆっくりと頭を下げた。

吉宗の顔を見てしまえば、つい紀州藩士薬込役村垣慶介に戻ってしまう。

だが、今日こそがそんな過去との決別の日であり、本当に風魔の十代目を継承した日と虎庵は思った。

第七章　決戦

1

鎌鼬の藤助率いる武田忍軍との一大決戦は四日後に迫っている。

ただでさえ三百名はいるかと思われる武田忍軍との激突は、虎庵が任命した幹部や部下たちにかなりの犠牲者を強いることは間違いない。

――どうしたら犠牲者をひとりも出さずに、武田忍軍を壊滅させられるのか。

答えの出ぬ問いに、虎庵はひとり悩んでいた。

「お頭、ただ今戻りました」

虎庵が頭を上げると、佐助、桔梗之介、亀十郎、愛一郎が揃っていた。

「ご苦労だった。どうせ、長老たちは姿をくらましていただろう」

「いえ、長老たちはお頭が将軍から真相を聞いたことを知らぬのですから、皆、吉原におりました」

「先生、親父も屋敷におりました」

愛一郎が続けた。父の裏切りを知ったその顔は暗く沈んでいた。

「そうか、忠兵衛もいたか……」

「お頭、将軍の話だからって、素直に真に受けちまっていいんでしょうか。俺には忠兵衛さんや長老たちが、幕府乗っ取りだなんてことを考えているとは思えねえんですが」

忠兵衛と長老を擁護しようとする佐助の顔も、苦渋に満ちている。

「佐助、将軍が幕府のみっともねえ恥さらしを明かしたんだ。疑う余地はねえ。徳川宗家の復活を望む幕閣、風魔の存続だけを望んだ忠兵衛たち、どちらももっともらしい話だが、どちらも正義を見失っていることは確かだぜ」

「ならばお頭、今のうちに奴らを殺っちまったほうが、いいんじゃねえですか」

長年、世話になった長老たちを徳川家の騒動のために、始末しなければならないことに、佐助は苛立っていた。

「それより虎庵様、上様がいっていた四日後とは、なんのことですか」

桔梗之介はそう訊ねると、虎庵の右手の席に座った。

「前に木村左内が、将軍の鷹狩の御触書を建てさせられたといっていたが、その御触書によると、三日後の飛鳥山が今年最後の鷹狩だった。俺は虚無僧に化けた武田忍軍が江戸に集結したのは、そこで将軍を始末するためと考えたんだ。しかも左内は、四日後にお忍びの鷹狩が控えていると口を滑らした。俺は虚無僧たちの江戸集結を察知した大岡が、三日後の鷹狩は中止にさせ、四日後にお忍びの鷹狩をすることにしたと読んだんだ。そこで昨日、俺は大岡を呼び出して、上様には四日後のお忍びの鷹狩も控えさせ、桔梗之介が上様の影武者となって鷹狩をすることを頼んだんだ」

「しかし、四日後の鷹狩を鎌鼬の藤助が知らなければ、無駄になりませんか」

「今日の昼間、忠兵衛にその話をしたら、そそくさと帰っていた。おそらく鎌鼬の藤助たちは、すでにその話を聞いているはずだ。そこでだ……」

虎庵はこの闘いに終止符を打つ、最後の計画をとつとつと語り始めた。

それから三日間、虎庵は上海で学んだ西洋の軍学を基に、クロスボウを使った戦術の訓練、時計の使い方などを風魔の精鋭にほどこした。

幼い頃から様々な戦闘訓練を受けた精鋭たちは、たった三日にもかかわらず、多くの戦術と武器の扱いを我が物としていった。

決戦を控えた前日の夕方、良仁堂の向かいにある妙心寺では、虎庵の指示で行われている風魔元幹部の偽通夜に、百人を超える通夜客がごった返していた。

「佐助、クロスボウの訓練はどうだ」

「あの武器は、矢をつがえるのも簡単で、鉄砲より数段早く連射がききます。しかも狙いを定めて引き金を引けば、目を瞑っていても標的を射抜く恐ろしい武器です。すでに飛んでいる雀を落とす者、泳いでいる魚を射抜く者までおります」

「そうか、さすが風魔だな。佐助、風魔の戦力はどうなっている」

「吉原内だけで三百。御仁吉の手下が三百、その他、江戸市中に身を潜めている者を加えれば二千人は下りません」

「凄えもんだな。数だけなら圧勝だな」

「はい。さらに風魔以外の手下を加えれば、三千人は下りません」

「おそらく、鎌鼬の藤助率いる本隊は、駒込の柳沢吉里邸にいる連中だろう。甲府藩下屋敷と板橋中宿の連中が、飛鳥山周辺を固めるといったところか」

「頭がつるつるの上様は、どの道を通って飛鳥山に行くのでしょうか」

佐助は珍しく軽口を叩き、意味ありげにニヤついた。

「すでに二十名の御庭番とともに、飛鳥山近くの王子権現に滞在しているよ」

「ええ？　すでに王子権現ですか」

「将軍警護の御庭番は、紀州藩時代につるつる様の弟子だった者たちだ。かなりの腕っこきが揃っているはずだぜ」

虎庵は王子界隈の切り絵図を広げた。

「して、我らはどのように」

「佐助、その前にお前にいっておくことがある。我らはすでに五十人に及ぶ武田の忍を葬り、此度は百人を超える者どもを討ち取ることになるだろう。しかし、ここで幕府乗っ取りを企む鎌鼬と決着をつけなけりゃ、柳沢吉里が生きている限り、奴らは何度でも甦ってくる。その度に世は乱れ、罪なき者が犠牲になるってことを忘れるな」

「はい」

「それに今回の敵は、武田忍軍首領と風魔の長老が指揮する三百の忍びだ。奴らに情けは無用、心を鬼にしてかかってくれ」

「はい」

「佐助、これだけは忘れるな。一人一殺、風魔が敵と相打ち覚悟で事に及べば、我らは二百人の犠牲で勝利することができる。しかし、そんな戦法は絶対に許さねえ。兵法の極意は戦わずして勝つことというが、どんな汚い手を使おうがかまわねえ。ひとりの犠牲者も出すことなく勝利すること、それを肝に銘じるんだ」

佐助は黙って頷いた。

決戦は明日、最早、戦いに躊躇していても始まらない。

戦う以上は勝たなければならないのだ。

自分でも不思議なほどに冷静な佐助の脳裏に、とある言葉が浮かんだ。

「見えざる敵の恐怖、死の恐怖を植えつけるべし」

かつて風魔谷で長老たちより授けられた風魔の戦術の奥義が、佐助の頭の中で何度も何度も繰り返された。


なにも知らない忠兵衛は、偽の通夜で焼香を済ませて妙心寺を出ると、待たせておいた駕籠で駒込の柳沢邸に向かった。

半刻ほどで、駕籠は駒込の柳沢邸の門前に到着した。

門番は忠兵衛の姿を確認すると、すぐさま無言で開けた。

「お頭がお待ちです」

門の内側で待ち受けていた男は左手首から先がなく、右手に提灯を持っていた男は鎌鼬の藤助の側近であり、最後の影武者寒九郎だった。

月は低く立ち込めた雲間に隠れ、あたりは漆黒の闇。

時折、右手の池で何かが跳ねた音が響くが、その姿を確認しようがなかった。

「寒九郎殿、この闇では、せっかくの大名庭園が台無しですな」

「明朝になれば嫌というほど楽しめますよ。この先で明かりが灯っている茶室でお頭はお待ちです」

「ほう、あれが宜春亭ですな」

忠兵衛が目を凝らすと、遥か向こうに明かりの灯った小さな建物が見えた。

忠兵衛が茶室宜春亭の中に入ると、

「忠兵衛はん、遅かったやないか」

茶釜の前に置かれた座布団に、胡坐をかいた鎌鼬の藤助がいった。

「じつは風魔の元幹部が急死しましてな。一応、通夜で線香をあげてきたもので、遅れてしまいました」

「ほうか、そんなことはどうでもええわ。一応、甲府から呼んだ援軍のうち百人は飛鳥山の麓にある旅籠に分散しておるわ。残り百人はこの屋敷におって、明日の夜明け前に出陣や」

藤助は茶釜の中でちんちんに沸き立つ湯を柄杓でかき回し、引きつったような声で笑った。

「お忍びの鷹狩となれば、警護の御庭番もせいぜい二十人。二百人に囲まれては手も足も出ますまい」

「飛鳥山の百人隊は、弓と焙烙球が得意なんや。昌林寺の五十人には鉄砲を用意したんやが、鉄砲の射程はいいとこ三十間や。それなら連続して矢を射ることができる弓のほうが、実戦的やと思いまへんか？」

茶釜をかき回していた柄杓を抜いた藤助は、勢いよく柄杓で茶釜の縁を叩いた。

「完璧ですな。で、お頭は本隊を指揮されるのでしょうか」

「行かへん。わしはこの本陣に陣取って、者どもの労をねぎらう宴を用意して朗報を待つというわけや」

「なるほど。それでは吉宗のそっ首は、私が取って参りましょう」

「おう、楽しみにしとるで。ここで吉宗が死ねば幕府は大騒ぎや。吉宗の側用人が何をいうたところで、将軍が死んでいては老中たちも聞く耳を持たん。そこで我らが殿様が老中たちに、吉里様が御落胤であることを裏づける綱吉の書状と懐刀をご披露するというわけや」

「我らが殿様とは……」

「それはまだいえん。いえんがその殿様が御落胤の証を見せれば、徳川宗家の家臣である老中や旧幕臣は反対する理由がない。なぜなら目の上のたんこぶ、紀州からきた新参者どもを追い出す絶好の機会やからな」

「さすれば幕府の政は思うがまま」

「そうや、吉里様は男子だけでも五人の子沢山。家康同様に御三家ならぬ御五家……ごけっちゅうのは縁起が悪いやないかい。ま、ええわい。いずれにしても、用無しの御三家には難癖をつけて改易や。後は駿河と甲斐に吉里様のお子五人を藩主に据えれば、まさに天下は安泰ちゅうわけや」

「そして私の倅が風魔の十一代目となれば、風魔も透破も安泰ですな」

「それだけやないで。まず上方は鴻池に濡れ衣を着せて財産を没収し、加賀屋が後釜に座るやろ。東は富山屋はんが材木も醤油も酒も米も、すべて独占というわけや。忠兵衛はん、考えただけでもたまりまへんな」

興奮のあまり前歯をむき出し、唾を四方に飛ばしながら、藤助は例の奇怪な笑い声をあげる。さすがの忠兵衛も、際限のない藤助の欲に気が遠くなった。

2

良仁堂の隠し部屋には、虎庵が招集をかけた風魔の幹部たちが揃っていた。

すでに巨大な卓は片付けられ、三十畳ほどの板の間に全員が正座している。

通夜を口実に吉原を出た幹部たちは、一様に眉間に深い縦じわを刻み、口を閉ざしている。

「皆の者、ご苦労であった」

虎庵はそういうと、筆架叉をかけた奥の壁の前に置かれた座布団に座った。

「今宵、皆の者に集まってもらったのは他でもない。明朝、将軍吉宗がお忍びで鷹狩をする王子飛鳥山において、鎌鼬の藤助と決戦の時を迎えることとなった。佐助、昨夜、ここで起きたことを説明してやってくれ」

佐助は虎庵に促され、虎庵の右脇に座った。

四代将軍徳川家綱の世継問題に始まる幕府内の暗闘と、我が子家宣を将軍に据えた御三家水戸光圀の陰謀。

将軍綱吉と水戸光圀の確執に乗じ、五代将軍綱吉の御落胤を盾に将軍家を乗っ取ろうとした柳沢吉保の陰謀。

そして柳沢に籠絡された武田忍軍首領鎌鼬の藤助の野望。

次から次へと佐助の口をついて出る驚愕の事実に、隠し部屋は血気盛んな若手幹部たちの興奮で、汗ばむような熱気に包まれていた。

「以上が昨夜判明した事実だが、最後に重大な報告がある。心して聞いてくれ」

語尾が霞み、項垂れた佐助を虎庵が制した。

「その先は俺が話す。よいか、皆の者も気づいておるとは思うが、裏切り者が判明した。忠兵衛と長老たちだ」

あっさり虎庵の口をついて出た名前の衝撃に、隠し部屋にいた全員が息を呑んだ。

「忠兵衛たちは俺が見つからず、九代目が死んだことで、幹部たちの箍《たが》が緩みきった風魔の行く末を案じていた。そこに現れたのが鎌鼬の藤助で、幕府乗っ取りを画策する柳沢吉保の陰謀を打ち明け、風魔の協力を仰いだ。ほぼ完璧とも思える柳沢の計画に、徳川将軍家の終焉を予測した忠兵衛は、俺の抹殺と倅の風魔小太郎襲名を条件に柳沢の一味となった」

「まさか、あの忠兵衛様が……」

御仁吉は両の拳を堅く握り締め、唇を噛んだ。

幹部たちも動揺の色を隠せず、ざわついていた。

佐助がそんな幹部たちを案じ、口を開いた。

「皆、聞いてくれ。忠兵衛と長老たちの裏切りに疑いの余地はない。すでに忠兵衛は鎌鼬の藤助と謀り、二百名を超える透破が江戸に集結しているんだ」

「佐助、二百名を超える透破とは、虚無僧の一団のことか」

「おう。甲州街道と青梅街道から江戸入りした虚無僧の一団だ」

佐助と御仁吉のやり取りに、何も知らなかった幹部たちがざわついたとき、入り口の扉が開き、幸四郎、獅子丸、亀十郎の三人が息を切らせて入ってきた。

「お頭、ただ今戻りました」

「おう幸四郎、ご苦労だった。して首尾は」

「はっ、すでに市ヶ谷の甲府藩邸はもぬけのからです」

幸四郎の報告を受け、獅子丸が続けた。

「王子権現と飛鳥山の間にある十件ほどの旅籠に各店十人ほど、甲府藩邸にいた連中が投宿しています」

「そうか。亀十郎、駒込の柳沢邸はどうだ」

「朝から十人組の虚無僧の一団が八組ほど邸内に入ったようです」

三人の報告内容に、ざわついていた幹部たちが姿勢を正した。

「わかった。愛一郎、例の物を皆に渡せ」

虎庵の指示を受けた愛一郎は、用意した時計を幹部全員に配った。

十二支が刻印されていた文字盤は改造され、一から十二までの漢字が書かれていた。

時計の見方については、佐助の指導によって全員が習得していた。

「皆の者、よいか。明日の作戦行動は、すべてこの時計の示す時間で進める。まずは偽将軍たちがお立場に立つのが朝の八時、今から十二時間後だ。俺と佐助、亀十郎、愛一郎の四人はその十分後、狩に出た偽将軍に合流する予定となっている。御仁吉は二百人を率いて明け方五時までに、旅籠にいる者どもを始末し、奴らの装束に着替えて滝不動の裏門道で潜んでいろ。獅子丸は百名を率いて染井村に潜み、敵の出方を窺え。幸四郎も百名を率いて巣鴨村あたりで待ち受けろ」

「ははあ！」

幹部たちが腹のそこから発した返事が、室内に鳴り響いた。

「我らが偽将軍と合流したところで、鎌鼬の本隊が我らを背後から追い立てよう。我らはすぐさま染井村を目指すが、御仁吉は我らの動きを確認したら鎌鼬の背後を取れ。獅子丸は鎌鼬の逃げ道を塞ぐのだ。愛一郎、クロスボウを出陣するすべてのものに一丁ずつ与えよ。それでは散開とするが、ここにいる者、一人たりとも死ぬことは許さん。よいな！」

「ははあ！」

虎庵の合図に、幹部たちは次々と部屋を出た。

翌朝七つ（午前四時頃）――。

十件の旅籠では、昨晩、主人になりかわった御仁吉の手下に、眠り薬入りの清酒を振る舞われた透波たちが、深い眠りに陥っていた。

御仁吉は手下に命じ、十件の料理屋の広間で寝入っている透破に縄をかけ、猿轡をかませると、それぞれの店の蔵に閉じ込めさせた。

「親分、それにしても簡単すぎやしませんかね。百人もの忍が、こうも簡単に罠にひっかかるなんて、なんかおかしくねえですか」

手下の浅吉が不安げに聞いた。

「俺も上手くいきすぎで、少々拍子抜けしているところよ。だが世はまさに天下泰平だ。武田の透破だって、大方、日頃は野良仕事に精出していたんだろう」

「虚無僧の装束を脱がしたら、赤銅色の肌は農民そのものでしたよ」

「農民にいきなり幕府乗っ取りだ、武田の復活だといわれてもなあ。正直、蔵に閉じ込めた奴らだって、いい迷惑なんじゃねえか。こいつを見てみろ」

御仁吉は捕らえた透破が手にしていた忍者刀を抜いた。

刀身には赤錆が浮き、何年も手入れしていないことは明白だった。

「ひでえもんですね。でもお頭、本当に殺っちまわなくていいんですかね」

「十代目は始末しろといったが、殺せとはいってねえだろ。普段はただの農民なんだ、鎌鼬の野郎さえいなくなりゃ、あいつらだって、何事もなかったように国許で静かな暮らしができるんだ」

「そりゃあそうですが……」

「手めえは、お頭が敵の装束を奪って着ろといったことを忘れたのか。装束が血まみれじゃあ使えねえんだから、敵は殺さずに装束を奪えってことだろうが。浅吉、おめえはひとっ走りして、こちらの首尾をお頭に伝えてくれ」

「へいっ」

浅吉は飛鳥橋の手前に集結した、虚無僧の装束に着替えた一団の中に消えた。

御仁吉が時計を見ると、針は五時を指している。

御仁吉が右手を上げると、虚無僧の一団は飛鳥橋を渡って裏門道に向かった。

一方、王子権現にいる桔梗之介と御庭番は、鷹狩の準備に余念がなかった。

元紀州藩鳥見役、現在は幕府鳥見組頭の杉村倉之助は、桔梗之介の一番弟子ともいえる男だ。

「馬子にも衣装とはよくいったものですな。お似合いですぞ、その頭以外は」

桔梗之介は、御庭番が預かってきた吉宗の鷹狩衣装を身に纏っていた。

質素な木綿の着物に、鹿皮で作った野袴。

紀州藩主だった頃から、絹は一切身につけぬと公言していた吉宗らしい衣装が、桔梗之介は妙に誇らしく感じていた。

「それにしても倉之助、静かなものだな」

「お忍びの鷹狩ですからな。今年の春先、本所で行なわれた鷹狩は壮観でした。上様の鷹狩は軍事教練を兼ねておりまして、三千名からの旗本が獣を追う様は戦そのものです。確かあの時は、獲物の鹿が二百頭を超えておりました」

倉之助が拝する鳥見役は、鷹狩の際にお狩場にいる獲物の状況を調べるのが仕事で、お狩場の地形、危険な場所、ちょっとした抜け道まで把握している。

今回の決戦には欠かせぬ人材で、吉宗直々の計らいで同行することになった。

「桔梗之介様。本来上様は単独での行動を好まれます。お狩場でも我らをお立場に残し、自由気ままに馬で走られますが、今回はいかがいたしましょう」

「此度は敵も二百余名を超えるとのこと、おそらく俺が狩を始めたならば、お立場に集結している御庭番が最初の標的となり、総攻撃をうけることとなろう。我らの役目は囮にすぎぬ。皆は、常に俺から十間以内にいるようにしてくれ」

「なるほど。ならば此度は桔梗之介様の乗った馬を先頭に、背後から速やかにお狩場内の中央あたりに向かいましょう」

桔梗之介は、庭で鷹狩の準備を進める猛者たちひとりひとりを眺めた。

さすがに武芸で名高い吉宗が選んだだけあって、後姿にも隙がない。

腐れ武士の腐臭漂う幕府内にあって、何ゆえこの者たちは清清しいまでに凛とした武士でいられるのか。

桔梗之介はいずれこの者たちの口から、その理由を聞きたいと思った。

桔梗之介が渡された時計は、すでに七時半を十分ほど回っていた。

「それではおのおの方、出陣といきますか」

編み笠を被った桔梗之介が立ち上がると、二十人の御庭番は一斉にひれ伏した。

3

三十年ぶりに袖を通した忍装束に、忠兵衛は武者震いした。

あたりはまだ薄暗かったが、灰色の忍装束を身に纏った甲府からの援軍百名が戦闘準備を終え、出陣の合図を待っていた。

ほどなくして姿を現した藤助は何も喋らず、勝鬨を上げることもなく、ただ一言「出陣！」とだけ叫んだ。

百名あまりの軍勢も無言のまま、風のように走り出した。

軍勢の最後尾には寒九郎を先頭に、前方の透破とは発する気も身のこなしも違う精鋭部隊二十名ほどが控えている。

背筋が凍るような殺気を発する一団は、どのような技を使うのか。

得体の知れぬ不気味さは、忠兵衛にして彼らが敵でないことを幸運と思わせた。

駒込の柳沢邸から飛鳥山までは約半里。

疾走する忍の脚では四半刻もかからずに昌林寺に到着した。

忠兵衛と二十名の手練を含む本隊が、一本杉神明宮に到着した時にはすでに夜が明け、樹上でカラスが間の抜けた声で鳴いていた。

そして一刻後、お立場に立つ吉宗と思しき男が見えた。

背後に控えた護衛のお庭番は二十名、忠兵衛の予想通りだった。

とそこに、忠兵衛の背後の樹上から聞き覚えのある声がし、足元に文がくりつけられている小柄が投げつけられた。

忠兵衛は文を広げ、一気に読み下した。

「昨夜より小石川七軒町に吉宗と思しき人物あり」

小石川七軒町とは、吉宗が寵愛する町娘のお咲に与えた邸のことだ。

昨夜のうちに吉宗が城内から姿を消したことは、柳沢の手の者から藤助に届けられた「有馬熊の如し」という文で確認していた。

御用取次ぎの有馬氏倫は、吉宗が城内から無断で消えたときに限って、熊のように室内をうろつく癖を見せるのだ。

忠兵衛は万が一を考え、長老のひとりに小石川七軒町の邸を見張らせていたのだが、足元に投げつけられた文は、その長老の手下からのものだった。

「なぜ吉宗ではなく、吉宗と思しきなのだ。もし、小石川七軒町にいるのが本物の吉宗なら、お立場に立っているのは誰なんだ」

忠兵衛はギリギリと奥歯を噛んだ。

お立場の吉宗が偽者なら、今日の鷹狩は罠だ。

長老の老いぼれぶりに、状況判断を狂わされようとは夢にも思わなかった。しかし、忠兵衛は決断せざるを得なかった。

「寒九郎殿、これを」

眼下の吉宗たちを見張っていた寒九郎の眼前に、忠兵衛は文を差し出した。

文を読んだ寒九郎の目が曇り、眉間に深い縦ジワが刻まれた。

「こ、これは」

「寒九郎殿、この文が確かなら下にいる吉宗は偽者。この鷹狩は罠です」

「忠兵衛殿、もし、この手紙が間違いだったら……」

「私と寒九郎殿の隊は、柳沢邸に戻りましょう」

忠兵衛は息を潜める手練の者たちを見た。

「寒九郎殿、あそこにいる吉宗が本物なら、総勢二百名近い透破の敵ではございませぬ。我らが柳沢邸に戻ったとしても、いずれ朗報がもたらされましょう」

「偽者ならどうなります」

寒九郎の問いに、忠兵衛は顔を左右に振った。

鷹狩が罠だとしたら、甲府からの援軍は数千名の風魔に包囲されていてもおかしくはない。

「寒九郎殿、迷っているときではありませぬ」

忠兵衛に決断を促された寒九郎は、手練の一団に何事かを話した。

「忠兵衛殿、参るぞ」

寒九郎隊と忠兵衛は、きた道を一目散に引き返した。


虎庵たちを乗せた二艘の舟は大川を遡上し、音無川に入ったところで待ち受けていた浅吉と合流した。

「お頭、旅籠に集結した透破約百人は、昨夜のうちに眠り薬入りの酒を飲ませ、今朝方、全員ふん縛って蔵に閉じ込めました」

「そうか、ご苦労だった」

竜虎斬を背負い、前方を見据えたままの虎庵は浅吉を労った。

「お頭、それにしても、あっけなさすぎませんか……」

「浅吉、そんなものよ。昨夜、中には酒を飲まなかった奴らもいたはずだ。そいつらはお前たちに襲撃されたとき、十分抵抗できたはずだ。それなのに寝た振りをしておとなしく縛られたのは、命が惜しかったのよ」

「確かに奴らの顔や肌は赤銅色、刀は錆びついてました」

「兵が戦意を失えば戦にならぬ。鎌鼬の藤助、奴は忍のくせに武将気取りで天下を狙っておるが、それがわかっておらぬのだ。さあ、いよいよ決戦のときだ」

前方に巣鴨村が見えている。

虎庵はひらりと猪牙舟を飛び降り、時計を見た。

時計の針は、すでに七時五十分を指している。

「まもなくお立場に偽将軍が立ち、すぐに鷹狩が始まる。急ぐぞ」

虎庵一行が巣鴨村の手前にある砂利道に入ったところで、お立場に偽将軍が姿を現し、鷹匠が鷹を放った。

天高く舞い上がった鷹は、大きく旋回しながら獲物を探している。

虎庵はススキと枯れ草が生い茂るお狩場を風のように走った。

雲ひとつない天空で旋回を繰り返していた鷹は、獲物を発見することができなかったようで、鷹匠が差し出した右腕に音もなく舞い降りた。

お立場にいたお付きのひとりが偽将軍に歩み寄り、何事かを伝えた。

偽将軍は傍にいた馬に跨るや、馬の尻に鞭を入れた。

猛烈な勢いでお狩場を疾走する馬の後から、二十名ほどの御庭番が散り散りとなって荒野を駆け抜けると、散在する茂みから何羽もの野兎が飛び出した。

すかさず鷹匠は鷹を放つ。

鷹は上空に舞い上がると、旋回することなく羽をすぼめ、黒い弾丸のように降下した。鷹は地上から二間ほど上空で羽を広げ、急激に速度を落としながら滑空し、茶色い野兎の頭に鋭い爪を食いこませた。

それを見た偽将軍は、大きなかけ声とともに馬の尻に鞭を振り下ろした。蹄音を響かせながら近寄ってきた偽将軍の前に、草むらに身を伏せていた虎庵がいきなり立ちはだかった。佐助、亀十郎、愛一郎も後に続いた。

「桔梗之介、首尾はどうだ」

偽将軍を追ってきた御庭番が身構えると、お立場のあたりから勝鬨が聞こえ、上空から無数の矢が虎庵たちを襲った。

しかし、放物線を描きながら長距離を飛んできた矢に力はなく、御庭番はことごとく矢を打ち払った。

「桔梗之介、いよいよだ！」

虎庵は桔梗之介の乗る馬の背に飛び乗った。

「ハイヤッ」

桔梗之介が両足で馬の腹を蹴ると、馬は染井村の方角に疾走した。

御庭番と佐助たちも馬の後を追った。

不動院の境内に隠れていた五十人ほどの敵は、偽将軍の動きに呼応するように飛び出した。五人一組となった部隊は、信じられぬ速度で荒野を疾走した。

しかし、次の瞬間、染井村から出撃し、敵を取り囲むように身を隠していた獅子丸の部隊百名が五十名ずつ、二段構えでクロスボウを発射した。

軽量化され、しかも弓を鋼鉄製に改良されたクロスボウは、虎庵が上海で手に入れたものより遥かに威力を増していた。

クロスボウから発射された矢は次々と連射され、五十本ずつ弾丸のような速度で敵を襲った。

矢は透波の頭蓋を打ち砕き、容赦なく全身に突き刺さる。

透破たちは声も発せずに、針鼠のようになって次々と倒れた。

最初の攻撃で五十人いたはずの透破は半減し、後方で矢の攻撃を逃れた者は、散り散りとなって身を伏せ、草むらに姿を隠した。

「鉄矢、撃てい！」

獅子丸の号令で、矢そのものを鋼鉄製にした毒矢をつがえた最初の五十人が、天空めがけて矢を放った。

鏃に蛇毒を塗られた鋼鉄の矢が垂直に降下し、草むらに身を潜める透破どもの背を、容赦なく射抜いた。

一方、巣鴨村付近で待機する幸四郎の隊は、お立場付近に現れた透破の一群に、追い立てられたように染井村方面に逃げる虎庵たちを確認していた。

染井村付近に潜んでいた透破の一群と遭遇した虎庵たちが、慌てて踵を返し、王子権現方向に逃げている様子が見える。

しかし虎庵の命令で、幸四郎たちはそこから動くわけにはいかなかった。

作戦とはいえ、虎庵たちが逃げる姿を見た幸四郎たちの血は沸騰し、その興奮と戦に参加できぬ苛立ちが、その攻撃性をより惨忍で凶暴にさせていた。


獅子丸隊が偽将軍一行を発見して飛び出した透波に、クロスボウによる一斉射撃を始めたのを確認した虎庵は叫んだ。

「桔梗之介、後ろだ！　後ろに逃げるぞ」

桔梗之介は一気に手綱を引いて方向転換し、両足で馬の腹を思い切り蹴った。

馬は前脚を上げて立ち上がったが、すぐさま猛然と走り出した。

御庭番と佐助たちもすかさず馬の行方を追った。

二十間ほどに距離を詰めていた透破の一団も素早く反応し、距離を開けたまま疾走した。

「桔梗之介、まもなくすると、正面に百名ほどの虚無僧の一団が姿を現すが、奴らは敵の装束を奪った御仁吉の手下だ」

「ならば、その一団に突っ込んでよろしいですな」

「いや、虚無僧の十間ほど手前で下馬する。虚無僧を仲間と思い込んでいる敵は、我らを背後から包囲しようとするはずだ。俺が合図したら、すぐにその場に伏せるんだっ！」

「奴らを引きつけようという訳ですな。かしこまりました」

桔梗之介が返事をするのと同時に、三十間ほど前方でいきなり虚無僧の一団が両手を広げ、立ちはだかった。

「よし、飛び降りるぞ」

ふたりが中空で一回転して着地すると、一気に背中の軽くなった馬が勢いを増し、虚無僧の一団に突進した。

「まさか上様の愛馬を蜂の巣にするわけにはいかぬからな」

馬の無事を確認した虎庵が振り返ると、一気に速度を落とした透破の一団が、左右に大きく展開しながら、ゆっくりと間合いを詰めてきた。

虎庵たちはジリジリと後退した。

「伏せーいっ！」

虎庵の号令とほぼ同時に虚無僧が編み笠を取り、天高く投げた。

そして、持っていたクロスボウを水平に構えて引き金を引いた。

百人の虚無僧は五の矢まで放ったが、個人個人の射撃速度の違いが、無数の矢による分厚い弾幕を作り、一列に並んだ透破たちに襲いかかった。

十間を切る至近距離から発射された矢は、まさに弾丸だった。

目にも留まらぬ速さで迫り、透破たちは一歩も動けぬままに針鼠と化した。

佐助と愛一郎は、金蛇のような敏捷さで倒れた透破に次々と止めを刺した。

虎庵と桔梗之介が立ち上がると、虚無僧たちがその場で片膝をつき、背後から迫っていた幸四郎隊もほどなく合流した。

「お頭、鎌鼬の藤助と忠兵衛の姿が見当たりません。こちらの手の内を読まれていたということでしょうか」

透破に止めを刺し終えた佐助がその場に片膝をついた。

「佐助。もし将軍が影武者とわかっていたら、ここにこれほどの敵はくるまい」

「ならば奴らは未だ駒込の柳沢邸。一気に勝負を決しようではありませぬか」

桔梗之介は気色ばんだ。

「桔梗之介、慌てるな。ところで御庭番殿、将軍様は今、当然、城中にいらっしゃるんでしょうねえ」

「それが上様は今頃、駒込の加賀藩中屋敷のはず。綱吉様が気に入られていた、六義園を加州侯と見られる予定です」

鳥見組頭杉村倉之助がいった。

「あの吉宗様が、この一大決戦を知って、おとなしくしているわけがないとは思ったが、よりによって柳沢邸の隣にある加賀藩中屋敷に陣取るとは……それも柳沢邸の六義園見物はねえだろう」

「六義園？」

町人の佐助は、聞いたこともない名前に首をひねった。

「佐助、六義園というのは、柳沢吉保が綱吉様から拝領した駒込の邸に作った、壮大な大名庭園だ」

桔梗之介の説明に、俯いていた佐助は思わず虎庵の顔を見上げた。

「お頭、このままじゃ将軍は飛んで火にいる夏の虫です」

虎庵は腕を組んだまま、何かを思案したまま動かない。

代わりに桔梗之介が口を開いた。

「倉之助、上様が六義園に行くのはいつのことだ。ことと次第によっては間に合わぬかも知れぬ」

「加州侯と昼餉を召し上がられてからの予定ですので……」

「ならば一安心だ。護衛の御庭番は何人ついている」

「数は言えませぬが、間違いなく警護の者はついております」

倉之助がそれだけいうと、虎庵が組んでいた腕を解いた。

「もう良い。それより鎌鼬のことだ、加賀屋が代々世話になっている加州侯の中屋敷を襲ってまで将軍を狙うとは思えぬ。山もあれば池もある、忍には何かと都合の良い六義園内で事を起こすはずだ。よもや加賀藩中屋敷に隠れた風魔が、塀越しに邸内に侵入するとは思うまい。我らは鎌鼬の逆を突き、加賀藩中屋敷に参るまでだ。皆は半刻後に駒込の江岸寺、天然寺に集合ということで散開する。佐助、亀十郎、愛一郎、それと御庭番殿は加州侯の邸まで同道願いたい」

「もとより、こちらもそのつもりでした」

はたして鎌鼬の藤助を嵌めたのか、嵌められたのか。

虎庵が見上げた天空で、吉宗の鷹が大きな弧を描きながら旋回していた。

4

鎌鼬の藤助と忠兵衛は、大泉水の中の島に架かる田鶴橋の上にいた。

忠兵衛は将軍綱吉から拝領した駒込の地に、柳沢吉保が七年もの歳月をかけて造営した回遊式の築山泉水庭園の迫力に息を呑んだ。

この界隈は平坦な土地にもかかわらず庭内には山が築かれ、どこから水を引いているのか、大泉水は満々と水をたたえている。

豪商の邸の庭は何度も見ているが、まさに桁違いの大名庭園。

忠兵衛は幕府大老格の実力をまざまざと見せつけられた気がした。

「忠兵衛はん、そろそろ昼飯時でんな。鯉が旨そうに餌食べるの見とったら、こっちまで腹が減ってもうたわ。それにしても二百人もおって、たかだか将軍と風魔の忍を殺るのに、ちょいと時間かかりすぎとんのとちゃいまっか」

藤助は苛立たしげに焼き麩を両手で握りつぶした。

「警護の御庭番が手練れといっても透破は二百人。勝負は歴然のはずです」

「あんたはんが持ち帰った文の内容が本当だとしたら、ただじゃ済みまへんで」

「それは確かに……」

水面を眺めつつ、呟くように返事した忠兵衛の背後でかすかな気配がした。

「お頭、全滅です。風魔は我らを遥かに上回る軍勢で待ち伏せしており、我らは一矢報いることもかないませんでした」

「なにーっ？　全滅とはどういう意味や」

「待ち伏せです。飛鳥山の麓の旅籠にいた者たちは、全員が虚無僧の衣装を奪われ、その衣装を着た風魔が透破になりすましていました。ここを出た八十人は、背後を囲まれた上に、奇妙な武器での一斉攻撃を受けて全滅しました」

どうやら生き残ったのはこの血まみれの男ひとりだけで、男の両腕と背中には五本の短い矢が突き刺さり、ここまで戻ってこれたのが奇跡だった。

「忠兵衛はん、待ち伏せってどういうことや。待ち伏せされたということは、あんたの正体がバレとるってことやで」

「まさか……」

忠兵衛は自分が置かれている立場をようやく理解した。

虎庵は忠兵衛の裏切りを知り、吉宗をだしにして藤助と忠兵衛をおびき出した。

しかも二百名もの透破が、簡単に撃ち破られるほどの軍勢で待ち受けていた。

だが忠兵衛が知る限り、それだけの軍議が吉原で開かれた形跡はない。

いったい何処で三十名を超える幹部が軍議を開いたのか。

――通夜か……。

昨夜、忠兵衛は愛一郎から、幹部たちは全員出棺と埋葬に立ち会うと聞かされたが、忠兵衛が帰った後、幹部は向かいの良仁堂に集合していたのだ。

見事なまでに鮮やかな、虎庵の計略と実行力、そして統率力に忠兵衛は心のどこかで清清しいまでの安堵を抱いていた。先代の死後、ずっと待ち続けた風魔の十代目は、風魔の未来を託せる本物の統領だった。

不思議なのは二百人もの部下を失ったのに、平然としていられる藤助だった。

そのとき、ふたりの武士が歩み寄り、藤助の耳元で何事かを囁いた。

「なんやて、吉宗が加州侯の邸におるやと」

鎌鼬の藤助は素っ頓狂な声を上げた。

「お頭、吉宗がいかがいたしました」

「今、隣の加賀藩の屋敷にのこのこと現れ、昼過ぎに加州侯とお忍びでこの六義園見物にくるそうや。飛んで火にいる夏の虫とはこのことやで。風祭虎庵など後回しでええわい。まずは吉宗をここで血祭りに上げてくれるわ」

「加州侯と同道なされるとなれば、加賀藩の腕っこきが警護に付くのでは」

「忠兵衛はん、わしらは忍やで。罠もあれば飛び道具も何でもありや。風祭虎庵は何やら秘密兵器を使うたらしいが、わしらは素直に鉄砲を使わせてもらいまっせ。鉄砲で吉宗ひとりをズドン。これで終いや」

「しかし飛鳥山の軍勢にお頭や私がいないとなれば、今頃は虎庵たちもこの邸を目指しているのではないでしょうか」

「そうやな。だけど真っ昼間に、数百人の風魔がこんな街中に姿を見せられまっかいな。それに虎庵は、わしとあんたが飛鳥山に出向かなかったことに頭を抱えているはずや。そらそうや、わしは理由があって、最初からここで待っていたわけやない。状況が変化しただけや、それに奴らが気づき、攻撃してくるにはまだまだ時間がかかるで」

藤助は自信満々で答え、ニヤリと笑うと再び銃を構える振りをした。

虎庵たちが駒込の江岸寺に到着した時には、すでに幹部と御庭番は町人姿や着流し姿に衣装を代えて終結していた。

「お頭、お待ちしておりやした。これを……」

門前で待ち構えていた獅子丸が、虎庵の作務衣を手渡した。

「おう、速かったじゃねえか」

早速、虎庵が着替えると、佐助たちも着替えた。

「お頭、先ほど加賀藩邸の周りの様子を窺って来ましたら、長屋門の前に南町奉行と与力五名、同心二十名が陣取っておりました」

「何だって？　上様はお忍びじゃなかったのかい」

「お頭、町方が上様の警護など、聞いたことがありゃせんぜ」

「そりゃそうだな。だが大岡越前というのは都合がいいじゃねえか」

虎庵はそういうと加賀藩邸に向かった。

加賀藩邸の近くにくると、門前で控えていた同心が虎庵たちをみつけ、大きく右腕を水平に振り、門に近づかぬように指示した。

虎庵は同心の指示などお構いなしに門前に立ち、

「南町のお奉行様はいらっしゃいましょうかっ！」

と大声で喚いた。

「黙れ、お前たちのくるところじゃねえ」

同心のひとりが、虎庵たちを追い払おうと立ち上がったとき、虎庵の声に気づいた大岡忠相が門前に姿を現した。

「良仁堂の虎庵先生と紀州藩の真壁桔梗之介殿ではないか。そちらは確か……」

「公儀鳥見役頭、杉村倉之助にござる」

倉之助が身分を明かしたとたん、門前の同心どもが道を明けた。

「お奉行様、お約束通りの時刻にお伺いいたしましたが、病人はどちらに」

虎庵はとぼけた顔で小芝居をうった。

「いやいや、遠いところをご苦労であった。ささ、こちらへ」

大岡忠相は虎庵の小芝居に苦笑いしながらも、踵を返すと邸内に建てられた離れに向かった。

離れは三十畳はあろうかという畳敷きの広間となっていて、奥で吉宗と前田綱紀が囲碁に興じていた。

「どうした、忠相」

吉宗が盤面を見詰めたまま、右手で顎をさすりながらいった。

「上様、鳥見役頭杉村倉之助と良仁堂蘭方医師、風祭虎庵、助手の佐助、真壁桔梗之介が参りました」

「加州侯、先ほど話していた者たちが参ったようです」

「ほう、この者たちが」

吉宗に促され、盤面から顔を上げて四人を睥睨した前田綱紀は、銀色に輝く上品な鬢と髭、羽織は金糸銀糸を贅沢に使った豪華な錦、地味な羽織姿の吉宗と並ぶとどちらが将軍かわからない、加賀百万石の藩主にふさわしい貫禄だった。

「倉之助、して首尾はいかがであった」

「上様、甲斐透破百名を捕らえ、八十余名殲滅いたしました」

倉之助は平伏したまま答えた。

「良いから皆の者、面を上げよ」

凛とした吉宗の声に顔を上げた虎庵は、十五年前、自分が武士として何の疑問も抱かず、日々を暮らしていた頃に舞い戻ったような錯覚を覚えた。

「虎庵よ、ご苦労であった」

「上様、杉村様の申された通りではございますが、二名ほど足りませぬ」

「鎌鼬の藤助、富山屋忠兵衛の両名のことであろう」

吉宗の言葉に虎庵は意外な表情をした。

大岡忠相が口を開いた。

「飛鳥山の一戦の一部始終は、公儀御庭番より報告されている。まずは、その方らが加州侯のお邸を訪ねてきた理由をありていに申せ」

前田綱紀は虎庵の目を見据えた。

「加州侯にお願いが御座います。奴らも我ら風魔が昼日中に武家屋敷を襲うとは考えておりますまい。こちらのお邸は柳沢邸とは隣り合わせ……」

「わかった。儂は何も知らなければ、何も聞いてはおらぬ。そちの好きにせい」

前田綱紀は虎庵の説明を制するようにいった。

「かたじけない。それでは上様はしばし、加州侯と囲碁を楽しまれよといいたいところですが、その勝負、上様の一目半負けに御座います」

虎庵はそれだけいうと部屋を出た。

「大岡殿、これから四半刻の間、お屋敷のすべての出入り口を開かせてください。佐助、いよいよ決戦だ。獅子丸と幸四郎にいって全軍、この屋敷にしのばせろ」

「はい」

佐助は返事をすると、風のようにその場を去った。

「虎庵殿、御庭番はすでに柳沢邸に忍び込んでいる。何かできることはないか」

「倉之助さん。隣の屋敷にいる奴らの、精確な人数と配置が知りたいですね」

「直ぐに調べさせよう」

倉之助はそういって一礼すると、長屋門に向かった。

「大岡様、ここから先、見るもの聞くものすべて夢まぼろしでお願いしますぜ。でないと、風魔は大岡様を的にかけねばならなくなっちまいやす」

「わかっておる。それより、儂は何をしたら良いのだ」

「加賀藩邸に透破が紛れ込んでいるとは思わねえが、用心するに越したことはねえ。とりあえず、この先は道場に行ってからにしやしょう」

虎庵はどんよりと曇った空を見上げた。空気は異様に冷たく、今にも雪がちらつきそうだった。

5

四半刻後、加賀藩邸の南端にある、すべての戸が閉ざされた剣道場に風魔の幹部三十名が揃った。

藩邸に到着したときには武士、商人、職人と思い思いの装束だったが、全員が漆黒の忍装束を纏って正座し、全員が異様な殺気を放っている。

南町奉行大岡忠相、鳥見役頭の杉村倉之助は、今まで経験したことのない風魔幹部の殺気に圧倒されていた。

「皆の者、今朝方の働きご苦労であった。公儀お庭番の話では、柳沢邸内には鎌鼬の部下と思しき忍が七十名余り。北の藤浪橋、東の躑躅茶屋と吹上茶屋の周辺に二十名ずつ鉄砲隊が配置され、鎌鼬の藤助と富山屋忠兵衛は、十名の忍の部下と宜春亭にいる」

「鉄砲が六十挺ですか」

「上様は内庭大門から枝垂桜、出汐之湊を抜け、一端、田鶴橋で中の島に渡り、妹山からの風景を楽しまれる。そして渡月橋を通過して、藤代峠からの眺望を一番の楽しみにしておられます」

鳥見役頭の杉村倉之助は、六義園の見取り図を指しながらがいった。

「この鉄砲隊の配置は、藤代峠を三方から囲むかたちだ。敵は藤代峠に立った上様を狙撃するつもりなのだろう」

「杉村様、柳沢の家臣はどこに?」

相変わらず佐助の問いにはそつがなかった。

「普段は六義園南側にある邸内におりますが、公儀の御用向きとかで、今朝方、全員揃ってお城に向かわれたそうです」

「上様の差し金だな」

虎庵は深いため息をついて、腕を組んだ。

「お頭、我らの手勢は三百余名。敵はわずか七十あまりなら、皆殺しも赤子の手をひねるようなものです」

佐助が俯いたまま、感情を押し殺した淡々とした口調でいった。

風魔の中でも一、二を争う秀才の佐助は、時折、虎庵でも寒気がするような冷酷さを見せることがある。

しかも生真面目な性格ゆえに、常に自分を押し殺し、本来の人間性を理性と知識の向こう側に抑えつけている。

その心の窮屈さが佐助の人間不信を招き、時折、おぞましいほどの冷酷さをむき出しにさせた。

「お頭、いかがいたしますか」

佐助の覆面から覗かせた眼は、おぞましくなるような冷酷さをたたえている。

「では軍議を始めるか」

虎庵はそういって天井を見上げ、ニヤリと笑った。

どうせ天井裏に潜む隠密に軍議は筒抜けにもかかわらず、情報の漏洩を気にしている自分がおかしかった。

「皆の者、時計を出せ」

虎庵の命令に、幹部たちは懐に閉まっていた小箱を出した。

「今は、一時丁度だ。分針がずれている者は、分針を十二に合わせよ」

幹部たちは一斉に分針を合わせた。

「出陣は一時間後の二時。通常、将軍と加州侯は頭巾を被り、お庭番の警護を受けながら、柳沢邸の内庭大門に向かう。将軍の役は桔梗之介でいいとして、問題は加州侯役だ。さっき会った限りでは小太りで身の丈は五尺……」

虎庵が幹部たちを見渡すと、その視線は愛一郎ひとりに注がれていた。

幹部たちは文武に優れ、体格も大半が五尺七寸以上。

適任者はひとりしかいなかった。

「愛一郎、お前が偽加州侯になれ」

「わ、私が七十七歳の老人役ですか？」

部屋の隅で隠れるように控えていた愛一郎は、情けない声を出した。

桔梗之介とともに偽加州侯を演じることは、透破が持つ六十挺の鉄砲の標的として身をさらすことになる。

愛一郎でなくとも、できれば引き受けたくない役回りだった。

「心配無用。お庭番から、将軍用の鋼板を仕込んだ頭巾と胴衣を拝借してある。万が一銃弾に当たってもかすり打撲程度だし、俺が直ぐに治療してやる」

虎庵に促された愛一郎は、しぶしぶ最前列に進み出て豪華な衣装に着替えた。鋼鉄板入りの胴衣はずっしりと重く、愛一郎は思わず身震いした。

「さて、問題はここからだ。佐助隊は藤浪橋、獅子丸隊は躑躅茶屋、吹上茶屋は幸四郎隊が取り囲め。敵はそれぞれ鉄砲を持った二十人だから、各隊六十人編成でことに当たれ。総攻撃の合図は佐助が飛ばす白鳩だ。なるべく至近距離から、クロスボウでの連続射撃を加えろ」

「お頭、我らは忍です。敵の隙に乗じて忍びより……」

「佐助、絶対に白兵戦は許さんっ！」

虎庵はいつになく語気を荒らげた。

「はっ」

「よいか、各隊、攻撃を終えて鉄砲を奪ったら二十人はその場に残れ。そして偽将軍たちが藤代峠に立ったところで、三羽の白鳩が宙を舞ったら天空に一斉射撃だ。それ以外の者は東側の千鳥橋を経由して心泉亭周辺に潜み、鎌鼬と忠兵衛のいる宜春亭を監視しろ。残った者は入り口近くの枝垂桜周辺で待機するのだ」

「虎庵様、俺たちは……」

緊張と興奮で、頭頂部まで朱に染めた桔梗之介がいった。

「桔梗之介と愛一郎は、この射撃の号砲を合図に渡月橋を渡り、入り口近くの枝垂桜を目指せ。鉄砲隊は背後からふたりを追え。よいか、この枝垂桜こそ決戦の場と心せよ。俺は内庭大門辺りに亀十郎の隊二十名とともに潜み、鎌鼬の藤助、忠兵衛の背後を取る。決して気を抜くでない、よいな」

「ははっ！」

低くくぐもった一同の返事が、道場の閉ざされた板戸を振るわせた。

宜春亭では、決戦を前にした警護の透破の緊張をよそに、鎌鼬の藤助と忠兵衛は鴨鍋に舌鼓を打っていた。

「忠兵衛はん、六義園の鴨はいけまっしゃろ。この鴨はわしが鍋用に池に放したものや。ここの池は餌の小魚もたっぷりでっさかい、丸々と太っとるんや」

「生類憐れみの令の時代を知っている者としては、少しばかり複雑な気分ですが、旨い物は旨い」

忠兵衛は正直に答えた。

「忠兵衛はん、わしがいうた通り、虎庵は来いひんやろ。奴は頭が良すぎるんやろうな。学問をやった奴は、なんでも理屈で物を考えたがるんや。あの時、虎庵がわしのようなアホなら、一気にここを攻めてきたはずや。そうなりゃわしらは一巻の終わり、全滅や。わしが飛鳥山に行かなかったのは、これ以上怪我をしたり、死ぬのが嫌だっただけや。そのアホの気持ちがわからんのや」

迫りくる将軍暗殺の好機に、鎌鼬の藤助はいささか舞い上がっていた。

柳沢吉保に端を発した事件に決着をつけるべく、虎庵、吉宗、大岡、そして加州侯前田綱紀までが手を組み、着々と自分たちの包囲網を狭めていようとは、夢にも思っていなかった。しかし、忠兵衛は違った。

「お頭、本物の将軍が、これからお忍びで六義園散策にくるという話、できすぎではありませんか」

「忠兵衛はん。吉宗は、わしらに今日の鷹狩が本物と思わせるために、昨夜のうちに城を抜け出し、小石川七軒町の隠し邸に姿を隠したんやで。そして朝っぱらから加賀藩邸で控え、決戦の大勢が決した後に堂々と六義園を訪れ、柳沢吉保への勝利宣言をする気なんや。あんた、加賀藩邸の門の警護を見たか？」

「はい。南町奉行の配下の者でした」

「それや、右腕の大岡越前配下の者や。今度の一件は将軍家内部と幕閣の権力争いで、譜代大名、旗本たちの保身が原因や。さすがの吉宗も、五代将軍綱吉の側用人が企んだ幕府乗っ取りなぞ、表沙汰にできる話ではない。鉄砲隊や徒組をぞろぞろと引き連れて、堂々と勝利宣言などできるわけがないんや。吉宗がここにくるとしたら、柳沢藩邸には敵がおらんという確信があるからや。でなければ、藩邸に入ることもできぬ町方を護衛にするわけがないやろ」

鎌鼬の藤助のいい分はもっともだった。確かに、六義園内を警戒しているのなら、加州侯の命まで危険に晒すふたりでの散策などありえぬ。

「ええか、今朝からこの藩邸にいた家老も家臣も、公儀に呼ばれて江戸城に出向いている。奴らはわしが全国から集めた、食うや食わずの武田所縁の者たちやっちゅうに、まるで逃げるように城に向かったわ。わしらの計画が成功すれば、信玄公ゆかりの家中やから幕府の本流となれるんや。しかも失敗したからゆうて、甲府十五万石からの禄や扶持は変わらんし、浪人に戻ることはないんや。生きるか死ぬかは、わしらだけや」

鎌鼬の藤助は、持っていた箸をほとんど具の残っていない鍋に投げつけた。鍋の淵で跳ね返った箸が、乾いた音を立てながら畳の上を転がった。

忠兵衛は、藤助の瞳に暗い影を見た。

「忠兵衛はん。あんたら風魔は、家康との密約によって吉原を得たやろ。わしら透破は、柳生との密約で徳川家に逆らうものだけでなく、徳川家が気に入らない譜代大名を罠にはめ、お取り潰しや転封の口実を作ったことで、その代償として商いの道を得たんや。家康は気づいてたんや、風魔は金で転ばんけど透破は違うとな。だから風魔には天誅という名誉を与え、吉原に封じ込めようとした。わしら透破には、暗殺集団の汚名を与えたが封じ込めようとはせず、莫大な利益を得られる商いを与えたんや。そう考えると風魔は徳を得て、透破は得を得たというわけや」

「果たして、どちらが良かったのか……」

忠兵衛は、その答えがわからなかった。

「忠兵衛はん、商いで幕閣の屋敷に出入りしとるとな、聞きたくもない話を耳タコで聞かされよるんや。その大半は、身分の低い側用人が次々と出世していくことへの嫉妬や。吉保はんが甲府十五万石の大名になったときなど、それは酷いいわれようでしたで。武田所縁の吉保はんが、幕府乗っ取ろうと思うたのも仕方ありまへんで」

藤助の口振りには、武士への積年の恨みと諦めが込められている。

「お頭、吉宗暗殺が成功した後、晴れて登場される殿はどなたなのですか」

忠兵衛は思い切って質問を投げかけた。

「忠兵衛はんといえども、それは無理や。殿は吉宗の厚い信頼を得ているお方。今、いえることはそれだけや」

今回の謀反の張本人は吉宗の傍にいる。

忠兵衛は、ますます武士というものがわからなくなった。

突然、茶室の天井の隅から声がした。

「お頭、吉宗と前田綱紀と思しきふたりが、騎馬にて加賀藩邸を出ました」

「思しきとはどういうことや」

「外は雪が降り始め、両名とも頭巾を被っております」

「雪やて、どうりで左手首が疼くはずや。ふたりの身の丈はどうやった」

「吉宗と思しきは六尺の巨漢。綱紀と思しきは五尺余りの小太りに御座います」

「間違いないようやで。皆の者、いよいよ決戦のときじゃ」

鎌鼬の藤助は天井に向かって叫ぶと、脇息の横に置いた鍵爪を取り装着した。

「江戸の雪は初めてや」

藤助はそれだけいうと、奇怪な笑い声をあげ、何度も舌なめずりをした。

6

人梯子を作り、次々と加賀藩邸北側の塀を乗り越えた風魔一党は、柳沢邸に侵入した。

柳沢邸の母屋、御家人の屋敷、蔵やら倉庫のような建物が散在しているが、人影はない。一党は宜春庵にいる藤助たちに気づかれぬよう、六義園の東側を疾走し、それぞれの持ち場へと向かった。

ちらほらと降り始めた雪は、着地した瞬間に融けて消えた。しかし、空中に舞う雪は風魔を援護するかのように、一党が走りぬける音を吸収した。

六義園の北側の塀から侵入した佐助隊は、六義園の塀伝いに西へ向かい、一帯に躑躅が植えられた地域に辿りついた。

右手に小さな小屋があり、その周囲に灰色の忍装束を着た透破が体を横たえ、思い思いの体勢で休養している。

先頭の佐助が身を伏せると、他の者も一斉に身を伏せ、匍匐前進で透破の視界をすり抜けた。右手には藤代峠が見えている。匍匐前進をやめ、中腰での移動に変えたとき、右手前方に藤浪橋が見えた。

佐助隊の標的である藤浪橋の透破は皆、鉄砲を橋の近くに植えられた木の幹に立てかけている。雪で火縄の火が消えるのを用心してのことだろう。雪はまたしても風魔に味方していた。

佐助は水辺の道を避け、あくまで塀際をゆっくりと移動しながら藤浪橋の透破を包囲した。三人一組でひとりの標的を決め、それぞれの射撃姿勢を保つ。

ほどなくして。宜春亭の方角から白い狼煙が上がった。

——標的到着の知らせか。

佐助の想像どおり、樹上から飛び降りた透破が何事かを叫ぶと、透破たちは手に手に鉄砲を取り、整然と二列縦隊を作った。

透破の攻撃準備は、包囲する風魔には願ってもない行動だった。

分散していた標的が一ヶ所に集まってくれたのだ。

佐助が小さな籠を引き寄せて蓋を開けると、三羽の白鳩が天空に飛び立った。

「撃ていっ！」

佐助の合図とともに、皆一斉にクロスボウの引き金を引いた。

鉄砲を構えて体勢を整えている透破の周囲百八十度から、一斉に放たれた六十本の蛇毒を塗られた鋼鉄の矢は、二十名の透破を一瞬にして捕らえた。

待機していた透破が、折り重なるようにその場にくず折れたそこに、二の矢、三の矢が放たれ、すでに息絶えているであろう透破の息の根を止めた。

躑躅茶屋の獅子丸隊も、吹上茶屋の幸四郎隊も、結果は同じだった。

佐助、獅子丸、幸四郎は鉄砲を奪う二十名を残し、残りの者には来た道を戻り、鎌鼬の藤助が潜む宜春亭の背後を固めるように指示した。

一同はクロスボウを背負い、一斉に散った。

宜春亭から上がっていた狼煙はすでに消えている。

五分後、時計の針は二時三十分を指していた。

田鶴橋を渡り中の島に渡る偽将軍と偽加州侯の姿が見えた。佐助はふたりの姿を確認すると右手を挙げた。

それまで佐助の背後で待機していた者たちが、一斉に透破の遺体に駆け寄り鉄砲を奪い、透破がそうしていたように、その場で二列縦隊で片膝をつき整然と待機した。中の島を散策していた偽将軍たちが移動を始めたを確認した佐助は、右手を上げた。鉄砲隊は無言のまま二列縦隊で藤代峠へと向かった。


宜春亭の天井から再び声がした。

「お頭、吉宗たちが中の島を出て、渡月橋に向かいました」

「よっしゃあ、いよいよや。わしらも出陣の準備じゃ。忠兵衛はん、吉宗が蜂の巣になるところを見物に行こうやないか」

「そうですな。いよいよですな」

忠兵衛は藤助のあとに続いた。

宜春亭の外には、寒九郎を先頭に十人の透破が控えていたが、十人は十人がとも左手の先が鍵爪となっている藤助の影武者たちだった。

己が命を護るために、部下の手首を平気で切り落とす藤助の非情さに反吐が出る思いだった。だからといって、もはや引き返すことはできない。いまさら何を考えても無駄だった。

忠兵衛は中の島の向こうの渡月橋を渡り、藤代峠に向かうふたりの姿を見た。

いつのまにか鉄砲を手にしていた藤助が、藤代峠めがけて引き金を引いた。

発射音が藤代峠に潜む鉄砲隊への攻撃合図だった。

しばらくして六十人の鉄砲隊が発した轟音が二度鳴り響いた。

「寒九郎、よっしゃあ、作戦通りやで」

藤助は嬉々として笑い、その場で小躍りを始めた。

「お頭、た、大変です」

寒九郎の声に眼を凝らすと、もうもうとした白煙の中から飛び出したふたつの影が渡月橋を渡り、そのあとを灰色の装束を着た無数の忍者が後を追った。

「かあーっ、しぶといやっちゃ。枝垂桜で挟み撃ちにするでっ！」

藤助は宜春庵の前の崖を駆け下り、枝垂桜に向かった。


渡月橋を渡った桔梗之介と愛一郎は全力で走った。鋼鉄入りの頭巾と胴衣を着ているために動きは鈍く、特に動きの鈍い愛一郎の滑稽な動きが、いかにも老人そのものの動きに見えた。

桔梗之介は小柄な愛一郎の左腕を掴み、引きずるように走った。

「桔梗之介様、もう駄目です」

愛一郎は情けない声を上げた

「いいから頑張れ！　あと少しではないか」

桔梗之介は愛一郎の尻を蹴り上げた。

一方、ふたりの動きのあまりの鈍さに、後を追う佐助、獅子丸、幸四郎も困惑していた。急激に速度の落ちた桔梗之介と愛一郎との距離を保つよう、佐助が追跡速度を急激に落としたため、獅子丸隊、幸四郎隊がつかえはじめていたのだ。

その異常さにいち早く気づいたのが忠兵衛だった。

到着した枝垂桜の木陰から覗いていた忠兵衛は、ふたりを追撃する鉄砲隊の異常な動きに突然振り返った。その忠兵衛の眼に、宜春庵周辺の物陰から黒い忍装束の一団が飛び出した。その数、百数十人。

忠兵衛はもう一度振り返り、前田綱紀を抱えるようにして、こちらに向かってくる吉宗に眼を凝らした。毛皮の野袴はたっつけ袴に変わっているが、質素な灰色の木綿の着物は、飛鳥山で見た吉宗の着物に間違いなかった。

「お頭、罠ですっ！」

忠兵衛は叫んだ。

「何やてっ」

あたりを見渡した藤助の目に、背後に迫る無数の風魔の姿が映った。

藤助は、よろよろ歩く吉宗に銃口を向けて引き金を引いた。

轟音とともに吉宗は大きくのけぞり、その場で仰向けに倒れた。

「やったで」

藤助が呟いた時、背後から聞きなれた声がした。

「鎌鼬の藤助こと六代目高坂甚内、藤代峠付近に潜んでいたうぬらの鉄砲隊は皆殺しにしてやったぜ。もはや六義園に残る武田透破は、忠兵衛とうぬら十一人のみ。百本を超える鋼鉄の矢がうぬらを狙っていることを知れいっ！」

藤助が声に振り返ると、漆黒の支那服に金糸で縁取られた漆黒の陣羽織姿で、双髪をなびかせた風祭虎庵が立っていた。

「くくく、わしも焼きがまわったようやのう」

左手に手鈎をつけた藤助が、一歩前に進み出た。藤助の背後にいる忍装束を着た十人は背格好が一緒の上に、揃いも揃って左手に手鈎をつけている。

「影武者が十人、武田の腐れ忍の考えそうなことよ。皆の者、手出しは無用ぞ」

虎庵は二歩の助走で六尺を超える大跳躍を見せ、中空で大上段に振りかぶった竜虎斬を振り下ろした。

手鈎にある四本の爪の中央に食い込んだ竜虎斬は、鈍い音を立てて鋼鉄の止め具を破戒し、藤助の左腕を骨ごと叩き斬った。

右から左に水平に振られた虎庵の二の太刀は、そのまま藤助の耳に食い込み、頭蓋を水平に切り裂いた。

虎庵はそのまま両手で眼前に竜虎斬を垂直に掲げると、右手の親指で柄の留め金をはずし、わずかに両手を上下にずらした。

すると刀身の中央で絡み合っていた竜と虎が離れ、二本の直刀に分かれた。

直立したまま、両手を八の字に開いた手に握られた二本の竜虎斬の先端から、藤助の血が滴り落ちた。

残った十人の透破の内、三人が虎庵を囲み回転を始めた。

その外側を六人の透破が囲み、内側とは逆回転でぐるぐると回転を始めた。

虎庵は片膝をつき、反射的に両腕を水平に構えた。

虎庵の長い腕に握られた竜虎斬は刃渡り三尺三寸。

透破の刃渡り二尺あまりの忍者刀では、内輪の透波がつけ入る隙はなかった。

そのとき、いつの間にか風魔の中に紛れていた武士が声を発した。

「虎庵殿、上だっ！」

透波の攻撃技を柳生流乱剣の亜流と読んだ柳生俊方の声だった。

その瞬間、三人の回転は止まり忍者刀と鍵爪を正眼に突き出し、蹲踞の構えを取った。そして、三人の六つの膝を踏み台にして六人の透破が同時に飛んだ。

虎庵は迷うことなく正面で蹲踞する透破に突進し、その両肩に竜虎斬を食い込ませると。透破は無様にも仰向けに倒れた。

虎庵はその腹を踏み台に前方に飛び出した。

虎庵の頭上に飛び上がったはずだが、一瞬にして標的を見失った六人の透破は、体を交錯させながら、空しく誰もいない地上に着地した。

虎庵が振り返った時、枝垂桜の傍にいた忠兵衛が、隣の透破に組みかかった。

驚いた透破は忠兵衛の腹に鍵爪を突き立てた。

夥しい血が透破の装束を朱に染めた。

「虎庵様、こやつが本物の藤助にございます……」

忠兵衛はそれだけいってその場に倒れた。

「最後の最後に裏切りよったか。ええわい、吉宗は仕留めてやったさかいな。あとは殿に任せるだけや。風祭虎庵、その命、地獄への土産に貰い受けるで」

透破の一団の最後方にいた藤助は、腹を忠兵衛の血で染め、もはや一目瞭然。

影武者たちは藤助を護るように広がった。

藤助の凶弾に倒れたはずの偽吉宗が、愛一郎に肩を借りながら姿を現した。

「おう、桔梗之介、無事だったか」

「虎庵様、冗談じゃありませんよ」

桔梗之介が頭巾をとると、きれいに剃りあげられた額の上部が赤く腫れ、大きな瘤ができていた。銃弾は頭巾に仕込まれた鋼鉄片で弾かれたが、金槌で叩かれたような衝撃を受けた桔梗之介は、脳震盪を起こしたのだ。

「どういうことや、お前は誰や！」

狙撃したはずの吉宗が別人と知った藤助は刀を抜いた。

危うく撃ち殺されそうになった桔梗之介は、腰の大刀と脇差を同時に抜き、眼前で刀を十字に交錯させた。

虎庵はそれを見て、同じように竜虎斬を十字に交錯させ、透破の中に突進した。

突然、先頭にいた透破は左腕を鋭く振り、左手の鍵爪を飛ばした。

虎庵は鎖の繋がった鍵爪を左の剣で弾き飛ばすと、左手の振りを利用して体を回転させ、透破の両太股を切り裂いた。

動脈を切断され、血を噴出した透破はその場に倒れて全身をわななかせた。

虎庵は太股を斬った透破の止めを刺すことなく、体を激しく回転させながら次の透破に襲いかかった。

虎庵が回転しながら肘を曲げ、わずかに角度を変えるだけで、剣先は蛇のようにうねりながら、あらぬ角度から透破を襲った。

脇差に透破の鍵爪を絡めつかせた桔梗之介が、獣のような咆哮とともに、右手の大刀を袈裟に振り下ろした。

透破の忍者刀が大刀と衝突し、鈍い金属音を上げた。

桔梗之介の大刀は、忍者刀を打ち砕き、透破の左肩から右わき腹に突き抜けた。

あまりの剣勢で、体勢を崩した桔梗之介の背後を透破の斬撃が襲った。

襦袢一枚で剣先をかわした桔梗之介が、振り向き様に大刀を一閃した。

透破の左脚に食い込んだ切っ先が、滑るように透破の両脛を切断した。

がくりと両膝を突いた透破の首を桔梗之介の大刀が切り落とした。

枝垂桜の幹を背にする藤助を五人の透破が取り囲んだ。

すると、枝垂桜の樹上から、先に分銅のついた四本の細い鎖がするすると伸び、四人の透破の首に巻きつくと一気に四人を樹上に吊り上げた。

もはやふたりとなった藤助と影武者は、同時に桔梗之介に切りかかった。

脇差を捨て、大刀を両手で地擦り八双に構えた桔梗之介は、ふたりが間合いに入るや、一気に切り上げた。

瞬時に藤助は身を翻したが、影武者は藤助の体に逃げ道を塞がれた。

桔梗之介の大刀が、透破の手鈎をつけた左腕、続いて首を切断した。

桔梗之介がゆっくりと振り返ると、その大刀に藤助の振り出した手鈎の鎖が絡みついた。藤助はその鎖を右手で手繰りながら、じりじりと間合いを詰める。

大刀の自由を奪われた桔梗之介は、全身をこわばらせながら正眼に構えた。

藤助が間合いに入った瞬間、渾身の突きを加える捨て身の構えだった。

藤助は桔梗之介の構えを予測していたように一気に間合いをつめ、桔梗之介が渾身の突きを繰り出した瞬間、桔梗之介の顔に向かって口から黒い霧を吹きつけた。視力を失い、眼球に激痛を覚えた桔梗之介は、思わず大刀を手放し、両手で顔を覆いながらその場を転げまわった。

「桔梗之介っ！」

虎庵は超人的な跳躍を見せながら、藤助が桔梗之介に振り下ろした右腕めがけて竜虎斬を投げつけた。

目にも止まらぬ速さで空気を切り裂いた竜虎斬は、藤助の上腕を貫き、落下しながら繰り出された虎庵の斬撃は、その右腕を切り落とした。

右腕を斬り落とされた藤助は、切り口から鮮血を吹き出しながら回転した。

藤助は激痛のあまり口から黒い涎を吐き出し、獣のような声を上げながらその場を転げまわった。

「撃てぃっ！」

両腕から吹き出す鮮血の血溜まりの中でのた打ち回る藤助に、風魔が放った無数のクロスボウの矢が突き刺さった。次々と放たれる二の矢、三の矢は藤助の頭蓋骨を粉砕し、無数の矢が突き刺さった体は、もはやそれが人間とは思えぬただの肉塊に変えていた。

あっけない鎌鼬の藤助の最後だった。

「親父殿！」

枝垂桜の脇でうずくまる忠兵衛に愛一郎が駆け寄って抱き起こした。

しかし腹からの夥しい出血で、忠兵衛の全身が痙攣している。

もはや手の施しようがないことは一目瞭然だった。

「親父殿！　親父殿っ！」

愛一郎の叫び声に、忠兵衛の意識が一瞬戻った。

「こ、虎庵様。申し訳ありませんでした。藤助の…く…黒幕は……」

忠兵衛はそれだけいうと、全身を激しく痙攣させながら絶命した。

虎庵の肩に、本降りとなってきた雪が落ちては融けた。

「皆の者、引き上げるぞ」

虎庵の声に誰からともなく勝鬨が上がったが、本降りの雪に吸収され、すぐに六義園は静寂に包まれた。

7

年が明けて正月元日――。

吉原での行事を終えた佐助と獅子丸、幸四郎の三人が良仁堂に姿を現した。

虎庵は縁側で煙管をふかしながら、雪の残る庭を眺めていた。

あの日、決戦後吉原に戻ると、小田原屋の中庭で互いに心臓を刺し違え、折り重なるようにして死んでいた長老たちを発見した。忠兵衛の死も知らず、命を断った長老たちの背中には一寸ほどの雪が積もっていた。

まだあの時に降った雪が、そこここに残る庭を見つめる虎庵の胸中は、暗く沈んでいた。

「お頭」

背中からした佐助の声にも、虎庵は振り返らない。

「明けましておめでとうございます」

佐助と亀十郎、獅子丸、幸四郎の四人が声を揃えた。

「けっ、なーにが、明けましておめでとうございますだ」

それでも虎庵は振り返らない。

そこに雑煮を乗せた盆を抱えた、愛一郎と桔梗之介が廊下に現れた。

そして、佐助の後ろにいる亀十郎、獅子丸、幸四郎に隠れるようにして座る人影を見つけ、ぎょっとした。

人影は口の前で人差し指を立てている。ふたりは黙って頷いた。

「鎌鼬の藤助の一件が落着したんだから、めでてえじゃねえですか」

佐助の声に振り向いた虎庵は、眉間に深い縦じわを刻んでいった。

「佐助、その件だがな、俺は忠兵衛が死の間際にいった『藤助の黒幕』という言葉が頭から離れねえんだ」

「黒幕だか白幕だか知りませんが、とりあえず一件落着で……」

呆れたようにいった佐助は、突然、庭先に立った武士に息を呑んだ。

「すまぬが上がらせてもらうぞ」

編み笠をはずした大岡忠相は、縁側に上がるとすたすたと室内に入り、長椅子に深々と腰掛けた。

「これはこれはお奉行様、新年早々好き勝手をやってくれるじゃねえですか」

虎庵は喧嘩腰だった。

「虎庵先生、そう怒るな。お前が気になっている『藤助の黒幕』について、面白い話を持ってきてやったのだ。じつはあの日の深夜、上野厩橋藩五代藩主酒井忠挙が亡くなったのだ」

「酒井忠挙って、大老を務めた雅楽頭酒井忠清の……」

「長男だ。酒井忠挙は旧幕臣として上様からも優遇され、直接意見を求められるほどの人だ」

「上様お気に入りの旧幕臣が死んだって……まさか酒井忠挙が黒幕?」

虎庵の問いに、大岡忠相は黙って頷いた。

「父忠清が五代将軍綱吉に毛嫌いされて大老職を解任されるや、三河以来の譜代名門家にもかかわらず、酒井家は幕府の閑職に回され続けた。忠挙は五十九歳で隠居。その後、老中や将軍の側近に宛て幕政への意見書を提出するが、五代将軍綱吉の御落胤と噂される柳沢吉里に、娘を正室として嫁がせていることもあり、疎まれ続けていたのだ」

「柳沢吉里の正室が酒井忠挙の娘ですって」

「吉里の御落胤話を持ち出すのは、酒井忠挙以外におるまい」

「それなのに死んだということは、まさか上様が」

「たわけたことを。上様は酒井家が三河以来の譜代の名家ということを鑑み、死因は心臓発作、命日は昨年の十一月十三日の日付で再提出させたがな」

「なんでそんなことをしたんですかい」

「鎌鼬の一件は、風魔だけではなく公儀隠密、前田家にも知られることとなった。人の口に戸は立てられぬというように、いずれ誰かの口から事の真相が漏れることもあろう。そのとき、酒井忠挙の死が事件当夜となれば、黒幕は奴と認めるようなものだろうが」

「お奉行様はそれも、幕府の対面を守るためってわけですかい」

「そんなことはいっておらん。お前がどう考えるかは勝手だ。さて、儂の用は済んだが、佐助の後ろに美しいおなごが控えておるようだが、どなたかのう」

大岡忠相は意地悪そうにいい放つと、上目遣いに天井を眺めた。

虎庵は大岡忠相のいっている意味がわからず、思わず背を伸ばして佐助の後ろを覗こうとした。

「今日はお頭に大切なお届け物がありやして」

佐助が背筋を伸ばしていった。

「届け物だと。お奉行様はおなごがひとりといったじゃねえか」

「ひとりではございません。ふたりでございます」

佐助が答えた瞬間、佐助の後ろで町娘姿の美しい女が立ち上がった。

「さ、嵯峨太夫じゃねえか。新年早々、どうしたってんだ。佐助、もうひとりはどこに隠れてるんだ」

「ここにござります」

　嵯峨太夫は、わずかに出っ張った下腹を右手でさすった。

　意味のわからぬ虎庵は、頭のてっぺんに抜けるような奇妙な声を上げた。

「お頭、おめでとうございます」

　佐助が平伏すると桔梗之介、愛一郎、亀十郎、獅子丸、幸四郎も平伏した。眼を白黒とさせている虎庵の前で、大岡忠相が高らかに笑った。

「なるほど、それはめでたい。実にめでたいことではないか、のう、親父殿」

　大岡忠相はそういうと立ち上がり、虎庵の肩を大袈裟に叩き、

「新年早々、実にめでたい」

　そういって縁側を降り、降りしきる雪の中に消えていった。

「お、親父殿だと……」

　ようやく意味を理解した虎庵は、嵯峨太夫の下腹を見つめた。

「今日からは、本名のお百合と呼んでおくんなさい。ややが生まれるのは夏になるかと思いますが、今日からここに住まわせていただきます」

　嵯峨太夫ことお百合は、虎庵の前で三つ指を突いた。

「おいおい、ここに住むのはかまわねえが、出産は産婆を呼んでくれ。俺は絶対に自分で取り上げたりはしないからな。それが嫌なら出てってくれ」

うろたえる虎庵は、自分が何をいっているのか理解していなかった。

「結構でございます、ダ・ン・ナ・さ・ま」

お百合は再び三つ指を突いた。

「おめでとう、ございます」

お百合に続き、桔梗之介が、佐助が、愛一郎が、そして亀十郎、獅子丸、幸四郎の三人が、一斉にお百合を真似てこれみよがしの三つ指を突いた。


（了）

本作品は当文庫のための書き下ろしです。

文芸社文庫

将軍狩り　風魔小太郎血風録

二〇一六年二月十五日　初版第一刷発行

著　者　安芸宗一郎
発行者　瓜谷綱延
発行所　株式会社　文芸社
〒一六〇－〇〇二二
東京都新宿区新宿一－一〇－一
電話　〇三－五三六九－三〇六〇（編集）
〇三－五三六九－二二九九（販売）
印刷所　図書印刷株式会社
装幀者　三村淳

ISBN978-4-286-17318-4

［文芸社文庫　既刊本］

トンデモ日本史の真相　史跡お宝編

原田　実

日本史上の奇説・珍説・異端とされる説を徹底検証！　文庫化にあたり、お江をめぐる奇説を含む2項目を追加。墨俣一夜城／ペトログラフ、他

トンデモ日本史の真相　人物伝承編

原田　実

日本史上でまことしやかに語られてきた奇説・珍説・伝承等を徹底検証！　文庫化にあたり、「福澤諭吉は侵略主義者だった?」を追加（解説・芦辺拓）。

戦国の世を生きた七人の女

由良弥生

「お家」のために犠牲となり、人質や政治上の駆け引きの道具にされた乱世の妻妾。悲しみに耐え、懸命に生き抜いた「江姫」らの姿を描く。

江戸暗殺史

森川哲郎

徳川家康の毒殺多用説から、坂本竜馬暗殺事件の謎まで、権力争いによる謀略、暗殺事件の数々。闇へと葬り去られた歴史の真相に迫る。

幕府検死官　玄庵　血闘

加野厚志

慈姑頭に仕込杖、無外流抜刀術の遣い手は、人を救う蘭医にして人斬り。南町奉行所付の「検死官」が、連続女殺しの下手人を追い、お江戸を走る！